GÉNESIS BAJO LA LUNA

Los cuadernos del lobo I

Por: Miriam García

CONTENIDO

"Debemos buscar alguien con quién comer y beber antes de buscar algo de comer y beber, pues comer solo es llevar la vida de un león o un lobo"
Epícuro de Samos

Exordio

"Cada loco con su tema
y cada lobo por su senda"

Antes que nada quisiera aclarar algo: nunca me ha gustado dar explicaciones. ¿Por qué he dar cuentas de mis actos a quienes me rodean? Yo soy el que soy y siempre he tratado de vivir de esta forma me haga feliz o no. Si he hecho o dicho algo en algún momento, ha sido porque quise, porque lo requerían las circunstancias, o porque no supe actuar de otra forma. A veces las situaciones se presentan y uno no tiene más remedio que actuar sin pensar, de acuerdo a las circunstancias. Así que, sólo doy explicaciones cuando considero que la situación lo requiere o cuando a mí se me da la gana.

Hay una especie de contradicción en mi persona, el que a veces tengo la necesidad imperiosa de justificarme, en especial ante mí mismo. He pasado noches enteras tratando de explicarme el porqué de mis acciones. A veces es como si mi consciencia no tuviera paz y requiriera alimentarse una y otra vez de excusas. Desearía no pensar tanto. Pero no es tan sencillo cuando cargo en mi corazón a un inquisidor de recuerdos.

Ahora mismo me he quedado pensando, ¿por qué me dio por escribir mi historia? Narrar las cosas que hice y explicar mis pensamientos y actos. Quizá porque necesitaba una catarsis. Buscaba libertad de mi propio silencio guardado durante tantos años, desahogar a la agobiada memoria, harta de décadas de recuerdos; los de mis amigos, los de mi antigua familia humana y los de mi niña, mi único amor a quien jamás podré olvidar mientras viva, porque hay pasiones que atormentan, que queman, que nos marcan con las espinas del amor y dejan tatuadas heridas en lo más profundo del corazón.

Creo que llegó un momento en que recordar en solitaria contrición se volvió tan insoportable que, fatigado del silencio y del pasado, tuve la imperiosa necesidad de vomitar estas letras y narrar sin tapujos, permitir a las palabras fluir como sea que yo quiera expresarme y narrar a mi gusto. Cómo vayan a interpretarme quienes lean esto, si es que alguna vez estos cuadernos caen en manos de alguien, no es asunto que me quite el sueño, yo escribí esto por mí y no por congraciarme con nadie, así que todo el mundo se puede ir al carajo.

Además ¿quién creería esta historia?

Comencé a trabajar sin parar en esta narración, a poco de haber llegado aquí donde me encuentro, un lugar del que ni siquiera me ha interesado saber el nombre, en el norte de México. Un sitio donde todos esperan la muerte y ella los alcanza a todos, excepto a mí. Es una población miserable, asolada por la sequía, donde los ancianos soportan en silencio, los niños juegan en el polvo y las mujeres siguen adelante con el corazón cargado de ansiedad, a la espera de algún marido o novio que se fue a los Estados Unidos a ganarse la vida, como muchos otros que se fueron a cubrir las necesidades de mano de obra del país de los gringos, a falta de sus hombres que marcharon a pelear una guerra enorme y monstruosa a la que llaman Mundial, la segunda en su tipo.

Me parece irónico cómo hace un momento, he usado el término "monstruoso", para hablar de la brutalidad de la guerra ¡Vaya que sabré yo de monstruos! Yo que he convivido con bestias de esas que sólo asoman a los sueños de los mortales en sus más lúgubres noches. Hablo de depredadores descendientes de un linaje maldito de origen atávico, pero que se pasean entre los hombres siguiendo las tendencias actuales, vistiendo a la moda y pretendiendo ser uno más.

Lo que están a punto de leer es el génesis de mi naturaleza bajo la luna y cómo se formó mi familia de lobos. También cuento lo concerniente al origen de mis compañeros, porque esta historia no estaría completa sin la de ellos. Todo empezó hace más de cien años, cuando conocí a Rolando y escuché el llamado de la Luna, un canto de guerra primitivo que me sedujo desde el primer momento. Mi amigo también obtuvo su condición escuchando ese mismo llamado, muchos años antes que yo y bajo distintas circunstancias. El caso de la bella loba fue distinto, ella escuchó el llamado casi accidentalmente, pero no me adelanto a detallar los pormenores, ya lo contaré más adelante.

En aquel entonces yo era un hombre, pero en mi corazón no era más que un chiquillo malcriado que no sabía lo que quería, fue entonces que el destino llamó, la luna me sedujo y yo me entregué, porque cuando los instintos son fuertes la razón se ciega, ocasionando una lucha entre la parte animal y la parte humana.

Al final fui sólo un animal en conflicto, atrapado entre el instinto que se desboca, exige y arrebata; y la razón que aconseja templanza, que dice que hay que ser precavido y guardar las apariencias frente a una joven que se ama. Yo la amé con lo más intenso de mis instintos animales y la voz de la razón se difuminó con la bruma nocturna. Ella era como dulce luna, la sangre latente clamó con su canto de sirena, una retorcida e hipnótica melodía que no pude ignorar, me dejé llevar por mis pasiones y aquí estoy ahora, sosteniendo entre mis manos una catarsis convertida en historia.

Este es el relato de una bestia de esas que se esconden en los abismos insondables de las pesadillas, que se vanaglorian en su poder, que se sienten imparables. Porque eso fuimos mis compañeros y yo. Ellos significaron todo para mí y lo demás fue secundario, es más, en este relato, los humanos no son más interesantes que ganado. Los monstruos son los protagonistas y esta historia es sobre ellos.

Ernesto Santillán Nuño
Noviembre de 1943

Extranjero

"Si se erizan los pelos, cerca están los lobos"

"Loca es la oveja que al lobo se confiesa"

Yo era el hijo menor de una familia criolla; tenía dos hermanos varones. Mis padres eran hijos de españoles que se establecieron en la Nueva España en busca de incrementar su fortuna. Nosotros vivíamos en Puebla. Mis padres gustaban de codearse con la nobleza de las familias criollas y algunas españolas. A pesar de que los criollos no eran vistos como auténticos españoles, mis padres eran muy respetados. En el fondo siempre sentí que su actitud hacia nosotros era hipócrita, ya que a final de cuentas, para un español un criollo no era un verdadero español. El respeto venía por causa del dinero; a final de cuentas, el dinero atrae la simpatía del prójimo. Los españoles veían a los que éramos criollos como inferiores e incluso como retrasados mentales por el simple hecho de haber nacido en el cálido territorio de la Nueva España. Por su parte los criollos se defendían devolviendo el insulto con ingenio; creo que aún recuerdo un par de coplas burlescas hacia los gachupines.

En esa época se hablaban de que el territorio de la Nueva España debía independizarse de la corona española y obtener su autonomía propia. Los criollos opinaban que ellos tenían más derecho a esta tierra y no los españoles. Era una cuestión de control sobre la colonia y el beneficio sobre todo lo que se produjera en ella. El resto de las castas no importaban. La independencia de las colonias norteamericanas de la corona inglesa, había inspirado a muchas personas que querían lograr lo mismo a lo largo del continente, de manera que en algunas partes, se oían rumores al respecto. Claro, no se mencionaba demasiado, ya que si se sabía que alguien estaba conspirando, era encarcelado o ejecutado por traición.

Mi padre era un rico hacendado; él quería que al menos uno de sus tres hijos siguiera sus pasos. Mi hermano mayor, Agustín, siempre mostró interés por los asuntos de mi padre; aprendió todo respecto a la plantación y trabajaba al lado de él. Agustín se casó con una joven criolla elegante y rica, pero desabrida y débil de salud. Su nombre era Isabel. Agustín la vio en la iglesia; cada domingo asistió con un fervor por verla mayor que el de cualquier devoto religioso. Un día por fin logró intercambiar algunas palabras con ella, después obtuvo del padre de Isabel el permiso para cortejarla. Al cabo de un tiempo de cortas visitas en casa de Isabel en presencia de su madre y su hermana, Agustín y mi padre solicitaron la mano de Isabel; ambas familias acordaron el compromiso de los novios y se celebró su boda.

Mi otro hermano, Guillermo, era un joven reservado. Su vida cambió el día que vio a una preciosa mujer mestiza de grandes ojos negros y cabello largo y lustroso, brillante como el azabache. Mis padres se enfurecieron cuando mi hermano dejó claras sus intenciones de hacerla su esposa. Al principio yo también consideré esto como una terrible decisión fijarse en una muchacha inferior a nuestra clase social. Pero mi manera de pensar cambió en cuanto la vi, entonces entendí por qué lo había hecho; era muy hermosa. Tenía un porte sencillo pero elegante al mismo tiempo. Era una mujer cuya persona estaba aderezada por una voz agradable, buenos modales y un carácter discreto. No cabe duda que me bastó conocerla para entender a mi hermano. Su nombre era Sofía, era de la clase de damas que uno no puede ver en la calle sin temblar de pies a cabeza.

Mi padre y Guillermo tuvieron algunas de las discusiones más encarnizadas que haya escuchado en mi vida; mi hermano amenazó incluso con fugarse con ella. Al final terminó por aceptar el hecho de que Guillermo no iba a cambiar de opinión. Para fortuna de mi hermano, mi padre era demasiado permisivo, así que le dio su consentimiento y Guillermo y Sofía se casaron una luminosa mañana de verano. Creo que en el fondo mi padre hubiera preferido cualquier situación antes que perder a su hijo.

Mi padre no era severo como la mayoría de sus contemporáneos, y aunque a veces trataba de serlo, siempre salía a relucir su falta de autoridad y condescendencia paternal, defecto que Guillermo también heredó y que, como si fuera una ironía de la vida, posteriormente le traería problemas con su encantadora hija, Justina. Más adelante hablaré de esa fascinante criatura y la forma en que afectó mi vida entera.

Mi hermano era muy listo para los negocios y pronto amasó una considerable fortuna.

En lo que a mí respecta, jamás mostré un verdadero interés por dama alguna. Cierta vez mantuve en secreto un amorío, pero no fue nada de importancia. Nunca me casé ni me interesé por la vida religiosa. Vivía solo y viajaba mucho. Me dediqué al comercio. Tenía contactos en

Veracruz a los que les compraba mercancías importadas y que vendía dentro de la ciudad; seda, mantelería con encaje de Flandes, porcelana de las indias orientales, entre otras cosas de gran valor. Siempre estaba a la caza de oportunidades para comprar y vender.

Quienes hacían tratos conmigo, sabían que yo era un hombre honesto, un comerciante de palabra y honor. Sin embargo, alguna vez llegué a pensar que, de no haber sido de buena cuna, de seguro habría sido pirata y me hubiera dedicado al contrabando. Debido a mi oficio y a las relaciones por medio de mis hermanos conocía a muchas familias acomodadas de la ciudad, de Veracruz y de la capital. Cuando estaba en casa con frecuencia era convidado a cenas y bailes que me ofrecían una intensa vida social.

Mi madre murió cuando nosotros éramos mozos. Mi padre la siguió cuatro años después. Mi padre no era partidario de seguir la costumbre del mayorazgo, así que su fortuna se repartió por partes iguales entre mis hermanos y yo. La cantidad de dinero que me dejó era considerable. Al principio la invertí en el comercio. Entonces ocurrió que me aburrí de mi propia vida, no sé por qué me sentía apático hacia todo. Comencé a meditar la posibilidad de cambiar de oficio y criar ganado, con la esperanza de que un giro en los negocios me haría sentir más animado. Para mi desdicha, una mala decisión puso algunas trabas a mis planes. Como para ese entonces ya estaba empecinado en lograr mi objetivo, comencé a deliberar si debía hacerme de un socio en quien pudiera confiar. La otra opción era casarme con una señorita aristócrata con una buena dote. Pero la simple idea de atarme a alguien y perder mi libertad me repugnaba.

Corría el año de 1808. Recuerdo que por ese entonces yo me encontraba más apático que de costumbre, aunque lo sabía disimular muy bien. Deseaba salir de mi tedio, anhelaba descubrir cosas nuevas. La vida me trataba bien, no sé por qué estaba tan descontento con todo. Lo que jamás pensé fue que mis plegarias serían respondidas, ni que mi sorpresa sería mucho más grande de lo que yo me imaginaba, ni cuál sería el conducto del que se valdría el destino para dar un drástico giró a mi vida.

Era una noche de octubre oscura y sin luna, en el aire se respiraba un ambiente de fantasma con olor a tormenta. Asistí a una reunión en casa de una acaudalada familia. En su residencia se disfrutaba de un ambiente de opulencia y seriedad comparable con el de una iglesia. A veces me cansaban los compromisos sociales, llenos de elegancia pero en esencia todos iguales, con la misma gente desabrida. No tenía razón de quejarme, me gustaba la buena vida, sin embargo, como mencioné antes, por alguna razón estaba aburrido. Anhelaba aventuras, descubrir algo más.

Hablaba con cuantos se cruzaban en mi camino para entretenerme escuchando de sus vidas, pero nunca conocí a nadie que me resultara tan intrigante como lo fue aquel hombre.

Yo estaba sentado tomando una copa de vino, disfrutando del rumor de las voces y la música en el ambiente, cuando lo vi. Estaba sentado a cierta distancia enfrente a mí, él era alto, sofisticado, de piel muy blanca y ojos azules chispeantes como luceros; tenía el cabello rojo y recogido en una cola que le llegaba un poco más abajo de los hombros, la nariz recta y la cara cuadrada. Su aspecto era impecable, con un aire de indiferencia, pero había algo en él que le hacía parecer fiero. Tenía una mano sobre el brazo de la silla y la otra doblada en puño sosteniendo su mentón. Recargado en el respaldo de la silla, daba la impresión de estar acechando cuanto se moviera, con aquella sonrisa discreta pero malévola, como complemento perfecto para darle un aire aún más misterioso. Sobre una mesita junto a él descansaba una copa de vino que no había tocado.

No sé por qué comencé a analizar su persona; todo su aspecto era el de un excéntrico. No me cabía la menor duda de que era extranjero, sobre todo porque nunca antes lo había visto en la ciudad, y un hombre con un aspecto así no pasa desapercibido. De vez en cuando tocaba con la punta de sus largos dedos el borde de la copa, pero en todo el rato que lo estuve observando apenas y bebió algunos sorbos. Él también me estaba mirando y parecía satisfecho de mi atención, casi como si respondiera a algún tipo de afrenta. No quería ser mal educado así que desvíe la vista hacia otra parte y entable conversación con un hombre sentado cerca de mí.

Al cabo de un rato volví a fijar mi vista en él. El extranjero seguía mirándome, sonrió siniestro, satisfecho de saber que tenía mi atención. Me encogí de hombros, avergonzado de quedar en evidencia. Él miró su reloj, se puso de pie con la intención de abandonar el lugar, dirigió de nuevo su vista hacia mí, hizo una ligera reverencia con la cabeza y se retiró. Lo seguí con la mirada, lo vi despedirse de los anfitriones y recoger su sombrero antes de irse.

Me retiré horas después. Caminé por calles vacías, envueltas en el ruido de grillos y las notas melancólicas de los aullidos de los perros. Había algo en el ambiente que lo hacía diferente a otras noches; el viento soplaba tan quedo que era como una caricia fría de almas en pena. Esa noche no llevaba caballo, se le había zafado una herradura y tenía que llevarlo con el herrero. Tampoco había un carruaje esperando por mí; mi casa estaba cerca de la de mi anfitrión, así que pensé que no habría ningún inconveniente en caminar, además yo tenía la excentricidad de que me gustaba salir solo a caminar por la noche. Era algo que había hecho muchas veces, al punto que el sereno, la luna y yo siempre nos saludábamos con familiaridad. A veces al terminar el día me encontraba exhausto, con la vista cansada y el ánimo acabado, entonces salía solo en la noche a dar un paseo y eso de alguna forma me hacía sentir bien.

Los grillos cantaban y a lo lejos se escuchaba el aullido de los perros. Disfrutaba mucho los paseos nocturnos. No tenía ninguna prisa, iba con paso despreocupado. Lo único que escuchaba eran mis propias pisadas sobre el empedrado. Justo en el momento en que di vuelta en la esquina, noté que había otros pasos que me seguían muy de cerca. Un mal presentimiento me invadió, el miedo recorrió mi cuerpo y me incitó a avanzar más rápido, entonces los otros pasos también aceleraron su marcha. Traté de tranquilizarme. Las pisadas apretaron el paso. De pronto alguien me interceptó tomándome por la espalda; los dos caímos al suelo. Mi atacante me obligó a incorporarme con todo lujo de violencia, iba acompañado por otro sujeto el cual lo ayudó a sujetarme. Eran dos mestizos que me pusieron contra la pared. Uno de ellos sacó un cuchillo y me lo puso en la garganta.

—Quieto, gachupín, o aquí te mueres —amenazó. El otro miraba en todas direcciones para alertar a su compañero.

Esculcaron todos los bolsillos de mis ropas, me quitaron el reloj de oro y dinero. Yo no me moví en todo ese rato; en mi mente una oración quedó ahogada suplicando que me fuera permitido ver el día siguiente. Lo que pasó después fue confuso debido a la rapidez con que ocurrió todo. De alguna parte de las sombras algo jaló a ambos asaltantes hacia atrás, uno de ellos fue proyectado contra el frío muro de ladrillo mientras que el otro era sujetado por un ser de naturaleza no definida, algo así como una fiera deforme entre animal y humano; por un momento pensé que se trataba de algún perro de gran tamaño, pero no tenía cola, era enorme y monstruoso. La bestia lo mordió por la espalda entre la nuca y el hombro y le desgarró la carne haciéndole gran daño. El sujeto iba gritar cuando escuché un sonido seco de huesos que tronaban; la bestia le había roto el cuello con un movimiento preciso y veloz.

El otro sujeto que estaba en el suelo estaba aterrado. Se levantó. Ya iba a echar a correr por su vida cuando fue atrapado por la bestia la cual, sujetándolo del cuello con una sola mano, lo levantó y lo puso contra la pared. La bestia aulló como un lobo dispuesto a atacar y clavó su garra en el abdomen de su víctima, hurgó de su cuerpo y arrancó uno de sus órganos sanguinolentos. Soltó el cuerpo maltrecho del sujeto y se comió de un bocado lo que tenía en la mano.

Todo ese tiempo yo me quedé rezagado, pegado a la pared, congelado por el pánico. Hice un esfuerzo por respirar, traté de obligarme a mí mismo a salir corriendo, pero el terror era tanto que no me respondían las piernas. El monstruo fijó en mí sus ojos que centelleaban como el fuego, de su boca salió un sonido áspero y frío que me ordenó: "vete". Reuní fuerzas y salí corriendo como alma que lleva el diablo. Corrí sin mirar atrás ni una sola vez, sin detenerme a ver o preocuparme por la suerte de esos infelices ahora muertos. Dentro de mi cabeza tuve una extraña visión, algo así como si fuera la proyección de la imagen que no quise ver, o que tal vez sí vi, pero tan rápido que mi cerebro interpretó la escena como una especie de sueño. En el suelo yacían los cadáveres y el monstruo inclinado en cuatro patas, se alimentaba de los ahora muertos como haría un animal carnicero que acaba de tomar una buena presa.

El viento helado golpeaba mi cara que estaba llena de gotas de sudor, el corazón me latía con tanta fuerza que pensé que se me saldría del pecho. Seguí así hasta que llegue a la puerta de mi casa, la golpeé con todas mis fuerzas; estaba histérico y aterrorizado, apenas y podía abrir con mis propias llaves. Nicanor, un mestizo que trabajaba para mí y al que le tenía mucha confianza, fue quien respondió a mi llamado. Lo conocía desde hacía bastante tiempo y lo apreciaba. Él salió descalzo, bostezando y sosteniendo una vela en la mano. Se sorprendió mucho cuando me vio hecho un loco.

—Mi señor, ¿está usted bien?

No respondí, en cambio entré corriendo y gritándole que cerrara la puerta. Nicanor obedeció lo más rápido que le permitieron sus cansados brazos. Me dirigí hasta un sillón, ahí me tumbé, agotado de correr, para tratar de calmarme. El alboroto despertó a Luz María, una mujer mestiza que había sido mi niñera cuando yo era niño y que mantenía a mi lado.

—Tranquilo, joven Ernesto —dijo Luz María con un tono maternal.

Yo estaba muy alterado; me costó trabajo controlarme. Respiraba agitado. Poco a poco fui retomando mi ritmo normal, sintiendo cómo mi corazón recuperaba su ritmo. Las piernas me temblaban tanto que permanecí sentado durante un buen rato. En ese momento, la noche ya no me pareció tranquila, sino un mar de espectros y monstruos caminantes.

El canto de los grillos dejó de ser una serena melodía para convertirse en una orquesta de terror tocando furiosamente. Luz María se quedó a mi lado sin importunarme, con infinita paciencia, hasta que me vio más relajado. Ellos me hicieron muchas preguntas, querían saber qué había ocurrido, si necesitaba que llamaran a las autoridades. No les dije nada, apenas y podía creer yo mismo lo ocurrido, me sentía más como si acabara de despertar de una pesadilla. No tenía caso contar nada, pues si apenas y yo lo creía, los demás hubieran pensado que estaba loco. Opté por decirles que estaba bien.

—Regresen a la cama —ordené con frialdad—, quiero estar solo.

Creo que la manera en que di esa orden dejó bien en claro que no quería discutir el asunto, porque ellos solo intercambiaron miradas y se despidieron con una inclinación de cabeza seguido por un: "Sí, señor. Que pase buenas noches". Me quedé en el sillón sin siquiera mirarlos, cerré los ojos y alcancé a oír a Nicanor murmurar: "Se me hace que se le apareció Lucifer al amo Ernesto". Abrí los ojos de golpe y vi de reojo cómo se santiguaban.

El silencio imperó, las alas de cuervo de las sombras envolvían la estancia. Después de un rato me levanté, tomé una lámpara y me retiré al estudio. Me serví una copa de ron y me senté en la penumbra apenas iluminada por la lámpara que descansaba en una mesa a mi lado. No sabía qué pensar, ¿qué clase de explicación se le da a la aparición de un animal que no sólo me había salvado, sino que además me había perdonado la vida? ¿Acaso era posible la existencia de demonios magnánimos con derecho a decidir a quién salvar y a quién arruinar?

Bebí un poco y puse la copa junto a la lámpara. La luz de la vela ardía con el ruido de la cera chisporroteando. El reflejo sobre el espejo ambarino del ron brillaba rojizo. Deslicé la yema del dedo índice sobre el borde de la copa, los destellos de la luz de la vela sobre el ron me recordaron el cabello de aquel sujeto que vi en la reunión. Sentía una gran curiosidad por él. Es extraño cómo en ocasiones algunos desconocidos despiertan en uno intriga.

Traté de mirar el reloj el cual por un momento olvidé que me acababan de robar. Suspiré, terminé la copa y me retiré a mi alcoba. Estaba muy cansado y por la mañana me esperaba un día ordinario de trabajo.

El día siguiente transcurrió con la misma monotonía de siempre. A medio día mi hermano Guillermo fue a visitarme. Hacía algunas semanas que no lo veía ni a él ni a su familia. En ese entonces su hija, Justina, tenía cinco años. La llamábamos "Tina" de cariño. Yo le tenía un afecto muy especial y para ella yo era su tío favorito. ¡Dios mío! Sólo Él sabe cuánto amaba yo a esa adorable criatura y cuánto la sigo amando todavía. Ella tenía los ojos negros de Sofía y el cabello castaño, grueso y brillante. Tenía la frente redondeada, la nariz pequeña y una sonrisa graciosa llena de pequeños dientes blancos que hacían aún más adorable su inocente belleza infantil, que años más tarde darían paso a una impresionante y bellísima mujer.

Ella era lo más maravilloso del mundo, era graciosa e inteligente, Podía ser temperamental, caprichosa y su conducta en ocasiones daba trazas de mujer altanera, pero también era dulce y amable. ¡Me volvía loco! En ese entonces el cariño que le guardaba era como el que se tiene a una hija. Al pasar los años, cuando ella empezó a hacerse mujer, el amor que le guardaba comenzó a cambiar y se convirtió en pasión. Para cuando se volvió una señorita, yo ya estaba obsesionado con ella y en sus formas femeninas, veía también el más ardiente objeto de deseo. Pero me estoy adelantando en mi relato, ya llegaré a esa parte.

Guillermo se quedó en mi casa a comer; ambos estábamos animosos con deseos de conversar. El día estaba fresco, no muy soleado, y la brisa soplaba suave; sin duda teníamos un tiempo excelente. Estuvimos hablando por un muy buen rato, nada especial, solo buenas noticias. Me daba gusto que le fuera bien, amaba a mi hermano y me hacía más feliz que saber que tanto él como los suyos eran dichosos.

El resto de la conversación giró en torno a distintas frivolidades. Yo esperaba que dijera algo acerca de que se había esparcido un rumor de un asesinato brutal, quizá una bestia, quería saber si habían sido encontrados los cadáveres de los asaltantes, pero él no mencionó nada al respecto así que no me atreví siquiera a mencionar el incidente. Mi hermano me sugirió que lo acompañara a su casa a saludar a su esposa e hija. Acepté y salimos casi de inmediato.

Al llegar a la casa tanto Sofía como Tina estaban afuera. Sofía daba órdenes a un empleado, mientras que Tina tiraba del vestido de su madre. Sofía llevaba un vestido blanco y el cabello recogido del que desprendían algunos bucles de cabello negro. Junto a ella estaba Justina con un vestido azul adornado con delicados listones rosas. Detrás de ellas un joven mulato cargaba una canasta y la llevaba adentro de la casa. Tina apenas me vio corrió hacia nosotros saltando jovial. Saludó a su padre y luego se arrojó a mis brazos. Yo la recibí con igual efusividad. Su madre la reprendió:

—Justina, no molestes a tu tío.

Tina avergonzada me soltó y miró a su madre y a mí con la melancolía de un perrito regañado.

—Oh, no, no me molesta en lo absoluto.

Tina volvió a sonreír pizpireta. Con sus pequeñas manos sujetó una de las mías.

—Consientes demasiado a tu sobrina —dijo Guillermo, yo comencé a reír y Tina estaba radiante de alegría.

Me quedé un rato más a charlar. Un rato más tarde, por voluble que suene, mientras conversábamos, de repente me aburrí de las buenas noticias y les pregunté si habían escuchado algún rumor acerca de sucesos graves o algún crimen. Sofía y Guillermo se voltearon a ver intrigados, luego los dos me miraron y negaron con la cabeza.

—¿Por qué la pregunta? —dijo mi hermano—¿Acaso ha pasado algo malo?

—No creo —repliqué y me encogí de hombros—. Escuché un rumor pero debe ser una tontería.

Cambié la conversación. Un rato más tarde me dispuse a partir. Ellos me invitaron a cenar la noche siguiente y yo acepté. Me despedí y me marché no sin antes recibir un fuerte abrazo de mi niña querida.

Cayó la noche estrellada, igual que la noche anterior cargada de un aire fantasmal. No resistí la tentación de salir a caminar y disfrutar del aire nocturno, en solitario. Mientras caminaba pensé en el hombre que había visto la noche anterior. No sabía por qué ejercía esa fascinación en mí, tal vez era su aire misterioso, tal vez era su aspecto despreocupado y a la vez fiero; quizás eran su cabello rojo, sus ojos azules, su porte y su elegancia lo que despertaban tanta curiosidad. Cuán grande fue mi sorpresa cuando lo descubrí sentado en una banca de la plaza.

Me acerqué lo más que pude, traté de observarlo a discreción, tampoco quería parecer una vieja entrometida. Él, que hasta ahora parecía absorto en sus pensamientos, se dio cuenta de mi presencia y emitió una ligera sonrisa, casi maliciosa. Nuestras miradas chocaron. A fin de no parecer descortés, me dirigí a él y le di las buenas noches; él contestó a mi saludo con un peculiar acento en el habla. Me sentí satisfecho de haber obtenido una respuesta, era mi oportunidad de iniciar una conversación, pero antes de que yo empezara él comenzó la entrevista.

—¿Viene usted muy seguido por este lugar a estas horas?

—Sí.

—¿Vive cerca?

—A varias calles de aquí.

Él sonreía sereno, con cierta nota burlona; yo me quedé en silencio un segundo y después proseguí:

—Si no me equivoco usted estuvo anoche en casa de la familia Navarro.

—Así es —respondió—. Yo también lo noté a usted.

—Por su aspecto y su acento pienso que usted es extranjero.

—No se equivoca, acabo de llegar a la Nueva España con la

esperanza de invertir mi dinero en un buen negocio.

—¿Viene de Europa?

—Así es —contesto haciendo un ligero movimiento con la cabeza.

—¿De dónde es usted?

—Génova.

—Espero no molestarlo con mis preguntas o haberlo importunado en sus reflexiones.

—Al contrario —contestó—, me agrada que haya tenido la cortesía de entablar una conversación conmigo. Para alguien como yo que se encuentra en calidad de extranjero en una tierra lejana, es agradable entablar relaciones con las personas.

Se puso de pie y se acercó. Extendí mi mano a la vez que me presentaba, él me dio un apretón y dijo:

—Es un placer conocerle, por favor, sólo llámeme Rolando.

—¿A qué se dedica?

—Siempre estoy buscando negocios en los que invertir. ¿Usted a qué se dedica?

—Al comercio.

—El comercio de mercancías es una actividad interesante —comentó.

Después de eso comenzamos a hablar de su viaje, cuándo había llegado y los lugares donde había estado antes. Me sorprendió que en realidad había estado en casi toda Europa.

—Me gusta viajar —comentó—, esa siempre fue una de mis pasiones. Creo que nunca me he sentido arraigado a ningún lugar. Por eso he estado en tantas partes.

—Suena difícil de creer todo lo que ha visto viniendo de alguien como usted, que no aparenta mucha edad.

—Lo sé, siempre me lo dicen.

—¿Hace cuánto tiempo que llegó?

—Tan sólo un par de semanas. Un conocido me habló acerca de que esta tierra era un buen lugar de oportunidades. Fueron tantos los detalles que mencionó sobre este país que lo hizo parecer interesante, así que me embarqué. Al principio me hospedé en un hotel de Veracruz, depuse me dirigí a la capital, pero decidí cambiar el rumbo y venir aquí; alguien me dijo que podría gustarme.

—No se arrepentirá —comenté con una sonrisa—, fue una buena elección.

—Ya lo creo.

Continuamos con nuestra plática durante un rato más mientras caminábamos alrededor de la plaza. Rolando era un sujeto muy inteligente y carismático. Al cabo de una larga charla vi mi reloj (por fortuna tenía otro para reemplazar el robado); ya habían transcurrido dos horas desde nuestro encuentro.

—Bueno —me disculpé—, me temo que debo de retirarme, mañana será un largo día.

—Bien, yo también debo irme.

—Fue un placer haber estado en su compañía.

—El gusto fue mío —dijo asintiendo con la cabeza.

—Sería para mí un honor que me acompañara a cenar el jueves.

—Agradezco su ofrecimiento —contestó con gentileza— será un placer.

—De acuerdo, entonces lo veré pasado.

Le di las señas de mi casa, Rolando prestó atención a los detalles. Luego nos despedimos estrechando nuestras manos.

—¿Hacia dónde se dirige? —pregunté.

—Caminaré calle arriba, rento una casa cerca de aquí —respondió, luego dijo cortés—. Que pase buenas noches.

Respondí de igual modo. Nos dimos la vuelta y cada cual emprendió la marcha a su destino. No había caminado mucho cuando recordé lo que me había ocurrido la noche anterior; me dio temor pensar que algo le fuera a suceder también a él; me volví, lo llamé.

—Tenga cuidado, no es bueno andar solo por las noches.

—Agradezco su preocupación —contestó Rolando—, despreocúpese, estaré bien.

Y se alejó en la oscuridad de la noche.

Al caer la tarde del siguiente día acudí a casa de mi hermano Guillermo. Asistió también mi hermano Agustín, su esposa y sus dos hijos. Los hijos de Agustín e Isabel eran dos niños adorables. El mayor se llamaba Juan, tenía el cabello rubio de su madre y los ojos castaños de mi hermano, era un niño enérgico con espíritu de. Su hermano menor, Octavio, era de aspecto mucho más parecido a su padre que a su madre, pero flemático y enfermizo, igual que su madre. Ambos niños se llevaban bien; eran compañero de rencillas y de estudios. Eran muy unidos, complementarios uno del otro. Casi eran Castor y Pólux personificados en dos hermanos que no eran gemelos. Tina gustaba mucho de jugar con ellos; ella no tenía ningún hermano por lo que insistía mucho a sus papas de lo deseosa que estaba de tener un compañero de juegos.

Durante la cena me fijé en todos los comentarios que hicieron en caso de que mencionaran algo con respecto a un crimen sangriento. Ninguno de ellos lo hizo. No sabía si debía platicarles lo que me sucedió o no. Por fin opté por no contarles nada a fin de no alarmarlos. Ellos por su parte, hicieron muchos comentarios y preguntas sobre mis negocios y después sobre mí.

—Tus asuntos marchan bien —comentó Agustín—. Ahora falta saber cuándo vas a sentar cabeza.

—No por el momento —fue mi automática repuesta.

—A mamá le hubiera gustado vernos a los tres casados —dijo Guillermo.

—Tal vez después —conteste casi cortante.

La verdad era que hasta ese entonces no había conocido a ninguna mujer soltera que a mi gusto valiera la pena, ni amor que para mí fuera importante. La mayoría de las jóvenes criollas me parecían tan simples y huecas como Isabel, por lo que el matrimonio no me atraía como estilo de vida.

La mañana del jueves transcurrió tan monótono y aburrido como cualquier otro día, con la diferencia de que esa noche vería a Rolando Solari.

Él llegó a la hora acordada. Después de un rato de charla, pasamos al comedor y nos sentamos a la mesa. Noté que él estaba complacido, no obstante comió menos de lo que yo esperaba y tomo poco vino. Él tenía el aspecto de ser un hombre fuerte y sano, por eso esperaba que su apetito fuera mejor. Terminada la cena pasamos a mi despacho a seguir la conversación. Serví dos copas de licor y le ofrecí una de ellas. Levanté la mía en señal de hacer un brindis, Rolando acerco la suya a la mía y bebimos, o por lo menos yo si lo hice ya que me dio la impresión de que Rolando sólo tocó la copa con los labios y apenas y tomó un sorbo.

Conversamos sobre muchas cosas, sobre todo de sus viajes. A lo largo de la velada yo volví a verter licor en mi copa varias veces, no así en la de él quien bebía poco. Lo cierto es que disfruté mucho su compañía. Ante mí tenía a un sujeto auténtico, diferente a cualquier persona que haya conocido antes. Él también parecía contento de pasar el tiempo conmigo.

Ambos teníamos la misma inclinación por pasear en la tranquilidad de la noche; fue por ese gusto en común, por la simpatía que nos teníamos y por la confianza que por alguna razón yo iniciaba a depositar en él, que comenzamos a vernos más a menudo, sobre todo para salir a caminar después del ocaso. Casi todos los días nos encontrábamos en la plaza o en cualquier otro lugar para emprender una caminata nocturna acompañada siempre de una amena conversación.

Otras veces, cuando no teníamos deberes, nos encontrábamos por la mañana, pero no salíamos mucho, a él no le gustaba el sol, apenas y podía disimular lo mucho que le irritaba los ojos. Procuraba evitarlo. A veces nos reuníamos en cafés y otros lugares para las altas esferas de la sociedad, en ocasiones él o yo éramos invitados a reuniones ofrecidos por amigos o conocidos y asistíamos juntos.

Pronto nos volvimos inseparables, sin embargo, lejos de conocerlo mejor, me daba cuenta que cada vez me parecía más extraño. No puedo decir con exactitud qué fue lo que comenzó a intrigarme más, es de esas sospechas que surgen de repente en la mente de uno, como guiado por instinto, ese que anida dentro de cada animal y que el hombre en su afán de civilización ha ignorado, tomándolo por supercherías de inocentes o de gente nerviosa.

Le gustaba casi como una obsesión ir a elegantes reuniones para lucirse, para obtener las miradas de todos. Siempre llamaba la atención de las jóvenes casaderas que se esmeraban en hacerse notar ante su presencia, y cuando él invitaba a alguna a bailar, las otras la observaban envidiosas, mientras la ganadora de esa pieza se mostraba altiva. Aun así, su interés por las jóvenes nunca pasó del baile. A mi amigo le gustaba galantear, pero para decepción de las jóvenes, ninguna de sus conquistas pasó de una simple coquetería.

Durante las reuniones Rolando se paseaba entre los invitados con encanto, discreto, cauto, seguro de sí mismo. Al principio me parecía que lo suyo era mera vanidad, pero pronto me di cuenta que en realidad actuaba como si estuviera acechando a todas las personas y nadie se diera cuenta de ello, excepto quizás yo. En cierta forma, la manera en que se movía me hacía pensar en un depredador, era como un lobo disfrazado, marchando entre el ganado como si estuviera haciendo una escrupulosa selección de su presa.

Había cosas en Rolando que me eran extrañas, como el hecho de que hasta ahora había notado que era malo para comer y beber, pero su constitución física y fuerzas no correspondían con las de un melindroso. También noté que siempre trataba de no esbozar una sonrisa demasiado amplia. Se contenía de sonreír y más aún de reír. A mi lado tenía una actitud más relajada, sin embargo, cuando estábamos solos y algo le causaba mucha gracia, al reír bajaba ligeramente la cara y se llevaba una mano a la boca.

Hubo algo que en su momento no me llamó la atención y no fue sino tiempo después que lo sumé a la lista de detalles particulares de mi querido amigo. La primera vez que ocurrió fue un poco más de un mes después de la primera vez que conversamos. Era ya tarde, estábamos en la calle despidiéndonos cuando le dije:

—Nos vemos mañana

—De acuerdo —dijo y de pronto se quedó callado, miró al cielo como buscando algo y después siguió—. Aunque ahora que recuerdo, tendrás que disculparme ya que mañana no podré verte, tengo algo que hacer, lo siento.

—Oh, no hay de qué preocuparse, si tienes otro compromiso entonces te veré después —y así quedó todo.

Por otra parte, tras meses de guardarme aquel fatal acontecimiento nocturno, me atreví a contárselo a Guillermo y le pregunté si no había escuchado algo con respecto a que se hubieran encontrado dos hombres descuartizados. Él se sorprendió de todo esto, lo llamó monstruoso, me preguntó que de dónde había sacado algo así y me miró como quien ve a alguien que está trastornado por un mal sueño.

—Te lo digo en serio, era algo muy grande, tal vez un demonio, un nahual.

—Quizá lo soñaste.

—No me crees —dije un tanto ofendido.

—Tal vez sólo te confundiste.

—Pues lo creas o no, todo fue real. Sé lo que pasó —repliqué con tosquedad y ya no hablamos más del asunto.

Obtuve algo de información relacionada con aquel incidente por otra fuente. Una tarde estaba en mi casa comiendo cuando escuché entrar a la cocina a una de las sirvientas quien estaba muy alterada. Comenzó a relatar algo a Luz María. Me llamó la atención la forma acelerada en que cuchicheaba, así que me levanté y escuché desde afuera sin ser visto.

—¡Ay! Si tú supieras —suspiró—. Estaba en el tianguis cuando me encontré con Martha y me platicó que hay un animal que se lleva a la gente.

—¿Pero qué clase de animal?

—¡Yo que voy a saber! Pero dicen que a los que se lleva los mata y nadie los vuelve a ver. A lo mejor es el diablo —cuando dijo esto último se santiguó.

—Muchacha, ya no hables de esos horrores —la reprendió Luz María—. Anda, mejor ponte a barrer el pórtico, que ya sabes que al señor le gusta tener la casa impecable. Que no te vuelva a oír hablando eso —sentenció.

La chica salió corriendo de la cocina y Luz María se puso a guardar platos. Yo, que había escuchado cada palabra con fervorosa atención, sentí alivio y temor al mismo tiempo.

Oír esto me hizo pensar que, después de todo no estaba loco. La curiosidad me atormentaba, necesitaba saber más al respecto. En el fondo, aunque odiaba admitirlo, tenía tanto temor supersticioso como el de mis sirvientas, de que de verdad se tratara de un demonio. Sin embargo, si era así, entonces ¿por qué me perdonó la vida? Quise correr a preguntarle, pero opté por no hacerlo; siempre evitaba tener informalidades con mis sirvientes. De cualquier forma, con excepción de Luz María y Nicanor, mis empleados se limitaban a obedecer y hablar lo indispensable. Pero ya tendría mis respuestas a su debido tiempo, me hice el firme propósito de que así sería.

Seguí reuniéndome con Rolando a caminar a la misma hora, observándolo actuar; su comportamiento tenía algo que me fascinaba. Era como una alegoría a la normalidad anormal. A veces tenía actitudes que me desconcertaban un poco. Claro que sólo yo lo notaba debido a la estrecha unión que se desarrolló entre nosotros. Hay actitudes de las personas que se vuelven obvias sólo para aquellos que los observan diario. Recuerdo que una mañana en la que aceptó desayunar conmigo, ese día el sol estaba radiante, era un día caluroso. Él bebió leche, le gustaba mucho y comió una pieza de pan. Al final de la reunión parecía somnoliento, como si no hubiera dormido en toda la noche. Concluí que a diferencia de otras personas, él parecía estar mejor de noche, y las mañanas parecían ser su peor momento del día.

Paseábamos mucho de noche. Tiempo después, durante una de estas caminatas, miró el cielo y se disculpó diciendo que no podría verme la siguiente noche. Al otro mes volvió a pasar lo mismo, se negó a asistir a una cena ofrecida por un conocido de ambos, alegando que esa noche le era imposible salir. Me pareció raro porque ese conocido daba una de las más elegantes fiestas de la ciudad y era impensable que Rolando declinara una invitación así; era frívolo y mientras más lujosa la fiesta más le emocionaba. Sin embargo no asistió. Al otro mes coincidió una situación similar y fue la misma historia. Me percaté de que vigilaba mucho al cielo, me puse a pensar al respecto e hice una suposición. Analizándolo, noté que actuaba constante, como en ciclos, pero ¿regido por qué? Me puse a pensar, qué cosa podría marcar alguna clase de ritmo. Entonces, una tarde noté el interés con el que observaba la opaca y grisácea cara de la luna, como se ve en la tarde, que no brilla pues la luz del sol no lo permite. Ese era el objetivo de sus ojos zarcos, miraba a la luna, pero ¿por qué? ¿Qué tenía de especial si la luna es siempre igual?... O tal vez no, por lo visto mi pensamiento inicial fue errado, la Luna no es siempre igual, cambia a lo largo de un ciclo de 28 días en su forma y su tamaño. Esa era mi respuesta, la Luna marcaba su rutina. Sonaba extraño, pero poco a poco me convencí, cada vez más, de que así era. Él no era una persona común.

Cuando nuestra confianza creció, lo cual fue muy pronto, me comentó que prefería los alimentos poco cocidos, casi crudos. De cualquier forma, evitaba al máximo cualquier reunión que implicara sentarse a la mesa. Prefería conversar y caminar. Nuestra amistad creció, el lazo de confidencialidad que teníamos era grande, pero no lo suficiente para estar seguro de conocerlo del todo. En el fondo, sentía que escondía un secreto muy grande.

Una noche me atreví a preguntarle:

—¿Por qué casi no bebes de tu copa o no lo haces? ¿Por qué tienes preferencia por la comida término medio? —al hacer esta pregunta él se puso muy serio.

—Amigo mío, en gustos no hay nada escrito

—Eso ya lo sé, tan sólo... quería preguntar.

Rolando me miró consternado

—Es algo superfluo —dijo aparentando no darle importancia al asunto—. Como mencioné es cuestión de gustos. Debo admitir que nunca he sido un gran bebedor. Me agrada catar uno o dos sorbos y saborear el dulce olor del licor, pero en realidad no bebo mucho.

No insistí más en ese asunto, no tenía objeto seguir mis pesquisas sobre este tema por el momento, además, consideré su contestación bastante razonable. En el fondo nunca descarté del todo mis sospechas en torno a su alimentación, sobre todo hablando de lo poco que comía. Como dije antes, Rolando era un sujeto vigoroso; su aspecto no concordaba con su siempre presente falta de apetito.

Comencé a interesarme por el lugar y el ambiente donde vivía, tema del cual le pregunté. Rolando pareció un tanto incómodo. Me dio un par de señas de la casa que rentaba. Una vieja viuda lo atendía en calidad de ama de llaves, luego me dijo que él casi nunca estaba ahí en el día. Traté de aprovechar la oportunidad para hacer otras preguntes de índole personal pero él era hábil para evadirlas. Mi astucia me indicó que me detuviera a fin de no molestarlo, tuve que conformarme con la poca información obtenida; no quería ser mal educado. Una semana después me decidí a hacerle una visita sorpresa. Muy temprano fui a averiguar qué clase de lugar era. Se trataba de una casona con jardines sencillos, muros de piedra y amplias ventanas. La entrada principal estaba abierta, así que entré y me puse a merodear. Pasé por una puerta que daba a un patio espacioso que tenía una entrada a la cocina; afuera una joven india desgranaba maíz. Me acerqué a ella

—Disculpa, quisiera saber si tú puedes responderme algunas preguntas

Apenas y volteó a verme. Me acerque pensando que tal vez no se había dado cuenta de mi presencia, cuando justo en ese instante una anciana elegante y de aspecto frío iba saliendo al patio. La chica la señaló y me dijo en voz baja.

—Pregúntele al ama, señor.

Me aproxime a la vieja quien era una mujer imponente, un tanto desagradable; tenía el cabello blanco, recogido sobre la cabeza; llevaba puesto un delantal con el que se estaba secando las manos.

—¿Puedo ayudarle? —dijo con voz ruda.

—Buenos días —saludé quitándome el sombrero—, quisiera hacerles algunas preguntas.

—¿Sobre qué asunto?

—Un conocido mío.

—¿Y quién es ese sujeto?

—Su nombre es Rolando Solari. Cabellos rojos y ojos azules.

Apenas hube hecho esta descripción la chica india me miró sobresaltada, uno de los trastos en los que colocaba el maíz cayó haciéndose pedazos contra el empedrado. Los granos se dispersaron. Alcancé a escuchar que ella murmuró, "el demonio...", en voz tan queda que de haber estado distraído no lo hubiera notado.

—¡Mira nada más lo que acabas de hacer! —prorrumpió enojada la anciana.

—Discúlpeme señora, no fue mi intención —dijo muy nerviosa por la reprimenda.

—¿Qué no te fijas en lo que haces?

La chica no respondió; me dirigió una larga mirada de reproche. Luego murmuró:

—Discúlpeme —y se inclinó en el suelo poniendo los granos sobre su delantal.

La anciana la observó un momento, como si esperara que se desvaneciera en el aire y en el acto.

—¡Acaba de una vez! —exclamó con una nota ácida—. Ya deja eso, retírate de mi vista —luego se le acercó, le apretó el brazo y le dijo en voz muy baja— y pobre de ti donde vuelvas a decir eso. No quiero más absurdos, ¿entendiste?

La chica asintió con la cabeza, se levantó y se alejó apresurada. La vieja volvió su mirada de buitre a mí, como si hubiera notado que ponía especial atención en escucharla. Ella apretó los labios y un destello de indignación brillo en sus pupilas, como si hubiera cometido una intromisión. Me fue imposible no encogerme de hombros.

—¿A qué ha venido? —preguntó la anciana.

—¿Él se encuentra ahora?

—¿Qué interés tiene en ese sujeto? —dijo elevando el mentón.

—Es una cuestión personal —comenté.

—Pues le recomiendo que lo busque en otro momento. Ahora no se le puede molestar.

—Aunque esté ocupado al menos dele conocimiento de mi llegada, porque debo de garantizarle que en cuanto sepa que estoy aquí no le importara interrumpir sus asuntos para atenderme...

—Está durmiendo —irrumpió la anciana— y créame que es muy estricto con sus órdenes de no ser perturbado mientras descansa. El señor Solari tiene muy mal carácter.

—¡¿Durmiendo a esta hora de la mañana?!

—¿Le sorprende?

—Por supuesto.

—Ahora si me disculpa...

—Espere —insistí—, dígame ¿esto es común en él?

Por un momento parecía que estaba a punto de hacerme echar a la calle. Me miró silenciosa, luego suspiró. Algo cambió como si de pronto me hubiera tomado un poco de simpatía.

—De dos a cuatro veces a la semana sale de noche y regresa en la madrugada. Por la mañana insiste en no ser molestado por nada en el mundo. Otras veces se va muy temprano y no regresa hasta el ocaso.

—¿Siempre ha sido así?

—Sí.

—¿Y esa es la única conducta peculiar que él tiene? —fue una pregunta muy osada. La mujer mostró de nuevo indignación en el rostro.

—No crea que lo conozco bien. En realidad lo veo poco de día. Es un hombre muy amable. A veces se levanta temprano, le gusta sentarse a la sombra. Sin embargo cuando decide dormir por la mañana, si alguien lo despierta se comporta de forma distinta; se molesta tanto que podría hacer arder al infierno.

—Así que él insiste en no ser molestado cuando duerme.

—Desde que llegó puso como condición eso y que no se moviera nada de su habitación. La mayor parte del tiempo tiene las ventanas cerradas y tapadas; no le gusta que entre la luz. Ya en una ocasión ocurrió un percance con una de las sirvientas que entró sin darse cuenta que él estaba durmiendo.

—Por eso es que sus empleadas están asustadas.

La mujer arqueó las cejas indignadas. La simpatía que había mostrado antes, se desvaneció en ese momento.

—Escúcheme bien, señor, creo que nada de esto es asunto suyo —exclamó cortante—. Ahora, si me disculpa tengo cosas que hacer. Usted ya conoce la salida.

La vieja se me quedó viendo con dureza, me quedó claro que tenía que irme. Pero antes me aventuré a hablarle otra vez.

—Disculpe, señora, antes de irme quisiera pedirle un favor.

Ella se mostró muy fastidiada.

—¿Ahora qué es lo que se le ofrece?

—Yo aprecio mucho al señor Solari, no sabía nada de lo que me acaba de comentar. Por favor no le diga que estuve aquí.

La vieja me miró intrigada, suspiró antes de decidirse a responderme

—Señor, permítame darle un consejo; no sé por qué lo hago ni siquiera lo conozco. Usted parece muy distinguido, seguro puede procurarse mejores compañías que la de ese señor. Algo me dice que en él hay algo extraño; es volátil de carácter, agresivo. Mejor no se meta en problemas.

—No se preocupe —dije haciendo una ligera reverencia con la cabeza—, de cualquier forma le agradezco.

No dejé de pensar en todo lo que sucedió esa mañana, sobre todo recordaba una y otra vez la expresión de terror en el rostro de la joven y la forma en que lo había llamado, "demonio". Estaba pasmado de haber oído sobre las excentricidades y el mal carácter de mi amigo. Mi intuición volvió a extender un manto de dudas. Entonces por alguna razón me sentí invadido por olas de miedo y consternación. Un escalofrío recorrió mi espalda, era una voz que gritaba que tuviera cuidado con Rolando, pero en vez de hacer caso a mi temor y alejarme de él, tuve más que nunca un ferviente deseo de seguir avanzando en mi investigación; tal era la curiosidad y fascinación que sentía por mi nuevo amigo. No podía detenerme ahora. Recordé las últimas palabras de la anciana. "No debo dejarme asustar", me dije, "no ahora".

La siguiente vez que me reuní con Rolando estuve muy callado; una copa de vino se deslizaba entre mis manos. Odiaba admitirlo, pero ya había comenzado a tenerle miedo casi en la misma proporción en que lo apreciaba.

—Hoy no has hablado mucho —comentó Rolando.

—Lo siento, creo que no me siento bien.

Guardamos silencio un minuto y después proseguí:

—Rolando. ¿A qué te dedicas?

—Creo que ya te había hablado de eso. Soy comerciante.

Rolando me miro un tanto molesto, calló un momento, se quedó pensativo, como tratando de adivinar qué estaba pasando por mi cabeza.

—Lo siento —dije avergonzado. Ni siquiera sé por qué me disculpé.

Rolando cambió en un instante ese aire molesto por uno resuelto, hizo una mueca burlona, parecía divertido. Rio entre dientes y comentó con una mirada siniestra.

—No me molesta que preguntes, al contrario, me halaga tu interés. Sé que aún no me conoces del todo y es natural desconfiar. No tienes que decírmelo, tampoco lo niegues, porque yo lo sé. Eres mi amigo, lo más justo es que sea franco contigo, pero a su debido tiempo.

Estas palabras lejos de tranquilizarme avivaron más la curiosidad que me estaban torturando, como si tuviera una soga de henequén áspera, dura y olorosa apretándome el cuello. Sin embargo decidí no darle importancia. Entonces, una noche, aconteció otra peculiar escena, teniendo como protagonista a la extraña conducta de mi amigo.

Esa noche había luna creciente, según mis cálculos, no culminaría en plenilunio sino hasta dentro de nueve días. Estábamos caminando esa noche obscura y solitaria. Al avanzar hacia un extremo de la calle vimos a un gato que saltó desde una marquesina hasta la barda de un jardín. Rolando de inmediato se percató de su presencia, como si lo hubiera detectado olfateándolo en el aire. Sus miradas chocaron, el felino gruñó y se erizó de la forma en que siempre hacen los gatos cuando ven a un perro, Rolando a su vez frunció el ceño adoptando un aspecto fiero, hizo un ligero movimiento con la cabeza a la vez que apretaba la quijada y un ligero gruñido escapaba desde lo más profundo de su garganta. El gato se alejó atemorizado y rabioso. Yo permanecí en silencio atento a toda la escena sin decir una palabra ni hacer movimiento. Contuve la respiración hasta que Rolando, como si saliera de un trance, volvió otra vez su atención a mí.

—¿Qué fue todo eso? —pregunté anonadado.

—¿A qué te refieres? —contestó indiferente.

—Rolando, cualquiera que te hubiera visto juraría que estabas peleando con ese gato.

Rolando me miro serio, por un momento desapareció su serenidad no fue más de un instante el que surcó su faz siempre confiada, luego volvió a sonreír despreocupado.

—¡Ah, te refieres a eso! —musitó como si fuera una nimiedad—. Para ser sincero, no me gustan los gatos —luego mostró una sonrisa burlona— y creo que yo tampoco les agrado.

—Nunca en mi vida había visto que un gato reaccionara así ante una persona; ante un perro quizás, pero no frente a un hombre.

—Siempre hay una primera vez —dijo con una nota burlona.

Seguimos caminando sin volver a tocar el tema. En ese momento se reafirmó mi afán de descubrir la verdad de él. Ya no estaba dispuesto a aguardar más a ese "debido tiempo", ya era hora de acelerar las cosas.

Tuve la idea de invitarlo a mi casa una noche como cualquier otra del mes, pero esa noche toda la servidumbre se debería retirar de la casa en cuanto él llegara para permitirnos estar completamente a solas. Cuando nos despedimos le dije que la noche siguiente lo esperaba en mi casa, él por supuesto aceptó.

Rolando acudió puntual. Nicanor me informó de inmediato apenas hubo llegado. Me dio mucho gusto saberlo y en el acto corrí a recibirlo. Pasamos a la estancia. Mi perro, que en ese momento estaba dentro de la casa, se acercó a olfatear al recién llegado. Hasta ahora nunca le había mostrado mi perro. Rolando lo observó, analizando sus movimientos con un interés que no hubiera esperado; el animal parecía hacer lo mismo con Rolando.

—¿Cuál es su nombre? —preguntó.

—Azafrán.

—Es hermoso —comentó Rolando.

Se puso en cuclillas y comenzó a acariciarlo. El noble animal movió la cola y se mostró amistoso con el invitado. Luego Nicanor llamó al perro y se lo llevó fuera. Rolando se puso de pie y dijo complacido:

—Sin duda alguna es un magnífico ejemplar.

Pasamos al despacho. Hice saber a Rolando que todos se habían retirado, por lo que estaríamos solos. Mi amigo lucía confiado. Cerré la puerta, tomé lugar frente a Rolando. Nuestra plática comenzó tan casual como de costumbre; serví dos copas de ron y le ofrecí una de ellas. Hubo un momento en que su mirada se perdió en el reflejo de la luz de la lámpara sobre el licor ambarino, mientras sus dedos jugaban dibujando el borde de la copa. Sonrió saliendo del trance, era una sonrisa siniestra que últimamente veía muy a menudo en él.

—Me gusta tu casa —comentó—. Eres un hombre afortunado.

—La compré con el dinero que me dejó mi padre —respondí—. Hago lo posible por no despilfarrar nada de lo que me dejó —me recargué en el respaldo de la silla, hablar de mis propiedades me hacía sentir como un rey—, aunque no me conformo con lo que tengo, trabajo muy duro y espero algún día poner a trabajar mi dinero en un proyecto más rentable.

—¿En qué te gustaría invertir? —preguntó.

—Siempre he sentido predilección por la cría de ganado —respondí sin evitar omitir una sonrisa—, quisiera tener una hacienda como la que tenía mi padre, la cual ahora es de mi hermano.

—¡Ganadería! —exclamó— Me parece que es un buen negocio.

—¿Te gusta el ganado?

—Sí, me gusta mucho, lástima que no pueda decir que yo le agrade igual —dijo con un tono algo sarcástico.

—Tampoco le gustas a los gatos —comenté burlón, en alusión a lo ocurrido la otra noche—, pero los perros sí te agradan.

—Los perros son unos animales estupendos —explicó sonriendo—, sostengo una relación buena con ellos... casi como si estuviéramos emparentados.

Dicho esto comenzó a reír; echó la cabeza hacia atrás y a diferencia de otras veces que reía, no trató de hacerlo discreto sino todo lo contrario. Fue la primera vez que lo vi reí a carcajadas, descarado, como si lo estuviera haciendo a propósito. Su dentadura quedó al descubierto revelándome algo insólito. Ya en otras ocasiones, mientras lo veía hablar había notado algo raro en sus dientes, esta vez lo vi con más claridad; tenia los colmillos largos y fieros, los premolares que están detrás de los colmillos elevados y afilados, y el resto de las muelas aguzadas. Esta visión me dejó helado. Alguna vez había conocido personas con colmillos notorios, pero esto era diferente, era extraordinario.

—¿Ocurre algo, Ernesto? —preguntó Rolando con una sonrisa malévola.

—No —respondí consternado—, no es nada.

Me quedé en silencio fijo en Rolando quien adoptó su postura de siempre, a la vez burlona a la vez fiera y expectante pero a diferencia de otras veces, estas cualidades eran más marcadas que nunca. La incertidumbre comenzó a invadirme. Algo andaba mal con la conducta cada vez más cínica de Rolando.

—Ernesto —miró a su alrededor desenfadado—, la noche es hermosa, ¿no te parece? Es serena y a la vez tan misteriosa. Mucho de su encanto se debe a la oscuridad que la caracteriza y la convierte en opuesta al día. Noche y día son contrastes complementarios, partes de un sólo elemento ¿no lo crees así?

—Por supuesto —murmuré consternado, no esperaba este dialogo entorno a la noche.

—El único problema —continuó— es que la oscuridad tiene la capacidad de convertir en desconocido hasta lo más familiar, por eso asusta a la gente. Durante años han girado historias en torno a la noche. Muchos han visto a la oscuridad como el hábitat de lo maligno y tienen razón. Existen cosas que representan un enigma, al igual que hay seres que no son fáciles de comprender. ¿Entiendes a lo que me refiero? Animales nocturnos de los que se sabe poco y por ello se les considera malignos. Sin embargo, esa opinión es subjetiva, pues la mayoría de la gente tiende a juzgar como malo aquello que no conoce o que no puede entender. ¿Tú qué opinas?

—Bueno —comencé tratando de mantenerme tranquilo—, será

porque el raciocinio humano trata de entender todo, cuando muchas veces tiene que conformarse con asimilar.

—El raciocinio humano —murmuró Rolando como si le aburriera—. Es cierto, las leyendas, los mitos y las creencias son un método para tratar de dar una respuesta a lo desconocido. Además, una forma muy común de reaccionar a lo incógnito es el miedo; la sensación de aversión por aquello que no es normal al simple ojo mortal. Pero ¿es justificable?

—No lo sé.

—Dime algo —dijo Rolando fijando severo su atención en mí—, ¿rechazarías algo que te agrada si descubrieras que es diferente?

—Pues veras —dije un tanto perturbado por la severidad de su voz cuando formuló esta pregunta—, a fin de cuentas la diversidad es lo que hace maravilloso a este mundo.

—Así que podríamos decir que es "maravilloso" incluso algo tan peculiar que sea opuesto a lo que el ser racional ha denominado "normal".

—Creo que antes que nada tendría que conocerlo para responder.

—Y si te dijera que yo soy diferente.

—¿En qué sentido?

—Dímelo tú, por algo has estado tan interesado en descubrir detalles de mi persona.

Me sentí incomodo por la forma en que lo dijo pese a que no era inquisidor. En cambio tenía un algo tétrico y revelador en él que no me dejaba sostenerle la mirada mucho tiempo. Me puse de pie y camine un poco alrededor del sillón, me dirigí al escritorio y apoye ambas manos. La incertidumbre se estaba convirtiendo en miedo. Me sequé con la mano derecha el sudor helado que me brotaba en la frente.

—Hay cosas muy extrañas —prosiguió Rolando indiferente—, como lo que te sucedió hace algunos meses ¿lo recuerdas? La noche en que trataron de asaltarte.

Me quedé petrificado con las órbitas de los ojos dilatadas como los de los tecolotes; yo nunca le había mencionado aquel incidente. Me di cuenta que había sido estúpido mi intento de atraparlo, era él quien me tenía acorralado, como si siempre hubiera sospechado mis intenciones y hubiera decidido volverlas contra mí.

—¿De qué estás hablando?

Rolando metió la mano en su bolsillo y sacó un objeto dorado el cual balanceó frente a mis ojos.

—¿Lo reconoces?

Se me heló la sangre, al principio no fui capaz de decir nada, solo mostrar sobresalto.

—Es mi... es igual a mi...

—Sí, es el mismo.

—¿Pero cómo es posible que tú tengas mi reloj?

—¿Recuerdas el asalto, la bestia, tu milagrosa escapatoria?

Rolando rio malicioso. Me arrojó el reloj, lo atrapé y lo analicé. No cabía duda, era mi reloj perdido de aquella noche.

—¿Cómo lo sabes? —pregunté con la garganta seca.

—Porque de no ser por mí te habrían matado —dijo casi indiferente.

—¿A qué te refieres? —pregunté tembloroso.

—Ernesto, yo no soy humano, hace ya mucho tiempo que no lo soy.

—Si no eres humano, ¿entonces qué eres?

—No temas, no te haré daño.

—No comprendo nada —dije asustado tratando de controlarme.

—Tengo habilidades que no tienen las personas normales.

—¿Qué clase de habilidades? —pregunté un poco más interesado.

Rolando se incorporó con movimientos pausados, tenía la vista fija en la alfombra, de pronto se movió con tal rapidez que apenas y me percaté de cuándo pasó junto a mí. Me quedé boquiabierto, respiré ofuscado, miré a Rolando de pie detrás del escritorio apoyado en él con ambas manos, tranquilo, como si no le hubiera costado ningún esfuerzo. Luego con un movimiento indiferente, sacó de su bolsa el resto de los objetos que me habían robado la noche del asalto y los arrojó sobre el escritorio.

—Pero qué... —titubeé con la respiración entrecortada casi yéndome de espaldas con una expresión de asombro que pareció divertir mucho a mi amigo—. ¿Cómo hiciste eso?

—Caminando, ¿de qué otra forma podría haberlo hecho? —se dirigió lento hasta el punto de partida. Yo no le quité la vista de encima, ni por un segundo bajé la guardia.

—Eso no es posible, nadie puede moverse así.

—No te asustes, eso no es nada. Hay otra clase de seres que son más rápidos que los que son como yo. Además aún no has visto mi otro aspecto.

—¿Qué aspecto?

—El mismo que viste aquella noche. Dime ¿te gustaría volverlo a ver?

El simple recuerdo me llenaba de pánico pero una vez más la curiosidad hizo que me sobrepusiera al asombro.

—Sí —murmuré y un segundo después me arrepentí, pero no me atreví a decirlo.

Rolando sonrió, agacho la cabeza y murmuró: "Bien". Se aflojó la ropa y se plantó firme frente a mí. En tan sólo un instante su cara se acható en la nariz; su boca, quijada y mandíbulas resaltaron dando forma al hocico de la bestia. Los duros y fieros colmillos crecieron haciéndose aún más agudos y resaltaron cual hilera de temibles navajas blancas. Todo él comenzó a cubrirse de un oscuro y rojizo pelo; cada vez más pelo, en su cara, en sus brazos, que se habían vuelto más largos, y en las manos, las cuales se volvieron gruesas y duras con los huesos sobresalientes y las uñas largas y afiladas como garras. Se encorvó hacia el frente, la espalda ensanchada y tosca, marcada por los huesos de la columna vertebral, le daba un aspecto amenazador como el de un lobo que alza la cruz en señal de cacería. Contemplé lo que tenía enfrente, no era humano sino salvaje y monstruoso, era un lobo antropomorfo. Contuve un grito de terror al observar a la bestia cuyas fauces dibujaron una siniestra y grotesca sonrisa; era la misma fiera que había visto antes.

—Este es mi otro aspecto —dijo con voz ronca. Alzó la cabeza triunfante, se puso en cuatro patas y dio unos pasos hacia la izquierda con un movimiento inhumano, firme y aterrador, como el de un animal salvaje en cacería.

Me aferré al escritorio y traté de retroceder lo más que pude.

Rolando volvió a tomar su aspecto de siempre en tan sólo unos segundos. Despreocupado, se arregló el cuello de la camisa y las mangas. Sus rojos cabellos se mecieron alrededor de su hermosa cara. Volvió a sentarse como si nada, mientras yo permanecía inmóvil. Un sudor frío inundaba mi frente. Yo estaba paralizado y mudo. Rolando parecía disfrutar mi reacción.

—Bien, veo que lo estás tomando mejor de lo que esperaba.

Me reí nervioso por ese comentario.

—¿Qué piensas de mí?

—¿Qué clase de demonio eres?

—Demonio no, licántropo.

—¿Licán...tropo?

—Hombre lobo —afirmo Rolando entrelazando los dedos sobre sus piernas.

— No puede ser, no puede ser.

—Tranquilízate —dijo con voz calma—, por favor toma asiento y responderé a todas tus preguntas. No voy a lastimarte; créeme, si quisiera hacerlo ya te habría arrancado la cabeza.

No fue el mejor comentario para serenarme, aunque debo admitir que hasta cierto punto, fue bueno saber eso. Me senté de nuevo frente a él.

—Esto es lo que de verdad eres —comencé al fin—. ¿Así eres desde que naciste?

—No, era un hombre como tú.

—Dijiste que hace mucho que no eres humano, ¿cuánto hace que no lo eres?

—Hace 171 años..., algunos meses, unos cuantos días... ¡quién los cuenta! —dijo sarcástico.

—¿Cómo es que has vivido tanto?

—Porque soy inmortal, como muchas otras de las criaturas de la noche.

—En que año naciste.

—1614

Hice una rápida resta en mi cabeza.

—Significa que tienes 193 años de edad.

Rolando asintió con la cabeza

—¿Por qué tienes esta condición? ¿Se trata de alguna clase de maleficio?

Nunca me imaginé que yo estaría preguntando por sortilegios cual ignorante crédulo Yo nunca fui supersticioso y el hecho de concebir una pregunta como la acabada de hacer me hacía sentir como un estúpido. Rolando negó con la cabeza.

—Siento mucho decepcionarte, pero no se trata de ningún hechizo. No me extraña que lo preguntes, muchas personas creen que la licantropía está íntimamente relacionada con la brujería: maldiciones de brujas furiosas contra hombres, ungüentos mágicos, pieles de lobo hechizadas.

—¿Cómo te convertiste en esto?

—La historia es larga y mañana tienes que acudir a tus deberes cotidianos. ¿Quieres oírla esta noche o prefieres dejarlo para después?

—Sí —prorrumpí—, por favor cuéntame todo.

Rolando se recargo en el respaldo de la silla antes de iniciar su relato.

—Pues bien, como acabo de decirte, yo nací el 27 de octubre de 1614 en Génova. Mi padre era un comerciante dueño de una pequeña flota mercante, aficionado a los viajes que le exigían sus negocios y enamorado del mar.

>>Mi madre fue una mujer germana de la que mi padre quedó prendido a primera vista en uno de sus tantos viajes. De ella heredé mi cabello rojo. Se casaron y se la llevó a vivir a con él a Génova donde yo nací, pasé mi infancia y mis años de juventud. Al igual que a mi padre me gustaban las aventuras y el océano; es tan vasto, tan imponente que es imposible no enamorarse de él desde el primer instante en que se le conoce. El olor de la sal y la brea fueron mi obsesión durante mucho tiempo. Era tan feliz en ese entorno que sentí que nunca tendría fuerzas suficientes para abandonar el puerto. Sin embargo, el corazón humano

es caprichoso e impredecible. Pronto encontré otro amor y ese fue la medicina. Creo que siempre tuve algo de brutalidad en mi carácter, tal vez fue esa la razón por la que el destino me tenía predestinado para convertirme en un depredador. Desde niño me gustaba contemplar cuando abrían el pescado y le sacaban las entrañas. Tanto me interesó el funcionamiento del cuerpo humano que pronto cambié la compañía del mar por la de los libros.

De joven me gustaba salir con amigos. Pasábamos las tardes y las noches alrededor de los puertos buscando problemas y escapando. Siempre en pleitos, cortejando mujeres y bebiendo. Andábamos a la caza constante de emociones y diversión. Debo admitir que siempre he sido un aficionado a la efervescencia de las diversiones mundanas, por ello fue que empecé a ambicionar lo mucho que podría ofrecerme vivir en una gran ciudad. Dentro de mí maquilaba la forma de tener estudio y diversión, todo a la vez. Pronto encontré la respuesta a mis necesidades, le pedí a mi padre que me enviara a París a estudiar medicina. Me mostré aferrado a esta decisión y le supliqué como nunca en mi vida he tenido que implorar por nada. Alegué que el estudio me proporcionaría conocimientos y satisfacción más allá de lo que se imaginaba. Admito que lo manipulé, de manera que en su cabeza quedara sembrada la creencia, de que el estudio calmaría mis bríos de juventud y que volvería convertido en un prominente y serio médico. Él accedió a mis ruegos. ¡Pobre papá! No tenía ni la menor idea de lo que en realidad me interesaba. Él pensaba que me volvería sensato mientras que yo en cambio, iba con la intención de obtener regodeo.

Me fui a París colmado de esperanzas. Era joven y hermoso, no tardé en descubrir los atractivos que una ciudad como París podía ofrecerme. Al principio así fue, salía lo más que mis deberes académicos me lo permitían, frecuentaba tabernas que hervían de entretenimiento mundano. Pero entonces ocurrió que poco a poco comencé a concentrarme más en mis estudios. Por alguna razón comencé a hastiarme de la vulgaridad de esos lugares de entretenimiento y empecé a interesarme más en hacerme sabio. Quizá fueron las oraciones de mi madre; quizá fue simplemente que mi corazón siempre ha sido rebelde y voluble, inconstante como el mar y por esa razón mi interés cambia tanto de rumbo, en ocasiones apuntando a rumbos muy dispares.

Estaba aburrido, lo que antes me parecía enervante ahora me parecía decadente. Por otro lado la medicina me agradaba más con cada día, empecé a encontrarle lo interesante al vasto conocimiento, deslumbrante como una visión virginal, purísima de oro. Me entró en la cabeza la idea de ser el mejor, tenía potencial y una memoria superior a la de mis compañeros. Yo tenía que destacar. Odiaba admitirlo pero las esperanzas de mi padre empezaron a volverse realidad, estaba convirtiéndome en un hombre más sereno. Con esto no quiero decir que haya llegado a despreciar del todo mi algarabía. Como dije antes, de momento estaba aburrido, pero me conocía a mí mismo bien, lo bastante para saber que a la vuelta de una temporada volvería a interesarme en el alcohol, el ruido, la música y los placeres. Pero no por ahora, porque de momento estaba enamorando de otra cosa: del pensamiento intelectual.

Tenía un profesor que era un hombre muy culto al que admiraba. Jamás falté a una sola de sus clases, su nombre era Nicolas Scarron era un hombre viejo de aspecto amable. Sus conocimientos no se limitaban a la anatomía humana, también sabía mucho de filosofía, matemáticas, astronomía y literatura. Pronto se convirtió en mi ejemplo a seguir. Siempre me quedaba después de su clase a conversar con él. Podía escucharlo hablar durante horas en un estado de devota atención. Comencé a estudiar sobre todas las ciencias conocidas con gran entusiasmo. Deseé llegar a ser tan sabio como mi mentor e incluso más. Mi vanidad trazó que mi mayor afán debía ser convertirme en un hombre sabio y respetable, pero manteniendo mi encanto natural. Me imaginaba como alguien que debía tenerlo todo; una buena cabeza sobre los hombros y atractivo físico. Sería sofisticado, de admirable intelecto y envidiable belleza, todo a la vez. Pretendía tenerlo todo y fue en esta búsqueda que encontré algo maravilloso mayor a todo lo que entonces conocía.

Me hice muy amigo del señor Scarron. Nuestras charlas eran largas. Un día me invitó a reunirme con sus amigos. Me dijo que tenían un club de intelectuales, que se reunían todos los viernes en la noche a compartir sobre libros, música, ciencia, política. Me dijo que yo tenía todo para ser parte de ellos. Me sentí muy halagado, por primera vez podía decir que estaba orgulloso de mí mismo. Acepté encantado.

Acudí a la cita acompañado por mi maestro. Llegamos a una casa en un barrio tranquilo de la ciudad. Un mozo nos hizo pasar al interior. En la sala estaban reunidos varios hombres, la mayoría ancianos, de aspecto importante. Entre aquellos hombres hubo uno en particular que llamó mi atención. Su nombre era Lucas. Él era un griego alto y delgado, de cabello y ojos oscuros. Aparentaba a lo mucho 35 años, pero algo en él lo hacía ver viejo, muy distinto a los demás; parecía tan enigmático y distante. Noté que cuando se quedaba quieto era tan inmóvil como una estatua, y cuando se movía, lo hacía con silencioso y calculador encanto felino. Otra característica que lo hacía extraño eran sus ojos; al mirarlos era como si se estuviera viendo algo perteneciente a otra época, casi ancestral. Tratar de descifrar lo misterioso de su aspecto era como un complicado acertijo. Me simpatizó de inmediato ni siquiera supe por qué, ni siquiera era el más joven de ese grupo. Había otros hombres de edades cercanas a la mía y los ancianos siempre son faros de conocimiento. Sin embargo, de todo aquel grupo mi favorito era el griego. Me producía curiosidad, la misma que tú concebiste cuando me viste aquella noche. A él parecía gustarle entablar conversación conmigo. Esa noche en realidad no tuvimos una charla prolongada, sino corta, pero la disfruté mucho. Luego conversé con otros sujetos asuntos del estado francés. En fin, horas más tarde me retiré. Quedé satisfecho por las personas que acababa de conocer, sobre todo por Lucas; tenía deseos de conocerlo mejor, pero al mismo tiempo me causaba temor. Algo me decía que él no era una persona normal. Sin duda entiendes a lo que me refiero, mi querido Ernesto.

Esta última pregunta la hizo con una sonrisa burlona. Me sentí puesto en evidencia, por lo que me fue casi imposible no encogerme de hombros mientras que sentía un rubor de vergüenza subiendo a mis mejillas.

Rolando prosiguió:

—Al día siguiente, el señor Scarron me contó lo bien acogida que había sido mi presencia en la sociedad nocturna. Me dijo que hubo críticas favorables respecto a mi persona y que todos estarían encantados de que regresara. Respondí que sería un placer. Ser aceptado por esas personas era un paso más en el escalafón de mis deseos de alcanzar una perfección personal.

>>Regresé el viernes siguiente; igual que la primera vez, llegué acompañado por mi maestro. Entramos y nos encontramos con las mismas personas. Todos estaban ocupados en sus propias conversaciones. El único que parecía no tener ningún interés en retóricas era Lucas. Él estaba sentado en la penumbra de la sala acechando con su fría inmovilidad. A diferencia de la mayoría de las personas que hablan menos en la primera vez que se conocen, nosotros hablamos menos en la segunda ocasión. Esa noche él se retiró alegando que no se podía quedar mucho tiempo debido a asuntos personales. La tercera vez que asistí él no estuvo presente y para cuando lo volví a ver su actitud hacia mi persona fue indiferente pero cordial.

Una noche en que estaba conversando con otro viejo de las emociones humanas de alguna forma terminé enfrascado en una discusión sobre el estoicismo. Yo defendí la importancia del propio dominio sobre las emociones. Lucas parecía tener un interés especial en el tema, así que se me acercó y me dijo:

—Vaya argumento el que has presentado. Escucharte ha sido paradójico; esos pensamientos manifestados con una actitud contradictoria. Nunca había visto a nadie defender el estoicismo con tanta furia. Lo cierto es que creo que hay ciertas emociones que son difíciles de controlar. También pienso que no sabes nada de estoicismo.

Me sentí como un tonto, pero por fuera sonreí con arrogancia. Después de eso comenzamos a platicar. Esta vez el mostró mucho más interés hacia mí y una nueva curiosidad en indagar a fondo en mi persona.

La siguiente reunión tuvimos una mejor oportunidad para conversar, incluso a un nivel más personal. Lucas era un hombre con una extensa cultura general, sobre todo hablando de historia universal. Narraba sucesos pasados con precisión, como si los hubiera visto él mismo. Sabía hablar varias lenguas y había leído una gran cantidad de libros. Para mí él era fascinante, sobre todo por el hecho de que Lucas no era viejo y sabía más que la mayoría de los ancianos de la sociedad. Lo juzgué superior a todos cuantos había conocido, por su combinación de sapiencia, belleza física y su temperamento sereno. Sin embargo, con el tiempo comenzó a darme la impresión de que él estaba triste. A pesar de su aire enigmático, de su seguridad en sí mismo y de su frialdad, algo en sus silencios, en su fisonomía y en su rostro revelaban una melancolía profunda.

Semanas después, una noche hablé de mí mismo y las cosas que quería lograr en la vida. Lucas dijo sentir curiosidad al respecto y comentó que quería conocerme cómo era yo fuera de aquel ambiente intelectual. Acordamos que nos veríamos en otro sitio mucho más bullicioso. Nos reuniríamos a cenar en una taberna que entonces solía procurar.

Lucas llegó puntual a la cita. Se veía como de costumbre, con un estilo un tanto anticuado. Creo que no te había mencionado esto, Lucas siempre se vestía con formalidad, pero con ropa algo vieja y pasada de moda. Muchas veces llegué a pensar que sacaba sus vestiduras del baúl de su bisabuelo.

Nos saludamos. Le pregunté:

—¿Qué deseas beber?

—Cerveza está bien —hizo una pausa y luego añadió—. Antes que nada quisiera pedirte un favor: olvidémonos por esta noche de la solemnidad de siempre, de los libros mohosos y los ancianos pedantes. ¡Fuera máscaras! Quiero ver el lado de tu persona al que le gusta divertirse.

Me sorprendió su fascinación; mi vanidad lo disfrutaba.

El lugar en el que estábamos era uno de mis favoritos, bullicioso, impregnado del olor del sudor y el licor. Apenas llegué vi a algunos conocidos que me saludaron. Luego unas mujeres me sonrieron. Yo las saludé con una exagerada reverencia.

—¿Dónde has estado, demonio? —dijo una de ellas con voz voluptuosa.

—Ya te extrañábamos amor —murmuró otra sensual.

Pude escuchar sus risas cuando pasamos frente a ellas, las escuché cuchichear. Esta demostración bastó para inflar mi orgullo de semental hasta el tope. Lo admito, Ernesto, siempre he sido vanidoso.

Lucas parecía encantado pero manteniéndose a la expectativa, vigilando cada movimiento de todo cuanto se agitaba a su alrededor.

Pedimos un platillo de carne de puerco y cerveza. Lucas bebió. Conversamos de todo y a la vez de nada. Terminé mi cena sin saber que esa sería la última vez que probaría el sabor de la comida y la bebida de los humanos con el mismo gusto que entonces tuvo. Recuerdo haber comido y bebido copiosamente. En cambio Lucas sólo bebió pero comió muy poco. Cuanto terminé, él sugirió que nos retiráramos a un lugar más privado para continuar nuestra conversación. Salimos de la taberna y nos dirigimos a su casa. Esa noche había bebido un poco más de la cuenta, por lo que caminaba un poco perturbado por el alcohol.

Lucas vivía en una residencia majestuosa de aspecto lúgubre, tan sombría como el aspecto que a veces tenía él mismo; ya ves que muchas veces las cosas se parecen a su dueño. Nos sentamos en la estancia. Estaba haciendo un frío de panteón que Lucas parecía no notar. Encendió fuego de una manera mecánica, como si lo hiciera por costumbre y no por otra razón, luego se sentó frente a mí e inició su entrevista.

—Háblame un poco más sobre tus ambiciones.

Por alguna causa no me gustó en la forma en que lo preguntó, era como si me estuviera escudriñando en busca de un algo que no pude adivinar.

—Yo creo —contesté— que en el transcurso de esta vida uno tiene que superarse a sí mismo, convertirse en el ser que abarca de todo; ser absoluto y perfecto.

—¿Y en qué consiste esa perfección?

—En poseer varias características deseables. El conocimiento es la primera de ellas. Es necesario tener noción de todas las ramas del saber y no ser un ignorante, pues un hombre que no conoce lo que contiene el propio mundo en el que vive, no merece considerares parte del mismo. Hay que vivir al día en lo que concierne con el saber humano. Cada día que pasa los tiempos van cambiando, los gobiernos sufren modificaciones, las personas y las cosas envejecen y mueren. A través de la historia el conocimiento siempre ha avanzado a veces muy lento, otras tan rápido que es catalogado como herejía. Dado que el saber es imparable e inmortal, se le debe buscar lo más posible. Hay que cosechar cultura y hacerla parte del propio sistema, después de todo, la educación es un privilegio del ser civilizado mil veces más brillante que la ignorancia. La educación es lo que separa al hombre del animal y lo coloca en un escalafón superior por encima de todo en la creación.

El segundo elemento es la belleza, la salud del cuerpo y la fuerza física. La hermosura abre puertas, siempre se prefiere aquello que es más atractivo para la vista. La salud es fundamental para el funcionamiento del cuerpo y la fuerza siempre es deseable. El atractivo físico siempre será algo envidiable que hay que poseer, es una cualidad que ha sido objeto de admiración por siglos. Pero ocurre muchas veces que, aquellos que son sabios son desagradables a la vista, y aquellos que gozan de encanto físico son estúpidos. Por eso es que una forma de perfeccionarse a uno mismo es buscar ambas características. El atractivo físico a veces puede desarrollarse, pero sin duda, también hay que nacer con ciertos rasgos. En este aspecto yo tengo una ventaja, sé que he nacido agraciado. Ahora debo cultivar intelecto y hacer cuanto sea posible por preservar mi encanto.

Otro aspecto del hombre perfecto es la libertad para escoger cualquier cosa que desee y le satisfaga, poder conocer toda clase de maravillas y disfrutar a placer sin tener que rendir cuentas a nadie sino a uno mismo. El hombre perfecto, es capaz de gozar de la dicha que brinda un momento con gran intensidad sin aferrarse a este ni a nadie ni nada. Toma lo que le dice la razón, lo utiliza, exprime y cuando llega el momento tiene la madurez para dejarlo ir. Es capaz de profundizar en las cosas, amarlas, pero no es esclavo de ninguna, y pasa a través de todos como si cruzara una cortina de humo. Ni siquiera se aferra a ninguna ideología más que a aquello que se le da la gana. Toda la persistencia que el hombre necesita se encuentra en la memoria, no en el corazón, es por eso que no siente pena, dolor, miedo ni melancolía. Sabe que las cosas que le rodean son sólo eso, cosas que vienen y van. Eso es a grandes rasgos lo que yo considero el ser perfecto; sabiduría, hermosura, fortaleza, carácter y raciocinio.

Lucas se puso de pie y sonrió. Tenía ambas manos en la espalda. Dio un par de vueltas meditando lo que acababa de escuchar antes de hablar.

—Sin duda es un postulado interesante; el ser perfecto, casi como si estuviera hecho de hierro; persistente, fuerte y eterno, aunque en una eternidad subjetiva. Vaya concepción quimérica, digna de un joven inexperto o un chiquillo que no sabe nada de la vida.

—¡Quimérica! —protesté.

—Repasemos algunos puntos desde una perspectiva racional y realista. Primero, el conocimiento. Nadie puede contener toda la sapiencia del mundo porque el conocimiento es muy vasto y porque debido a ese progreso del que hablaste hace un momento, el conocimiento se hace cada día mayor. Saber todo y mantenerse actualizado en todo sería abrumador. La historia ha demostrado que hay mucho más saber del que un sólo hombre puede memorizar, es por eso que existen las bibliotecas, son medios humanos de contener el saber. A diferencia de muchos intelectuales, tú aceptas que el saber siempre está en expansión, y sin embargo crees que podrás avanzar a su paso. Si algo ha quedado demostrado con la aparición de ideas forjadas por matemáticos, filósofos y astrónomos, y con los descubrimientos de exploradores y científicos, es que aún hay mucho por descubrir, que el conocimiento del hombre de hoy en día es una demostración de lo poco que en realidad se sabe. Los sabios de la antigüedad que creyeron saber, hoy en día estarían equivocados. Así mismo, si viajaras al futuro llegarías a una sociedad para la cual muchas de tus ideas serían obsoletas. Recuerda a Dios demandando respuestas desde el torbellino a Job acerca de todo lo que no sabe. Es arrogancia de verdaderos estúpidos, la que hace que un hombre confíe en todo lo que conoce como algo absoluto en vez de hacerlo reconocer lo mucho que aún le falta por saber. Es vana ilusión, es querer atrapar al viento. Nadie tiene verdades absolutas del orden del universo, pues la historia ha probado que lo que un día se admitió por axioma capital, después fue refutado. El trabajo de hombres como Copérnico o Kepler, sólo por mencionar a algunos, son ejemplos de lo que te digo. También piensa en quien pretendiendo llegar a oriente, descubrió un continente nuevo y fértil. Ahora, respóndeme esto: ¿qué caso tiene almacenar un montón de información que el día de mañana será considerada errónea? Yo por eso nunca he entendido a los devotos de la erudición. ¿Te das cuenta del engaño que hace la vanidad por el conocimiento? El sabio pedante de hoy morirá engañado creyendo que lo sabe todo, cuando en realidad fue un gran idiota adulterado por el pensamiento intelectual. El conocimiento más útil es el práctico. Almacenarlo por el simple hecho de hacerlo para sentirse grande es absurdo. A final de cuentas, lo único que puede darse el lujo de verlo todo, de contenerlo todo y de actualizarse siempre, es el tiempo. Pero el ser humano no está hecho de tiempo, vive a través de él pero no puede abarcarlo, por lo tanto no puede obtener todo lo que encierra el tiempo.

Mantenerse al día con el mundo es imposible no sólo por la cantidad de datos que se tiene que absorber, sino también por la disposición propia del ser humano a aceptarlos, nada garantiza que se tome con agrado todo lo novedoso que pueda surgir, porque el hombre por naturaleza tiende a arraigarse a las ideas que conoce y domina. Muchos de los grandes intelectuales son como monos petulantes, absortos en un mundo que camina en un sólo sentido. Aun suponiendo que tuvieras esa capacidad de adaptación, no podrías mantenerte actualizado a menos que esa fuera tu única actividad, con lo cual tendrías que descuidar las otras premisas de tu existencia. ¿Cómo disfrutarías la vida con el mismo vigor que veo que acostumbras, si tienes que doblegar todas tus pasiones por el bien del estudio? También tendrías que sacrificar la libertad de la que hablas para correr en pos del saber y la reflexión, porque he aquí una gran paradoja: La verdad os hará libres, pero su búsqueda os obsesionará y esclavizará sin misericordia.

Lucas observaba mi rostro en busca del efecto que sus palabras me ocasionaban. Se movía a paso lento por la habitación, se colocó detrás de mí y continuó:

—Lozanía: sublime época. Pero, ¿qué pasará después? La vida nos juega una broma cruel. Un día comienzas tu penoso descenso: te marchitas, te mueres y te pudres para no dejar nada. La juventud es la etapa en la que se alcanza el punto de mayor gloria física; se es más vigoroso, más creativo, más rápido, más gallardo y más despierto a todo lo que captamos por medio de los sentidos. Luego empiezas a enfermarte más, te arrugas, te vuelves torpe, odioso, irritante y si bien te va, conservas tan sólo un poco de lucidez... y de cabello... como vestigios de lo que un día fue un caballero soberbio. ¿Te has imaginado a ti mismo decrépito, senil, recordando cuando tenías esplendor, gracia, dientes y ese exquisito cabello rojo?

Cuando Lucas dijo esto dio una fatal estocada en un punto sensible. De alguna forma se dio cuenta que la característica que más apreciaba de mi mismo era, y siempre ha sido, mi pelo. Las palabras de él resonaban en mi cabeza incomodándome, pero con un efecto hipnótico que me impedían tratar de interrumpirlo.

—Es curioso lo parecidos que son el hombre y las grandes culturas —sentenció Lucas—; ambos alcanzan una época de gran apogeo que no es eterna, y, mientras más magnifica sea esta, más penosa es su decadencia. Ya que hablamos de la sociedad, cabe comentar que, dado que ésta es producto del hombre y refleja la esencia de éste, se puede decir que porque no hay cultura perfecta, no existen hombres perfectos y menos como tú lo planteas. Superiores quizá, pero no perfectos. Tu juventud no será eterna ¿o crees que habrá un momento en que lo puedas tener todo? Si así piensas es porque aún tienes mucho que aprender. Lo único que vale la pena de tu discurso es la libertad. Toma lo que puedas y quieras de cada cosa, desecha el resto, aprende lo que puedas, úsalo todo, no sirvas a nadie.

Me quedé callado sin saber que decir, con el orgullo herido. Tras un breve instante volví a la carga para defender mi postura con toda clase de argumentos. Lucas los empequeñeció con gracia, una y otra vez, hasta que ya no tuve nada que decir. Fue una discusión breve, el alcohol me había revuelto las ideas y él era un gran orador. Frente a él me sentí muy pequeño. Tal y como él dijo, yo no era sino un joven inexperto ansiando contener mucho más de lo que podía. Tenía ganas de tener un argumento que lo derrotara. ¡Qué te puedo decir, Ernesto! Siempre he sido un hombre arrogante.

>>Comencé a pensar que tenía razón; los sentidos se desgastan, la fuerza se acaba y la inteligencia se debilita; aquellos que son expertos en algo, siempre tienen que descuidar otros aspectos de su vida. El más grande sabio no es el mejor soldado, ni el mejor atleta el más grande científico.

Lucas se mantenía sereno mientras continuaba paseándose por el lugar.

—Lo único que te ayudaría a conseguir una perfección como la que anhelas, sería que se detuviera el paso natural del tiempo, que no cambiaras nunca de manera que jamás disminuyera ni tus fuerzas ni tu encanto; que no pudieras morir. ¿No sería extraordinario tener ese poder? Vivir mil vidas sin envejecer un sólo día.

—Eso sería un don de los dioses —comenté.

—Es un regalo de inmortales —dijo arrastrando la voz. Se dio la vuelta y se volvió a sentar frente a mí—, una extraordinaria cualidad que muy pocas especies tienen.

—No existen seres inmortales.

—Sí existen y tienen poderes maravillosos.

—¿Acaso tú los has visto?

—Como te estoy viendo a ti.

—Si así fuera, ¿habría manera de ser como alguno de ellos?

Lucas sonrió complacido.

—Si eso es lo que deseas, yo te lo ofrezco.

—¿Cómo puedes dar esa clase de poder?

—Porque frente a ti tienes a uno de esos seres.

—¿De qué estás hablando?

—Yo soy capaz de contestar tus oraciones. No envejecerías ni un día más, te volverías más fuerte, más ágil, y podrás ver, escuchar y sentir al mundo como ningún ser humano lo puede hacer. Mantendrás tu lozanía y tendrás el tiempo de los inmortales para dedicarte a estudiar y leer libros, tantos como desees. ¿Qué te parece eso?

—¿Tú puedes lograrlo? —dije incrédulo— ¡Imposible!

Mire a Lucas como si estuviera loco. Él se dio cuenta de ello pero no le dio importancia, en cambio respondió con una voz amigable pero firme que imponía respeto.

—Nada de lo que te digo es mentira, todo es cuestión de que confíes en mí. ¿Quieres lo que te prometo, sí o no?

No sabía que contestar. No me sentía bien; sus comentarios y la cerveza que tomé durante la cena me tenía muy confundido. Al final sólo dije:

—Si estuviera en ti darme ese poder, con gusto lo aceptaría.

—Justo lo que esperaba —murmuró Lucas complacido.

A una velocidad inverosímil, Lucas se levantó de su sito y se plantó frente a mí; a través de su boca abierta pude contemplar los blancos dientes afilados, luego en unos cuantos segundos Lucas se convirtió en hombre lobo. Yo me asusté de muerte. Él era imponente, su pelaje era negro oscuro como su cabello. Con un movimiento veloz me atacó haciéndome múltiples heridas. Fue como el ataque relámpago de una jauría de lobos. Luego me tomó del cuello y me arrojó a un lado. Caí sobre una mesita di una maroma hacia atrás, derribé el mueble y fui a dar de bruces al piso. Lucas se abalanzó sobre mí y me sujetó con fuerza. Fue tal la impresión que el ligero malestar de la cerveza desapareció. Fue una sensación extraña, como quien de pronto sale de su cuerpo y se da cuenta de lo que está viviendo.

—La roca —dijo tosco— debe sufrir un poco antes de ser una obra de arte. Es parte del perfeccionamiento.

Me rompió la camisa dejando al descubierto mi pecho. Me dio una mordida terrible en el centro del cuello, de la misma forma en que los animales salvajes hacen con sus presas para someterlas y matarlas. En vano traté de luchar mientras sentía como me rompía los tendones de la base del cuello. Todo se nubló y empecé a sentir como la vida se me escapaba como gas a través de esa herida. Lucas se separó, escupió en mi herida y luego, en un movimiento como de quien está en trance, echó la cabeza hacia atrás, se descubrió el pecho y con la garra se rasgó su propia carne. Empapó sus dedos con su propia sangre para después ponerlos contra mi herida.

—Mi poder ahora es tu poder —dijo recobrando su aspecto normal—. Unido a mí tendrás vida eterna.

Lo que sucedió después fue confuso. Al principio sentía que su sangre estaba helada. Pude percibir como recorría mi cuerpo llenándolo todo de frío, luego se volvió caliente, al principio sólo cálido después ardoroso y sofocante. Era intenso, como si me hubiera contagiado de una enfermedad que destruye poco a poco conforme se va extendiendo y de la que uno es consciente de la rapidez con la que avanza. Me llevé ambas manos al cuello en un intento desesperado de frenarla; un intento inútil. La cabeza me daba vueltas, todo a mi alrededor se convirtió en un mar de caos. Tratar de pedir ayuda fue inútil pues mi voz quedó ahogada. Me levanté tembloroso, sin saber de dónde había sacado algo de fuerzas; me encontraba herido de muerte e intoxicado. Antes de poder dar un solo paso me desplomé. Lucas recuperó su forma humana y volvió a tomar asiento con una actitud resuelta en el sillón frente a mí, como si disfrutara toda la escena sonriendo como quien ha obtenido una victoria. Caí en un abismo y perdí el conocimiento.

>>Desperté al día siguiente en una cama suave y blanda. No tenía ni la menor idea de dónde estaba. Después de reflexionar un rato caí en la cuenta de que estaba en casa de Lucas. Eran como las doce horas del día; el sol se colaba tenue por una abertura de la cortina. Era un día igual que siempre, excepto para mí; por alguna razón me molestaba mucho. Nunca antes había pensado con verdadera ira en lo odioso de la luz del sol. Me toqué la garganta en busca de la herida ocasionada por Lucas, pero ya no estaba ahí, había desaparecido como por arte de magia. Estaba adolorido y hambriento, todo el cuerpo me molestaba de una forma que me hizo pensar que estaba muy enfermo y al borde de la muerte. Lucas me habló desde el umbral.

—Veo que ya despertaste.

—¿Qué pasó anoche?

—Bebiste un poco más de la cuenta, debes de tener una jaqueca terrible.

Me quedé en silencio un momento para ordenar mi cabeza, entonces protesté:

—¡No trates de engañarme, no soy ningún tonto!

—Entonces evita actuar como tal y no vuelvas a hacer preguntas cuya respuesta ya conozcas.

—Me lastimaste.

—Te di lo que deseabas.

—Me heriste y ahora me estoy muriendo —protesté.

—Es normal, a todos nos pasa. Debes de tener mucha hambre. Yo ya viví lo mismo que tú, conozco el malestar. No hay de que alarmarse, no durará mucho tu agonía.

—Tienes que explicarme qué pasó —ordené irritado respirando con dificultad.

—Lo importante es lo que pasará. No te preocupes, fui muy cuidadoso en escoger el día; esta noche concluirá tu transformación.

—¿Transformación? ¿De qué hablas?

—En inmortal.

—¿Qué quisiste decir con eso de que escogiste muy bien el día?

—A su momento lo sabrás. Sabes, desde hace tiempo estaba planeando hacerte como yo. Así que después de meditarlo, decidí que la noche de ayer era la más indicada. Al principio no estaba seguro de si debía pedirte tu opinión o si debía de sorprenderte de noche mientras caminabas rumbo a tu casa. Eso hubiera sido muy al estilo antiguo: el licántropo que surge de las sombras para atacar a su presa, mata a sus acompañantes de haberlos y deja malherido a su elegido, quien es el único sobreviviente del ataque. Este privilegiado se va herido a casa, sin saber que fue la voluntad del lobo la que lo dejó con vida y que ahora está contaminado por la bestia. La víctima vive una vida normal hasta la siguiente luna llena en que se transforma. Pero no quise hacerlo así. Preferí jugar un poco contigo. Te comenté que quería verte otro ambiente, confiando en que serías del tipo que al saberse observado haría alarde, luego me valí de tu propia vanidad para atraparte.

Me sentí como un tonto. Mi ingenuidad y mis ansias de probar que era todo un hombre de mundo me habían traicionado. Por primera vez pensé que en realidad nunca había sido tan astuto como me consideraba. No era otra cosa que un joven estúpido y pretencioso. El prosiguió como si hablara consigo mismo:

—Te gusta hablar de la razón y de dominar pasiones. Me pregunto si, una vez que te transformes, serás capaz de controlar tus emociones de la manera en que dices que debe hacerse. Quizá termines por concluir que el estoicismo a veces es algo imposible.

Hice un esfuerzo por incorporarme. Lucas ni siquiera se movió de su lugar; permaneció en las sombras.

—¿Por qué no te acercas?

—No me gusta la luz. No me pasará nada grave si me acerco, pero prefiero no hacerlo. Muy pronto comprenderás a lo que me refiero. Ahora si me disculpas, debo dejarte. Trata de descansar, que esta noche será muy intensa.

Se retiró con la misma pasividad con la que había llegado. Traté de detenerlo pero no me hizo caso. Me quedé tendido en la cama sin moverme. Quería saber todo, pero tal y como él dijo, no tuve más remedio que esperar a que fuera de noche.

>>Dormí casi todo el día. Para cuando desperté las sombras habían comenzado su marcha, extendiéndose más y más. Tenía mucho dolor en todo mi ser. La boca me dolía, sentía que algo me molestaba en ella. Me llevé una mano a la boca, toqué con los dedos algo duro dentro de ella; lo que sentí eran estos mismos colmillos que tengo ahora. Me incorporé de golpe y con ambas manos palpé mis nuevos dientes. Repase mi boca con la lengua mientras el asombro y el espanto me invadían al comprobar que ahora tenía hileras de agudos molares. Volví a acostarme, el dolor era demasiado intenso como para estar sentado, cada vez me sentía más y más irritado, como si dentro de mí tuviera un demonio loco de furia. Ya no había marcha atrás.

Estuve acostado por espacio de un par de horas cuando Lucas regresó.

—Buenas noches —saludó cortés.

—¿Qué tienen de buenas? —protesté iracundo.

—Tal y como supuse —dijo como para sí mismo— alguien de tu temperamento se volvería aún más irascible. Veo que estás peor que cuando te dejé, no te apures que he venido a poner fin a tu sufrimiento.

—¿Qué pretendes?

—Tranquilo, sólo voy a darte lo que necesitas —explicó con serenidad. Caminó hacia la ventana, puso la mano en la cortina y la retiró permitiendo que se asomara la noche—, un poco de luna.

Cómo recuerdo el momento en que permitió que la luna entrara por mi ventana. Plena luna mostrándose majestuosa. Su luz envolvió el cuarto permitiéndome ver que Lucas estaba transformado de nuevo en aquél monstruo, pero no le di la más mínima importancia; la luna captó mi atención hipnotizándome al instante. Me levanté como si de pronto hubiera desaparecido todo mi malestar. Nada importaba en ese momento sino lo que tenía enfrente, nada, ni siquiera mi propia existencia. Era como si nunca en mi vida hubiera visto la luna y fuera la primera vez que conocía algo tan bello. Recuerdo bien que en ese momento la luna fue como una idea obsesiva, enajenante y rabiosa. El corazón comenzó a latirme tan fuerte que apenas y podía emitir alguna palabra; latía embotando mis sentidos, cada vez más rápido. Mi vida se desprendió del frágil hilo del que pendía, el dolor se volvió muy intenso, tanto que caí al piso sacudiéndome como si estuviera ardiendo por dentro. Todo se volvió confuso, el cuarto giraba envuelto por mis propios gemidos. Lucas me observaba atento, mientras mis lamentos se parecían cada vez más a los de un perro enloquecido. De golpe, todo se acabó, el dolor cesó y así concluyó mi transformación. La noche se volvió clara, podía ver bien en la oscuridad, también noté que podía escuchar cuanto se movía con mucha precisión. Me levanté ya sin ninguna molestia más que el hambre y volví a ver la luna.

—Es muy bella —comentó Lucas poniéndose a mi lado junto a la ventana. Al darme cuenta de su presencia le pregunté.

—¿Qué es todo esto?

—¿Te gusta?

—Sí, es maravilloso.

—Así es como yo veo el mundo cada noche y ahora tú también podrás hacerlo porque ya eres un hijo de la noche, un hombre lobo.

Analicé a Lucas, su aspecto ya no me pareció terrible. Al principio me asustó por lo fiero y peculiar de sus rasgos lobunos, pero ahora que lo observaba en realidad era hermoso, fiero y majestuoso.

Me condujo a la otra habitación donde había muchas velas encendidas en sus lámparas, alumbrando cual si fueran hadas todo el lugar. Veía cada cosa de una forma en que nunca las había visto. El brillo dorado del metal, los cristales, la luz de las llamas, todo era delicado y sutil y yo podía verlos con gran detalle y precisión. Ahí había un gran espejo, me paré frente a él y vi mi propio aspecto, era como Lucas, pero con ciertas diferencias propias de mí. Analicé mi rostro, mi porte, mis manos y ahí me di cuenta de otra característica más.

Rolando hizo una pausa y levanto ambas manos mostrándome sus palmas, las líneas de sus manos estaban muy gruesas y profundas. Bajó las manos y prosiguió su relato:

>>Lucas aguardaba en silencio, tan seguro e inmóvil como siempre mientras que yo estaba embelesado conmigo mismo, mi pelaje, mis colmillos, mi figura fiera e imponente, el nuevo brillo salvaje que ahora estaba en mis ojos todo lo que ahora era me fascinó sobremanera.

—¿Te gusta? —preguntó.

—Mucho más que eso —respondí satisfecho—, en verdad que ahora soy un ser superior.

—Podrás tener ese aspecto cada vez que quieras. Pero cuando veas tu forma humana también notarás algunas mejoras.

—Quisiera verlo.

—Me temo que esta noche no será posible, tendrás que esperar hasta mañana. Nosotros nos transformamos durante las noches a voluntad, sin importar momento o circunstancia, excepto cuando hay luna llena; entonces la transformación es involuntaria; basta con verla para que la metamorfosis se dé.

—Quieres decir —interrumpí a Rolando en su relato— que en las noches de luna llena ustedes se trasforman, lo deseen o no.

—Así es, Ernesto —asintió Rolando.

—Es por eso que cada vez que había luna llena no querías que nos reuniéramos.

—No podía mostrarme ante ti como hombre lobo. Mucho menos puedo hacerlo frente a otras personas. ¿Te imaginas lo que pasaría si la gente me viera?

—Causarías pánico —sonreí nervioso—. Así que con excepción de esas noches, te transformas a voluntad.

—Así es, excepto durante el día; no podemos transformarnos por más que queramos —respondió Rolando y prosiguió su historia.

>>Lucas me explicó lo referente a mi propia naturaleza. Le pregunté sobre lo que nosotros éramos a lo que él me respondió:

—Somos hombres lobos. Tenemos poderes y habilidades sobrenaturales que ya irás descubriendo.

—¿A ti también te hicieron?

—Sí, eso fue hace mucho tiempo. Yo también solía ser un hombre como tú.

—¿Cuándo fue eso?

—Como unos 300 años antes de Cristo.

—¡Por Dios! —exclamé— ¿has vivido todo este tiempo?

—No ha sido fácil —dijo Lucas— he tenido que estar solo casi todos estos años. Conforme pasa el tiempo la vida se va volviendo una carga pesada. Todo cambia menos los inmortales —Lucas se tornó triste—. El mundo no es el mismo que solía ser, la soledad es muy dura y vivir tanto tiempo se vuelve tedioso y aburrido. Además nosotros los lobos somos animales sociales, por lo que por naturaleza buscamos la compañía de otros como nosotros.

—Dijiste que esto sería un don, pero acabas de hacerlo sonar como maldición.

—No lo veas así. Por favor, no te enfades conmigo. La razón por la que te hice fue porque necesitaba un compañero joven que le regresara el ánimo a mi existencia. —Lucas se puso de pie—. No es una maldición, pero se requiere de mucha fuerza para poder sobrellevar esta vida. La primera noche en que te conocí te vi tan chispeante y lleno de entusiasmo que me interesaste. Esa noche te seguí hasta tu casa, y te seguí todas las noches siguientes. Me fijé en tu entusiasmo, tu libertinaje y lo volátil de tu temperamento. Luego, cuando hablaste del estoicismo, me hiciste reír, despertaste mi curiosidad en cuanto a qué clase de hombre lobo sería alguien como tú, si de verdad serías tan bueno en controlar tus emociones. Me gustó tu asombrosa inteligencia, tu arrogancia y tu carácter mundano. Así que me decidí. Piénsalo de esta forma, ambos nos hacemos un favor. Yo te di juventud, belleza, fuerza, poder e inmortalidad, y tú serás mi compañía; es lo único que pido.

Me quedé en silencio fijo en Lucas; me sentía engañado, pero a la vez me pareció que esa sensación era exagerada.

—Está bien —suspiré resignado— creo que nos beneficiamos mutuamente.

Su rostro se iluminó.

—Sabía que no me defraudarías. Ten por seguro que te va a gustar mucho ser un licántropo. Ahora, ¿Qué te gustaría hacer primero? Aunque creo ya saber que es. Con esto empieza la primera lección: "cacería". Ven conmigo, es hora de cenar.

Salimos a la calle deslizándonos por las sombras. Lucas me dijo que debíamos buscar una presa para alimentarnos de ella. El pensar en carne y sangre me abrió más el apetito. Nos detuvimos en un callejón y esperamos. Pasó un caballero a toda prisa; estaba solo.

—¿Qué te parece? —Preguntó Lucas— ¿te gusta?

Mi instintiva actitud de caza le indicó que sí. Yo ya no era un ser de razón, sino de impulsos. Dentro de mí ya sabía qué hacer. Nos abalanzamos sobre él dándole muerte. Atacamos de la forma en que lo hace un gato con un ratón, como lo hace el león con la cebra, como lo hace el lobo con el cordero. Lo sometimos desgarrándole el cuello y el abdomen. Fue una muerte rápida, la primera de miles que he cobrado a lo largo de mi vida. Le rompimos las vestiduras al ahora muerto e hincamos nuestros colmillos en su carne. Lo devoramos casi todo entre los dos y nos deshicimos de los restos. Fue una cena exquisita.

—Pero ¿no sientes remordimiento por tus víctimas? —pregunté consternado a Rolando.

—¿Por qué habría de sentirlo? Es tan absurdo como si le preguntaras al gato si siente pesar por el ave o por el roedor. Es cuestión de alimentación y supervivencia.

Rolando miró su reloj

—Ya es muy tarde, creo que ya es hora de que me retire.

—Pero ¿qué pasó con Lucas?

—No, no lo he visto en mucho tiempo.

—¿Dónde está Lucas?

Rolando sonrió, se dio cuenta que ya no sentía temor y que en cambio mi curiosidad hacia él se había incrementado. Se levantó de su asiento y me dijo:

—No quiero que te desveles por mí. Además la historia es larga.

—A mí no me importa eso. Estoy bien, puedo seguir escuchándote.

—De acuerdo.

Rolando volvió a tomar asiento.

—Antes de continuar con mi historia, debo mencionar algo respecto a los hombres lobos. En muchas partes al hablar de ellos se les relaciona con pactos con el diablo, hechizos de brujas, cremas y pieles hechizadas. En diversas partes de Europa se ha asociado a la licantropía con terribles casos de asesinatos en serie, todos ellos terminados con la muerte del sospechoso ejecutado en manos de las autoridades.

—La forma en que te convirtieron en hombre lobo ¿es la única forma?

—Lo importante es contaminar al sujeto con los fluidos del licántropo tras haber sido herido de muerte por éste. Recuerdo un caso de un sujeto que al ser atacado por un licántropo, trato desesperado de defenderse y mordió al lobo con todas sus fuerzas en el brazo que lo asía, un hilo de sangre manó de la herida provocada por los insignificantes dientes humanos. El licántropo comenzó a reír, supo lo que su víctima había provocado a su destino, así que en vez de darle muerte prefirió dejarlo vivo. El hombre se levantó asustado creyendo que había vencido. Caminó sólo un corto tramo antes de perder el conocimiento en la calle. Para la siguiente luna llena se convirtió en su propia pesadilla. En mi caso, Lucas contaminó una herida de muerte con su sangre y su saliva. Es mentira que se vuelven hombres lobos los que nacen la noche San Juan o si se trata del séptimo hijo de una familia sin mujeres.

—¿De verdad no tienen relación alguna con el Diablo?

—Absurdo —afirmó Rolando—, nada tiene que ver el Diablo con el espíritu salvaje de la índole a la que nosotros pertenecemos, somos lobos con una naturaleza muy particular. El lobo caza porque es un animal depredador que busca saciar su hambre. Tal vez sería mejor aceptado si comiera alpiste y cantara, pero es un lobo no un canario.

—¿Qué tanto sales de día? —proseguí—. Mencionaste que Lucas te dijo que eran fotosensibles. ¿Qué pasa si se exponen a la luz del sol?

—No mucho —dijo Rolando—. El sol no nos puede matar, pero una exposición prolongada si nos causa irritación en la piel y nos debilita, incluso puede llegar al grado de tornarnos somnolientos por atenuar nuestras fuerzas. Además, de día no podemos transformarnos. Eso es todo. Por instinto somos seres de hábitos nocturnos. Los únicos que se mueren si se exponen a la luz del sol son los vampiros.

—¿Existen los vampiros?

—Sí —dijo hastiado— y no es de las cosas más agradables que he conocido, son repugnantes. Además los licántropos por naturaleza odiamos a los vampiros como los perros a los gatos.

—¿Hay más inmortales como tú en el mundo?

—Sí.

—¿Dónde está Lucas?

—La verdad no lo sé.

—¿Hace cuánto tiempo se separaron?

—Casi 90 años. Te contaré qué pasó después de mi transformación.

Lucas me enseñó todo lo que necesitaba saber de los de nuestra raza; me enseñó a cazar, a deshacerme de los cadáveres, a pasar desapercibido entre las personas, en fin.

>>Lucas tenía algunos hábitos de caza muy particulares que eran, como él mismo lo llamaba, al estilo de la vieja escuela. Antes de salir de caza siempre se desnudaba por completo y salía como un verdadero animal, a cuatro patas, cubierto sólo por su propio pelo. Muchos de los licántropos tienen esa costumbre. Recuerdo que una vez Lucas me contó que en un pueblo en el que se quedó a pasar una temporada, la gente vivía aterrada por un misterioso monstruo que asolaba al ganado y a las personas. Una noche unos campesinos le dieron cacería y lo tiraron al fondo de un pozo seco. A la mañana siguiente en vez de encontrar a un animal herido se encontraron que en el fondo yacía desnuda y adolorida una joven. Yo a veces salgo de esta manera, pero otras prefiero dejarme algo puesto y parecer un híbrido (que en realidad es lo que soy) de hombre civilizado con animal salvaje. Aunque debo reconocer que hay un aspecto práctico en salir como un animal; a parte de no ser reconocido en lo absoluto, evitar que la ropa se te salpique de sangre.

Poco a poco fui familiarizándome con todo lo que debía saber de mi nueva condición. Aprendí que para nosotros los licántropos los instintos se intensifican como en los animales salvajes. Esto es muy problemático, ser una criatura con el carácter voluble y caprichoso de los humanos y a la vez tener los instintos de un animal salvaje. Lucas me lo advirtió, y tratándose de mí, que de joven tenía problemas para controlar mi temperamento, me reiteró mucho que hiciera mi mejor esfuerzo. Al principio no fue fácil, menos aun porque sabiéndome poderoso, me sentía con la capacidad de actuar a mi antojo. Pero Lucas no me lo permitió y me advirtió de lo peligroso que sería que nos descubrieran.

Podríamos acabar en los tribunales y después en la hoguera como ya ha ocurrido a otros desafortunados licántropos.

Por otra parte lo intensificado de los sentidos e instintos tiene algunas ventajas. Pronto experimenté los beneficios de ser un hombre lobo. Nunca antes el mundo me pareció más hermoso; mi olfato se volvió mucho más perceptivo, mis oídos comenzaron a captar sonidos que ninguna otra persona puede percibir y mis ojos se volvieron capaces de apreciar la oscuridad con la claridad de un día. Mi fuerza y velocidad me hicieron enorgullecerme de mí mismo así como mi capacidad de reacción. Además, otro instinto que mejoró mucho fue el sexual. Mis pasiones se volvieron más fogosas y mis habilidades amatorias mejoraron mucho.

—No deberías exponer cuestiones de pudor —censuré.

—Pero es verdad —sonrió descarado—. Aunque somos estériles, nuestro apetito sexual y nuestro potencial son favorecidos. Después de la transformación me volví más agresivo en ese aspecto. Sin duda que mi falo no volvió a ser el mismo.

Rolando retomó la historia.

>> Me mudé a casa de Lucas en calidad de su protegido y discípulo, y en realidad lo era. Él me ilustró respecto a muchos aspectos de la licantropía.

—No tiene caso —me dijo— que trates de salir de día y te mantengas despierto las 24 horas. Somos inmortales, pero necesitamos de tiempo para descansar. Continuar con tus actividades diarias, sólo recuerda siempre alternar suficientes horas de sueño. ¡Ten cuidado cuando salgas de día! Somos ligeramente fotosensibles, tras una exposición prolongada tu cuerpo sufrirá de comezón, ardor o quemaduras leves. El sol nos debilita, además de día nuestras habilidades no son tan extraordinarias como de noche. Transformarnos mientras brille el menor rayo de sol es imposible.

>>Recuerdo muy bien la mañana en que me mudé a su casa. Fue un tanto desagradable debido a lo radiante de ese día y lo incomodó el brillo del sol sobre algunos objetos; esto si para una persona normal es molesto, para nosotros es casi insoportable. Ese día descubrí que la luz del sol antes tan grata, ahora me era muy irritante, fue un elemento que me tuvo de mal humor hasta que estuvimos en casa. También así fue como comencé a descubrir la nueva volatilidad de mi ya de por sí, mal carácter. Lucas también tuvo razón en que necesitaba descansar. Tenía

tanto sueño como si nunca hubiera dormido en toda mi vida. Él se esmeraba en darme toda clase de consejos respecto a cacería, guardar apariencias, protegernos del sol y demás. La mayoría los cuestionaba. Yo sabía que él tenía razón, su experiencia no le mentía, fue sólo que me agradaba actuar con rebeldía ante cualquier tipo de orden. Era un joven vanidoso al que le acababan de dar un gran poder.

>>Culminé mis estudios en medicina con mención sobresaliente. Por supuesto, yo tenía una ventaja sobre mis compañeros, mi adquirida condición de licántropo me ofreció la posibilidad de explorar más cadáveres que la mayoría de los estudiantes. A Lucas parecía divertirle la forma en que examinaba los cuerpos de nuestras presas antes de devorarlas. A veces me decía en tono paternalista que yo era un niño al que le gustaba jugar con la comida.

Seguimos acudiendo a las veladas nocturnas en la sociedad intelectual hasta que llegó el día en que ya no quise asistir más. Todos, incluyendo al señor Scarron, se volvieron aburridos a mis ojos. Eran monos presumiendo sus gracias aprendidas, discutiendo de todo cuanto caía en sus manos, alardeando de saberlo todo, de tener una verdad absoluta y de ser los únicos capaces de entender las reglas por las que se rige este mundo, sintiéndose en la posición de juzgar todo. Lucas me hizo notar que en ocasiones cometían errores, pero él no les decía nada porque sabía que su reacción sería la de ponerse furiosos antes de aceptar que podían equivocarse. No eran más que un montón de pedantes. Un día simplemente sentí que yo ya no pertenecía ahí; sin duda que también, es cierto que siempre he sido voluble en mis intereses y por eso me dejó de interesar recrear mi intelecto de esa manera.

Jamás ejercí como médico. Me divertía haciendo lo que me placía. La agudeza de mi oído me permitía embelesarme con la música, y mis sentidos del olfato y tacto me permitieron explorar el mundo a profundidad, hasta sentirme embriagado de sensaciones placenteras y adversas, todas ellas intensas. Mi temperamento voluble encontró nuevos intereses. Acudía al teatro, estudiaba y leía mucho. Tomé clases de música. Mis instructores quedaron asombrados por lo rápido que desarrolle mis destrezas musicales, gracias a mi agilidad y concentración de licántropo. Pronto me volví tan hábil con el violín y el piano que superé a mis maestros. Me uní a una compañía de teatro, donde también me convertí en actor. Me apasioné con el teatro, la sensación de estar frente a una audiencia, mostrando mis habilidades con el violín o representando un papel, es muy satisfactoria. Pero lo que más me gustaba era tocar el piano. Mi cara se volvió familiar entre las personas. Alguien incluso me dijo, que pronto algún noble me tomaría como su músico personal. Lucas parecía satisfecho de todo esto, de mi frialdad para no tomar nada a pecho ni aferrarme a nada, y en cambio probar cuanto quería. Como te había dicho, él me veía de una forma paternalista, y mi entusiasmo le divertía.

>>Una noche el señor Scarron fue a buscarme. Nuestra ama de llaves lo hizo pasar y me avisó de su llegada. Nosotros contábamos sólo con ella; tener servidumbre es de la clase de lujos de los que uno a tiene que prescindir, a fin de mantener un velo de discreción sobre nuestra doble vida, de caballeros y de lobos. La discreción es elemental para nuestras actividades y supervivencia, después de todo, "más hace el lobo callado que el perro ladrando". Bajé al vestíbulo y ahí lo encontré, sentado en la sala con una expresión molesta, como de quien va a reclamarle a un hijo pródigo. Lo conduje al despacho, cerré la puerta y le pregunté la intención de su visita. Fue a reclamar mi deserción de su círculo intelectual, me dijo que estaba desperdiciando mi intelecto. Me dio un sermón con una actitud severa y paternalista me pareció patética. No tardé en enojarme, así que tras escucharlo un rato corté su discurso para echarlo. Él se tornó cabizbajo. Yo no me sentía mal por lo que estaba haciendo, al contrario, no tenía ningún remordimiento. Me molestaba que se interesara tanto en mi vida; además, como te dije antes, ya no me interesaba convertirme en alguien como él. Ahora era un licántropo libre, salvaje, con una eterna vida por delante y eso me parecía mucho más fascinante.

El viejo entonces me dio un sermón, acerca de las formas en que un hombre de talento puede terminar arruinado, convertido en un ser vil y despreciable por causa de sus fallas morales. Habló de tantas cosas ya sin importancia para mí, y yo respondí a cada uno de sus argumentos con cinismo, incluso algunos con frases en pro de la amoralidad y la anarquía. Al darse cuenta que nada de lo que dijera me haría recapacitar, me dijo en tono irritado:

—Rolando, ya no eres el mismo de antes, es una pena ver a alguien como tú labrar su propia ruina. No puedo quedarme cruzado de brazos, por eso le he enviado una carta a tu padre, informándole del cambio de tu conducta, de cómo iniciaste siendo un hombre prometedor que terminó por perderse

Al oír estas palabras me puse furioso. Lo que siguió después no fue agradable. Dice un proverbio danés que, *se necesita la mínima provocación para que el lobo mate a la oveja,* y así fue. Con un movimiento rápido lo sujeté del cuello y lo levanté del piso, divertido por el placer perverso de someter con facilidad a una antigua figura de autoridad. Lo estaba gozando, mi querido Ernesto. El viejo trató de liberarse, me suplicó piedad. Clavé mis dientes en su garganta, rompiéndole la tráquea; murió, no sé si a consecuencia de mi ataque o de la impresión, pero ¿qué importancia tenía? Experimenté un gusto morboso, similar al que un niño obtendría al arrancarle las patas a un insecto. Su sangre se esparció por la alfombra, recobré mi forma humana y dejé caer el cadáver sin vida del que fuera mi maestro. En cierta forma fue un acto bello, de entrega total a un discípulo, pues él no sólo me había alimentado con sus conocimientos, ahora también sería mi cena. Sin embargo, cuando miré su cadáver tratando de decidir con qué parte comenzar, no pude hacerlo. No tenía motivo alguno para haberlo matado, fue un acto estúpido, *ab irato*. Al final solo me senté en una silla y cerré los ojos. Permanecí así hasta que oí a Lucas entrar en la habitación.

—Veo que has traído la cena —ronroneó Lucas—. Rolando, aunque aprecio que te hayas tomado la molestia, sabes que no me gusta que ensucies de sangre nada que forme parte del mobiliario de la casa.

Me levanté de mi lugar, me acerqué al cadáver que yacía boca abajo y lo puse de bruces de un puntapié.

Lucas le echó un vistazo. Una gran cantidad de sangre oscura seguía desbordándose. Lucas levantó el rostro y me preguntó con la misma serenidad con la que tomaba todas las cosas:

—¿Qué pasó aquí?

—Vino a buscarme, me molestó, me transformé, lo maté.

—¿Pero es que te has vuelto loco?

—No tenía por qué inmiscuirse en mis asuntos; me reprendió y me dijo que contactó a mi padre —me apoyé en el respaldo de la silla y murmuré—. ¡Maldito viejo!

—No debiste haberlo hecho, Rolando; tienes que controlarte. ¿Cuándo aprenderás a dominar tu genio? Te he dicho muchas veces que tienes que dominar tus impulsos.

En efecto, Lucas ya me había dicho antes que eso era algo con lo que tendría que lidiar, debido a que la parte instintiva del lobo hace más fuertes todos los impulsos salvajes. Yo nunca tuve ni he tenido muy buen carácter. La licantropía nos vuelve mucho más agresivos, lo cual, como era de esperarse, empeoró mi temperamento. En los primeros años de mi vida de lobo, estallaba a la menor provocación. En ese momento me molesté con Lucas; ahí estaba, el viejo lobo con el sermón de siempre.

—¿Y según tú, cómo debí actuar?

—Lo hubieras dejado ir.

—Ya era tarde para eso. Me vio convertirme. Se lo hubiera dicho a todos, habría venido la autoridad por nosotros.

—Y estaríamos en problemas, más aun de en los que ya estamos.

—Exageras, no va a pasar nada; nos desharemos del cuerpo como ya lo hemos hecho muchas veces antes.

—Me temo que no será tan sencillo, te diré por qué: si él tenía tiempo buscándote, y vino a verte, es muy probable que le haya mencionado a alguien sus intenciones. Si comienzan a investigar y le preguntan a las personas que lo vieron por última vez, se sabrá que el vino aquí. Además está el ama de llaves; si le pregunta, contará lo que vio.

—Pues entonces nos encargaremos también de todos los que pudieran comprometernos —sugerí despreocupado.

—No se trata de eso —suspiró Lucas—, entiende que no puedes resolver todos tus problemas así. Pero ahora debemos concentrarnos en esto, pues bajo las circunstancias planteadas, y tomando en cuenta lo respetado que era el señor Scarron, no faltará quien brinde apunte hacia nosotros —Lucas se mostró un poco molesto, casi perdía su habitual serenidad—. Todo lo que te he enseñado tiene una razón de ser. Rolando, debes controlar tu mal genio.

—Aún me preocupa la carta que le escribió a mi padre —comenté—, no conozco el contenido de la misma, y temo por lo que le haya contado. No quisiera preocuparlo. Además, sé que si sabe a qué me dedico se molestará, dejará de enviarme dinero y es capaz de desheredarme.

—¿Cuándo fue la última vez que le escribiste?

Medité un momento mi respuesta antes de contestar; a decir verdad no tenía ni la menor idea.

—No lo sé, hace ya meses.

—¡Vaya, eres un mal hijo! —bromeó Lucas esbozando una inocente sonrisa. No me hizo gracia—. Lo siento veo que te importa mucho.

—Él no debe saber nada. A pesar de todo, aún me interesan mis padres, y por supuesto, no quiero arriesgar mi estabilidad económica; la sola idea me quita el sueño.

—Pues entonces, hay que ir a Génova.

—Creo que eso será lo mejor.

—¡Espléndido, no he estado ahí desde hace muchos años! Dispondré de todo para el viaje, nos marcharemos cuanto antes, mientras tanto podemos cenar.

—No gracias —dije cansado—, ya perdí el apetito.

Al día siguiente, Lucas se encargó de deshacerse de los restos del cadáver y de la alfombra. No sé qué tanto más haya hecho, pero me dijo que no me preocupara por nada. Nos hicimos cargo de los preparativos para nuestro viaje y nos marchamos pocos días después.

Aún recuerdo cómo era ser niño en el puerto de Génova; el mar y la playa en la que tantas veces jugué bajo su cálido sol. El día que volví me sentí descorazonado, fue extraño notar cómo el sol tan querido en mis años de infancia ahora me molestaba mucho. Por un momento sentí deseos de correr por la playa, sintiendo los rayos del sol bañar mi piel, la brisa húmeda en cada centímetro de mi cuerpo, pero en ese preciso momento, supe que no volvería a correr bajo el cálido abrazo del dios Helios, de la misma forma en que solía hacerlo de pequeño. De alguna manera, de pie frente al muelle con mi sombrero y guantes, estaba triste. Algo que había temido de regresar a mi poblado natal, era ese momento. De pie frente al mar, me quité el sombrero y cerré los ojos, sintiendo cómo el viento húmedo y salado me acariciaba la faz, cómo hacía volar mi cabello y cómo caían sobre mí los rayos de luz natural, provocándome un extraño mareo. Permanecí así en completo silencio, inmóvil durante algunos minutos, hasta que una voz interrumpió mi trance.

—Rolando —murmuró Lucas tocándome el hombro—, no hagas esto.

Me volteé hacia él que permanecía inmóvil, suspiré y me volví a poner el sombrero. Me di la vuelta, no sin cierto dejo de melancolía en el corazón. Sabes, Ernesto, muy pocas veces me he permitido momentos de debilidad. Volver ahí, fue como la sensación melancólica que tendría alguien que se encuentra a un amigo de la infancia, con el que compartió bellos momentos, sólo para descubrir que ahora de mayores se tienen una terrible antipatía, pero no por ello deja de sentirse dolido por los viejos buenos momentos, enterrados en el tiempo por la mano del destino.

La casa de mis padres seguía igual que el día en que me marché a París. Lucas estaba muy interesado en conocer el sitio en el que me había criado.

Al llegar fui recibido con afecto, mi madre salió a mi encuentro y me rodeó el cuello con los brazos. Sollozaba emocionada de verme después de tanto tiempo. Presenté a Lucas, quien con toda formalidad, besó la mano de mi madre. Ella se mostró feliz de verme. Luego mencionó que había algo en mí que me hacía distinto. Yo le dije que no, pero ella quería insistir en el tema, incluso se acercó más a mí para analizar mi rostro. Lucas distrajo su atención preguntando por mi padre. Ella nos indicó que estaba en la biblioteca. Sin demora, nos dirigimos hacia allá. Mientras caminábamos me dirigí a Lucas:

—No va a ser fácil guardar las apariencias.

—No te preocupes, será más sencillo de lo que crees.

Entramos a la biblioteca. Mi padre estaba tan absorto en su libro de cuentas que no se percató de mi llegada hasta que lo interrumpí. Él me recibió con afecto pero severo. Lo presenté con Lucas y le dije que se quedaría conmigo una temporada. Mi padre me dijo que tenía asuntos que tratar conmigo, luego dirigió una mirada a Lucas como si fuera un intruso, suspiró y me dijo que ya tendríamos tiempo para eso después. También mencionó que me veía cambiado, pero no le dio importancia.

Por la noche salimos a caminar por el muelle y a buscar algo de cenar. ¡Qué ironía! Siempre pensé que no había mejor gente que en mi tierra natal, y ahora me daba cuenta que en muchos sentidos así era; ¡deliciosos!

Rolando hizo una pausa y puso una mueca burlona. Luego siguió su relato.

>>Regresamos en la madrugada y volvimos a dormir. A Lucas le gustó mucho Génova, quiso que nos quedáramos a vivir allí. Al principio me negué, pero tras pensarlo durante algunos días consentí su petición, sobre todo después de que la dichosa carta de mi difunto profesor salió a relucir. Mi padre estaba furioso, y con razón, ese maldito viejo le dijo de mi vocación histriónica y que pese a haber terminado mis estudios, jamás me había desempeñado como médico, además aderezó la carta declarando que tenía una vida sospechosa, en apariencia orientada a los vicios. Siguiendo los consejos de Lucas, mantuve la calma, acepté lo primero y desmentí y juré que lo segundo era mentira. Mi padre me dijo que quería que yo me hiciera cargo de sus asuntos y trabajara con él, cosa que acepté, al principio no de muy buena gana, pero Lucas me hizo ver que era muy conveniente, para nuestro estilo de vida, contar con la estabilidad económica y la apariencia de ser un respetable hombre de negocios. Por otra parte, mi madre quedó encantada cuando la deleité tocando el piano. Ella disfrutaba mucho mi talento musical, no así mi padre, quien refunfuñaba cada vez que me escuchaba tocar el piano o el violín.

La siguiente luna llena tuvimos que escondernos, desde que el sol desapareció por completo en el horizonte hasta la mañana siguiente. Mi temperamento volátil me salvó de sospechas, mis padres preferían no saber a tener que preguntar y verme enfurecido. La hora de la cena fue causa de conflicto, entonces tuve que aprender a tolerar la comida cotidiana de nuevo. Ante los ojos de los demás me había vuelto melindroso; comía poco y prefería todo cocido término medio, o de preferencia casi crudo. Comer la comida humana fue muy duro por el asco que me daba, muchas veces me excusé para ir a vomitar a escondidas. En cambio Lucas era admirable. Para él fingir era un juego de niños. Se sentaba a la mesa y terminaba el plato, sin hacer un solo gesto, como si lo disfrutara. De cualquier forma no tuve que lidiar mucho con estas situaciones, pues Lucas y yo nos mudamos pronto a una casa cerca del muelle.

Comencé a granjearme reputación, pero odié volver a pasar tantas mañanas despierto, sobre todo después de que tras el cambio, me había acostumbrado a hacer mi voluntad absoluta, incluyendo evadir por completo al sol. Lucas en cambio, actuaba como si fuera un animal de hábitos diurnos. Su edad y experiencia lo hacían fuerte, sin duda era admirable. Procurábamos de vez en cuando dormir de día, a veces teníamos que desaparecer con el pretexto de falsos compromisos, para buscar dónde escondernos a dormir y recuperarnos de las noches de caminatas nocturnas y cacerías. Era sorprendente la habilidad de Lucas, y él decía que no tenía nada de especial, que si yo hubiera vivido en los tiempos de la gran cacería, también sería un experto en llevar doble vida.

—¿Gran cacería? —interrumpí a Rolando.

—Lucas me contó que hubo una época en que se desataron cacerías de hombres lobos en gran parte de Europa. Fue una situación que duró varios siglos, durante los cuales varios de los nuestros fueron ejecutados. Nosotros de día perdemos la capacidad de transformarnos y nuestras fuerzas menguan, razón por la cual hubo licántropos que fueron blancos de las autoridades o del Santo oficio. De noche los licántropos tenían todas las de ganar, pero aun así muchas veces fue difícil; los hombres, armados, los atacaban en grupos, además... —hizo una pausa, suspiró y siguió como si omitiera algo—. En fin. A Lucas no le gustaba hablar mucho de estos sucesos, comentaba que así perdió a muchos buenos amigos, y que él mismo estuvo a punto de morir ejecutado.

—¿Los hombres lobos son vulnerables a algo?

—Eso no te lo voy a decir —sentenció fulminante.

—Cuando tú conociste a Lucas, ¿tenía algún otro amigo licántropo?

—A mí nunca me presentó a ningún otro lobo como amigo o conocido suyo. En ocasiones me hablaba de un licántropo llamado Matthew, tan viejo como él. ¿No crees que es gracioso? Lucas y Matthew, licántropos en vez de evangelistas, portadores no de la palabra de Dios sino de la guadaña de la muerte. Ambos se ayudaron a escapar y defenderse durante mucho tiempo. Luego cada uno tomó un rumbo distinto. Él decía que se separaron como buenos amigos, como hermanos, y que esperaba de corazón encontrarlo nuevamente en el futuro.

>>Yo al principio no tomaba muy en serio las historias de Lucas, pero luego me di cuenta con mis propios ojos de lo peligroso que era ser licántropo. Hubo más cacerías durante el siglo XVII, y de no haber sido por las reprimendas de Lucas y su protección, yo no hubiera sobrevivido. Lo admito, era un joven inconsciente y me era difícil controlarme.

Visitaba a mis padres a menudo. Me gustaba pasar largas horas charlando con mi padre, y él jamás dejó de consentirme, nunca me negó nada y me veía con buenos ojos, sin saber que su primogénito era un depredador. No obstante lo orgulloso que estaba de mi naturaleza, y mi indiferencia hacia todo, nunca dejó de importarme lo que mi padre pensara. Por él fue que me esmeré en volverme discreto y habituarme a la vida diurna. Pasaron los años, mi madre murió y mi padre se volvió viejo, pero nosotros seguíamos igual, siempre jóvenes. Yo había cambiado mucho en ese tiempo, me volví muy frío y más arrogante. Todo me era cada vez más insignificante, pero me entretenía; tomaba lo que quería sin darle un verdadero valor a nada, excepto mi padre. El pobre viejo ya estaba enfermo y debilitado por la edad. Lo visitaba seguido, charlábamos durante horas y a veces paseábamos por el malecón. En el fondo sentía que yo no debía estimar nada, sin embargo no dejaba de importarme mi padre, yo lo quería. Él se volvió incapaz de manejar sus negocios, por lo que yo asumí la responsabilidad total de su flota mercante y la venta de sus mercancías. Hice una gran labor, acumulé mucho dinero. Me encargué de que no tuviera nada de qué preocuparse, pagaba porque se le atendiera bien y lo mejor de todo cuanto él deseara.

Yo tenía treinta y nueve años cuando algo salió mal. Una noche salí de caza como cualquier otra. Lucas no tenía hambre, por lo que prefirió quedarse a terminar el libro que estaba leyendo. Mi víctima fue una prostituta del muelle. Eran tan fáciles de atrapar, además las presas de clases bajas no llaman la atención como las personas acomodadas. Fingí ser un sujeto en busca de un poco de placer carnal y que le pagaría bien. Me la lleve caminando por un callejón. Con lo único que no contaba, fue que el hombre para el que trabajaba nos seguía. Era uno de esos sujetos ambiciosos que siempre están al asecho de algún tonto al que estafar. Él me reconoció como el dueño de una flota de barcos mercantes, así que para él yo representaba un pez gordo. Alegre iba canturreando, abrazado a esa mujer, con la única intención de devorarla. Nunca he acostumbrado comerme nada que me haya follado antes. Ella reía con su aliento oloroso de licor y pescado. Tenía el cabello sucio, casi tanto como su vestido, pero aun así era atractiva; era la vulgaridad encarnando la gracia enlodada. Ella cerró los ojos, la besé en la boca y luego bajé hasta su cuello, le tapé la boca con la mano y le quité la vida. Dejé caer su cuerpo sobre el empedrado en cuanto mi olfato distinguió la presencia pestilente del hombre que la seguía de lejos, me pareció escuchar pisadas que se alejaban. Me incorporé apresurado y miré en todas direcciones; la calle estaba vacía. No le di importancia, me confié de más, así que decidí continuar mi cena.

Tres días después un muchacho me llevó una nota; en ella me informaban que mi padre había caído enfermo y que se negaba a hablar con nadie. Me apresuré a su casa, ya había caído la noche. Lucas fue conmigo. Durante el trayecto yo estaba muy callado. Lucas me hacía compañía.

—Nunca te había visto tan preocupado.

—No lo comprendo —murmuré—, la última vez que lo vi estaba bien.

—Ver morir a los que conocemos es bastante común para nosotros, primero fue tu madre y ahora le toca a él.

Guardé un largo silencio, después le dije a Lucas. Lucas tampoco dijo nada más, se quedó muy pensativo el resto del camino.

Llegamos a la residencia. Descendimos del coche y nos dirigimos a su alcoba. Afuera me encontré a una de las sirvientas. Ella me detuvo cuando iba camino a la habitación de mi padre, me dijo que él ordenó no ver a nadie.

—Tengo que verlo, es mi padre —vociferé irritado.

—Pero el señor...

—¡Largarte de aquí! —bramé.

La joven se retiró nerviosa. Lucas me tomo por el hombro. Me pidió que me calmara. Respiré profundo y me dispuse a entrar. Mi papá estaba acostado en su lecho con la expresión más triste que le hubiera visto en su vida.

—Padre —murmuré.

Él me miró y se tornó aún más sombrío de lo que ya estaba.

—Vete —me dijo con la voz rota. Me quedé pasmado.

—¿Qué pasa? He venido a verte.

—Yo no quiero verte a ti.

—Pero, padre...

—¡Vete! No necesito de ti para que termines de matarme. Deja que la vergüenza que ya tengo se haga cargo.

Me dolió la forma en que me rechazó. Salí del cuarto y me senté afuera a esperar. Me paseaba por la puerta, le hice saber a mi padre que no me marcharía sin conocer la razón de su rechazo. Después de un rato él me llamó con la voz debilitada. Apenas lo escuché corrí a su lado. Lucas permaneció afuera. Mi padre me habló:

—Rolando, por más que trato de pensar en qué me equivoqué contigo no tengo una respuesta. Creía que eras un buen hombre, que tus bríos de juventud eran cosa del pasado. Pero me equivoqué, debí ser más estricto en tu educación, y entonces quizá serías un buen hombre y no... —hizo una pausa como provocada por asco—, no serías lo que eres. Aun así, me pregunto si ser más duro contigo hubiera servido de algo, si hubiera cambiado tu forma de ser, o si tú ya eras malo por naturaleza.

Una lágrima rodó por su mejilla mientras que murmuraba como para sí mismo: "¿Qué hice mal?". Me conmovió hasta el alma, por primera vez en todos esos años sentí el peso de la culpa sobre mi osamenta. Luego reflexioné, no comprendí por qué decía todo eso. Yo en apariencia era un caballero respetable, y ahora él me estaba reclamando sin ninguna razón aparente.

—Eres malo —siguió—, y yo culpable de no saberte orientar.

—¿Por qué he de ser malo? —reclamé irritado— ¿Acaso no soy un hombre respetable? ¿Acaso no me hago cargo de ti, de nuestros negocios? No entiendo por qué me hablas como si fuera un criminal.

—Porque lo eres —respondió de golpe—. No es necesario que lo ocultes más, lo sé todo.

—¿De qué estás hablando? —pregunté. Estaba petrificado.

—Ayer vino a verme un sujeto horrible. Me contó que fue testigo de cómo asesinabas a una mujer inocente y me trató de extorsionar. Me pidió una gran suma de dinero a cambio de no denunciarte a las autoridades.

—No es posible —dije boquiabierto. —Eso es falso, yo sería incapaz de matar a alguien.

—Sí, sé lo que estás pensando, mi querido Ernesto, esa fue una mentira descarada.

>>Mi padre se mantuvo firme.

—Sé que lo hiciste. Te conozco demasiado bien. Siempre fuiste rebelde desde niño, siempre tuviste muy mal carácter, siempre hacías tu voluntad. Yo sé que eres capaz de todo.

—¡Ya basta! —rugí— No tienes por qué juzgarme, no lo voy a

64

permitir.

—Rolando, eres un monstruo y no voy a dejarte que sigas haciendo daño. —Se incorporó con mucho esfuerzo y me dijo—. Sé que todos piensan que estoy enfermo de gravedad pero no es así, lo único muerto es mi corazón y mi hijo, porque yo ya no tengo hijo. No voy a morir, al menos no esta noche. Voy a levantarme de aquí para ver cómo ese desconocido te acusa ante las autoridades, cómo te arrestan y te juzgan por tus crímenes. Yo no te voy a ayudar, voy a vivir hasta el día en que seas sentenciado. Entonces sí, moriré de pena y desilusión. Sólo espero que tu conciencia sí logre lo que yo nunca fui capaz: hacerte reflexionar sobre tus actos. Que tu corazón, si es que lo tienes, no te deje en paz lo que te quede de vida, ¡maldito seas ahora y siempre! ¡Que nunca encuentres descanso en esta tierra!

No podía salir de mi asombro. Mi propio padre me maldijo y yo no podía soportarlo. Quise ponerme de rodillas y pedirle perdón, contarle de mi poder, pero el orgullo me lo impidió. Lo llamé con la voz entrecortada y él me rechazó evitando mi contacto. Quise hablar con él, pero él se mantuvo firme, incluso amenazó con echarme a la calle como a un perro. No pude seguir frente a él, cualquier intento de disculparme era demostrar que no era tan invulnerable como yo creía, que no era tan indiferente y que había algo que me importaba. Lo quería mucho pero odiaba admitirlo. Dentro de mí se inició una batalla interna de diversos sentimientos. Salí de la habitación y me recargué en una pared. Hice un gran esfuerzo para contener las ganas de llorar, golpeé la pared con fuerza, apreté los dientes y me tragué el amargo dolor que estaba hecho nudo en mi garganta.

—Rolando —musitó Lucas—, ¿qué pasa?

—¡Como si no lo supieras! No me digas que no estuviste escuchando.

—Habla con él cuando las cosas se calmen, ya verás que todo se resolverá.

—Lo dices como si fuera tan fácil —reclamé. Me cubrí con una mano el rostro y me di la vuelta—. Nunca recobraré su confianza —apreté los labios—, además...yo... —no pude seguir, me invadió el terror a ser desenmascarado, a que mi naturaleza saliera a la luz pública. En mi cabeza tuve imágenes en llamas de los años de la gran cacería. Dentro de todo aquel remolino de pensamientos, una idea cruzó por mi cabeza y comencé a reír nervioso. Aspiré el llanto y dije primero con un susurro y después con voz más fuerte—. No tengo por qué, no tengo por qué, ¡no tengo por qué! —me volví a Lucas—. No voy a arriesgarme a ser descubierto, y no hay razón para sentirme así.

—¿A qué te refieres?

—No voy a arriesgar mi propia cabeza, tampoco tengo por qué sentir nada, yo no tengo por qué soportar este dolor. No lo voy a permitir, ni siquiera mi padre va causarme, ni problemas ni remordimiento —volví a apoyarme con la cara contra la pared y dije casi en un susurro—. Voy a ponerle alto.

—¿Qué tienes en mente? —Preguntó Lucas manteniéndose a la expectativa. Se acercó, yo me volví hacia él.

—Mátalo —dije con un tono glacial y determinante.

—¡¿Qué?! —exclamó consternado— Debes de estar loco.

—Tienes que hacerlo porque yo no puedo; después de todo es mi padre.

—No.

—Tú iniciaste esta vida mía, ahora vas a ayudarme; es tu responsabilidad.

—No.

Me lancé contra mi mentor. Forcejeamos sin prestar atención a los gemidos del anciano que se debatía entre dos mundos en un estado alterado.

Lucas me sometió.

—Ya basta —ordenó.

Con un movimiento brusco me liberé.

—Yo diré cuándo —reafirmé—, ahora vas a hacer lo que yo diga.

—No.

—Maldito seas, Lucas, el asesino más mediocre.

Él permaneció inexpresivo, su indiferencia me irritó más.

—Mátalo.

—No.

—¡Hazlo! —exclamé iracundo.

—¡No! —gritó Lucas y me miró amenazador. Esa fue la primera vez que lo vi enojado. Lucas siempre se mantenía tranquilo, inexpresivo. En ocasiones, cuando se quedaba inmóvil, era muy similar a un muñeco de porcelana. Pero de la misma forma en que lo sobrenatural se reflejaba en su semblante cuando estaba sereno, así también se manifestó ante mí una ira antigua, muy poderosa, de un carnicero milenario con los ojos de un asesino. Créeme lo que te digo, Ernesto; Lucas era muy impresionante cuando manifestaba alguna emoción fuerte. Verlo fiero me asustó.

—Tienes que ayudarme—insistí.

—¿Y qué pretendes lograr con eso?

Me quedé callado y bajé la cabeza, Lucas también guardó silencio. En ese momento ambos escuchamos un gemido proveniente del cuarto de mi padre. Levanté la cabeza de golpe, miré fijo a Lucas y ambos corrimos a la habitación. Entramos y vimos a mi padre sujetándose el pecho con una mano, justo en el momento en que expiró.

—Parece que ya no habrá necesidad de matarlo —dijo Lucas, me dio una palmada en el hombro y se retiró, dejándome solo con mi pena y con lo que quedó de uno de los hombres a los que más he amado en toda mi vida.

Rolando se detuvo de nuevo en su relato, bajó la mirada, cerró la mano derecha, que descansaba en el brazo del sillón, apretando el puño con fuerza y suspiró.

—¿Y qué pasó después? —pregunté rompiendo el silencio movido por la curiosidad.

—Seguí el consejo de Lucas —contestó en voz queda y en su rostro se dibujó una sonrisa siniestra—. Él me dijo que si tenía problemas me encargara yo mismo de solucionarlos, y eso hice, sólo que a mi manera. No podía estar tranquilo después de todo lo ocurrido, mi padre había muerto odiándome por un descuido de mi parte, y claro, por culpa de un oportunista. Así que decidí vengarme. Fue bastante simple.

>>Enterramos a mi padre al día siguiente. Con el tañer de las campanas a lo largo del puerto, me quedó claro que a partir de ese momento, me había convertido en un huérfano de todo nexo humano. Al día siguiente tomé el control de todos sus asuntos. Me mudé a su casa y ordené a todos los sirvientes que si alguien llegaba preguntando por él, no le dijeran que había muerto, sino que lo pasaran conmigo y yo me encargaría. Mi plan era el siguiente: ese tipo volvería a buscar a mi padre para saber qué decisión había tomado, lo presentarían ante mí y entonces estaría a mi merced. Otra opción era esperar a que enviara alguna carta, la cual vendría impregnada con su olor, así tendría algo con qué seguirle el rastro, usando mi olfato de licántropo. Simple y sencillo. Lo que sucedió fue lo primero; él llegó una noche, cuatro días posteriores a la muerte de mi padre. Lo hicieron pasar al despacho, y al verlo supe que se trataba de él. Era un tipo horrible y apestoso, con toda la facha de un criminal. Cuando me vio, su rostro reveló que estaba sorprendido de encontrar al hombre pelirrojo y joven, en vez de al anciano de cabello cano. Preguntó por el señor Solari, lo informé del deceso de mi padre. El sujeto parecía molesto. Un brillo asomó a sus ojos de chacal y se dirigió a mí con mucha seguridad:

—Dado que ahora usted se encargará de lo concerniente a su padre, trataré con usted cierto asunto que, después de todo, es de su interés. —Hizo una pausa, yo fingí no saber nada y estar interesado—. Yo sé lo que hizo aquella noche, lo vi todo, y no me equivoco al decir que estoy seguro que se trataba de usted.

—No sé de qué me está hablando —contesté tranquilo. Dentro de mi cabeza pensé: "te tengo", y sonreí divertido. Me recargué en el respaldo de la silla—. Creo que se ha equivocado de persona.

Él no iba a desistir. Me repitió la misma cantaleta que a mi padre, ya sabes, que si no le daba una enorme suma de dinero, me denunciaría ante las autoridades. ¡Qué absurdo sonó todo eso! Mi corazón hirvió por un terrible odio, pero no se lo demostré, en cambio me reí en su cara.

—¿Eso es todo? ¡Qué tontería!

—No estoy bromeando, tendrá que hacer lo que yo le diga. Usted está en mis manos.

Me reí con sonoridad, a carcajadas, me puse de pie con un gesto malicioso pintado en el rostro.

—Se equivoca, usted es el que está en las mías.

Me acerqué, de inmediato él se puso de pie y sacó un cuchillo. Sonreí confiado. Me aproximé despacio, como burlándome de él con cada movimiento, obligándolo a retroceder. Algo dentro de él, vestigios de un marchito sexto sentido que los humanos tienen, muy inferior al de los animales, le hizo temer. La sonrisa de su cara se fue y siguió retrocediendo. Me detuve en seco, le mostré mis colmillos. Él pareció muy sorprendido.

—Es una lástima que no saldrá librado de ésta. Sabe, en realidad somos muy parecidos; los dos disfrutamos cuando tenemos acorraladas a las personas. La diferencia es que yo soy mucho mejor depredador.

Con un movimiento rápido lo desarmé y lo arrojé al piso.

—Por cierto —añadí—, debo de hacer una corrección: usted no está en mis manos, sino en mis garras.

Me transformé en hombre lobo, me puse en cuatro patas y le gruñí fiero. Él lanzó un grito de horror y yo aullé en respuesta. Fue un grito de guerra. Me abalancé sobre él. Logró esquivar mi primer ataque rodando por el piso hasta donde estaba el puñal, lo tomó sin que yo me diera cuenta, y cuando yo lo ataqué por segunda ocasión, él me hirió en un brazo. Aullé de dolor, lo desarme y lo agarré. Me confié de más y por esa razón me había herido, pero no volvería a ocurrir. Quería hacerlo sufrir. Lo mordí en el hombro, un chorro de sangre brotó como fuente. Ataqué su cuerpo con mis dientes y mis garras, luego lo tiré boca abajo al piso, tomé su propio cuchillo, lo sujeté con una mano de la nuca y lo obligué a ponerse a gatas.

—Esto es por mi padre.

Hundí el arma en su abdomen e hice un corte profundo de lado a lado. Seguido le di un golpe tan fuerte en la espalda que sus tripas se desparramaron sobre el tapete. Dejé el cuchillo a un lado del cadáver y me fui a sentar, para admirar lo que acababa de hacer, como un dios saboreando su obra.

Rolando se detuvo en su relato y me observó con su sonrisa maliciosa; obviamente disfrutaba recordar su venganza. Sentí asco y respiré profundo.

—Debo suponer —comenté— que no sentiste repulsión ni titubeaste por un segundo.

—En efecto —respondió Rolando—, la venganza es algo que puede tener, ya sea el sabor más dulce o el más amargo; en mi caso era deliciosa, exquisita.

>> No tenía pensado alimentarme de él, sin embargo, no sé si por el gusto de la revancha o por el olor a sangre que flotaba en el ambiente, se me antojó probar su carne. Cavilaba en esto cuando entró Lucas. Él estaba enfadado, su vista paso del cadáver a mí, y en su rostro bailaban las llamas de la tristeza y el enfado.

—¡En el nombre de todos los Santos! —exclamó— Me quieres explicar qué pasa contigo.

—Seguí tu consejo de encargarme de mis asuntos.

—Rolando —me reprendió furioso—, ¿te das cuenta de lo que acabas de hacer? ¿Tienes una idea de cómo afectan tus actos a nuestro estilo de vida?

—¡No me fastidies! —Rugí y lo apunté con el dedo— ¡Estoy harto de ti y de tus sermones!

Lucas respiró controlando el enojo sin dejar de verme como si fuera alguien que lo había decepcionado mucho.

—Por si no lo sabías, escuché el grito de ese tipo afuera de la casa, al igual que tu aullido.

—Tenemos buen oído, es posible que sólo tú lo hayas detectado.

—No, la doncella que le abrió la puerta lo escuchó.

Me levanté de golpe, Lucas me detuvo.

—No será necesario, ya lo hice por ti.

—Bien, entonces ya no hay nada más que hacer.

—Tenemos que deshacernos de dos cadáveres así como de las respectivas evidencias de lo ocurrido esta noche. Ya estarás satisfecho, otra vez te dejaste llevar por la ira y no por la razón.

Me sentí irritado, por primera vez en todo ese rato la herida que me había causado el ahora asesinado, comenzó a arderme. En todos esos años nadie jamás me había lastimado, ese golpe había dado en lo profundo de mi ego. Volví a mirar altanero a Lucas, no estaba dispuesto a ceder, quería desafiarlo.

—Lo hecho, hecho está —sentencié con cinismo.

—¿Tienes una idea de la cantidad de personas que han sido quemadas o ejecutadas por licantropía y otros crímenes?

—Sí —repliqué fastidiado—, han sido muchos.

—Y en varias ocasiones han acertado al no ejecutar un asesino en serie cualquiera, sino a verdaderos hombres lobo que fueron torpes, como tú ahora.

—Aquí hay dos puntos que me interesa dejar en claro: el primero, lo que haya ocurrido en el pasado con esos lobos no me interesa, estoy aburrido de tus historias de la gran cacería; segundo, no por mucho que me recrimines las cosas van a cambiar, hice lo que tenía hacer y no hay marcha atrás

Lucas me miró con profunda melancolía. Por una vez, una gran cantidad de emociones asomó a sus ojos negros. Ese viejo lobo griego, ahí de pie frente a mí se mostró desilusionado y enojado.

—Has cambiado —murmuró—, ya no eres el mismo joven que quería beberse el mundo de un solo trago, el que quería ser "perfecto" mediante la búsqueda del saber, el que en su arrogante ingenuidad quería tener todo de la vida. Ahora eres un monstruo soberbio, imparable y temperamental. Pero no he de reprocharte nada, no sin antes culparme a mí, porque he sido yo quien lo ha creado.

—No es bueno idealizar a las personas.

—Quizá cometí un error. Yo nunca te vi de una forma en que no eras. Era consciente de tus fallas, pero esperaba orientarte bien. Sin embargo, tus defectos te han descarriaron para mal. Ya no eres el mismo de entonces, eres incapaz de tolerar otra voluntad que no sea la tuya. Tu egoísmo no te deja ver nada. No te das cuenta que los lobos necesitan vivir en grupos solidarios, protegerse a sí mismos y a los suyos, con prudencia y anonimato. ¿Qué no lo entiendes?

—¡No me hables de comprensión! —estallé dando un golpe en el brazo de la silla con el puño cerrado— ¿Tú qué sabes de lo que yo siento? El perfecto Lucas, el impasible, estás muerto en vida, no sabes nada de lo que es querer a alguien. No sabes lo que siento por haber perdido a mi padre. Toda esta experiencia ha sido como si todo lo que amaba y en lo que creía se hubiera derrumbado.

—Todos tenemos que sacrificar algo alguna vez. Tú no eres ni él primero ni el último, ni el que más o el que menos ha sufrido. ¿Qué te hace pensar que yo no recuerdo como si fuera ayer, lo que sentí cuando perdí todo?

Lucas caminó hacia la puerta, se detuvo y me miró de nuevo con una expresión que nunca había visto en su rostro; era una mezcla de dolor acumulado durante siglos, un dolor antiguo, calando el alma del hombre más inescrutable que he conocido en mi vida. Lucas murmuró:

—Yo perdí a mi esposa y mi hija, y no por la mano de la enfermedad, accidente o el proceso natural que llega con el tiempo.

Dicho esto cruzó la puerta y no lo vi el resto de la noche.

A partir de entonces las cosas no volvieron a marchar bien entre nosotros. Con respecto al problema del oportunista sólo te diré que después de haber matado a dos personas más todo se resolvió a nuestro favor. No quiero aburrirte con los detalles de cómo arreglé ese lío. Algún tiempo después decidimos que ya no seguiríamos viviendo en Génova. De cierta forma yo culpaba a Lucas de todo lo ocurrido, así que me hice el propósito de buscar la manera de fastidiarlo, sobre todo ahora que había descubierto un poco de sus recuerdos tristes. A manera de venganza, arreglé que nuestro viaje fuera un recorrido por toda la cosa del mediterráneo, hacia Atenas y medio oriente. La última noche que estuve en mi tierra fui a donde estaban enterrados mis padres, les dije adiós definitivo, consciente de que nunca me volvería a reunir con ellos, ya que yo andaría errante por el mundo un muy largo tiempo. Les dejé flores y me incliné para hacer una oración, quizá la última que hice en mi vida. De cualquier forma, es ridículo que un monstruo como yo rece, tanto como el que haya caballeros y mercenarios, que se encomiendan antes de empezar a matar. Como sea, digamos que, pienso en Dios de la misma forma en que pienso en el diablo, y a ambos les brindo igual adoración al bostezar de aburrimiento ante cualquiera de esos dos granujas. Pero dado que existen los depredadores sobrenaturales como los licántropos y los vampiros, no cierro la posibilidad a que ese par de farsantes se encuentren en algún lado. Antes del fallecimiento de mi padre creo que nunca tuve un verdadero pesar por mi alma, en realidad nunca le temí mucho a la idea del infierno. Después de todo lo ocurrido, durante algún tiempo guardé la sensación de llevar las alas negras de Lucifer en mi espalda. Gracias a Dios o a Satanás, con el tiempo aprendí a ignorar la idea de ambos y del castigo divino, hasta que dejé de darle importancia.

La relación con mi compañero se deterioró. Yo estaba empeñado en molestarlo; hacía mi voluntad y me jactaba cada vez que lograba hostigarlo. Claro que hubiera disfrutado más de ello si él hubiera sido más evidente en mostrarse molesto, pero nunca fue así. Él siempre se mantenía ecuánime. Aquella noche en que acabé con el oportunista, fue la única vez que yo vi que su rostro revelara algo. El viejo lobo decía que esa clase de momentos, era una debilidad que sólo se permitía una vez cada siglo. Como sea yo la utilicé en su contra lo más que pude. Unos meses después volvimos a establecernos en Paris. Estando ahí...

Rolando hizo una larga pausa, luego suspiró

—Mi mal carácter me hizo cometer muchos errores, tuve que aprender a la mala a controlar mis impulsos y mi descarado proceder. Siento haberte contado todas estas cosas solo para dejarte con una historia incompleta, pero no deseo hablar de nada de eso. Narrado brevemente, me dejé llevar por mis impulsos, me creí invencible, cometí errores que casi me exponen ante las autoridades humanas como asesino serial. Tuvimos que irnos de Paris tras habernos establecido ahí sólo 2 años. Los problemas que vivimos en esta ciudad, fueron el toque de gracia a nuestra deteriorada sociedad. Fue entonces que nos separamos; cada cual emprendió su propio camino y no volvimos a vernos más.

—¿No has sabido nada de él? —pregunté a Rolando.

—No.

—¿Qué hiciste después?

—Estuve en varias partes de Europa. Me casé en tres ocasiones, y en las tres desaparecí tomando todo lo que pude. He llevado una vida mundana por temporadas, hasta aburrirme. Luego, cuando estuve en Flandes mi corazón se encaprichó con un nuevo pasatiempo, hacer amistades en la alta sociedad. No fue difícil; siempre he tenido encanto, galanura, ingenio y mucho dinero. De ahí partí a Madrid, Cataluña, Galicia, Sevilla. Fue una buena época. Estando ahí un amigo me contó de la colonia española, me dijo que era un buen lugar para invertir dinero. La idea me interesó y así fue como terminé aquí.

—Donde también te has dedicado a hacer amistades con aristócratas.

—Tengo varios conocidos, y sólo un buen amigo que eres tú, claro, si aún quieres que perdure nuestra amistad después de todo lo que te he contado.

Permanecí en silencio sin responder; en el fondo le tenía miedo al monstruo sanguinario y descarado que era Rolando, pero por otro lado pensaba en lo mucho que me simpatizaba.

—Ya veo —murmuró Rolando. Miró su reloj y suspiró—. Se ha hecho muy tarde, tengo que retirarme.

—Mañana no habrá luna llena.

—No —respondió lacónicamente.

—Entonces no habrá ningún inconveniente en que nos reunamos.

Rolando sonrió y asintió con la cabeza. No sé por qué, pero aunque se mostró feliz, algo en sus ojos me pareció siniestro.

De esta forma las cosas quedaron en claro entre nosotros. Seguimos siendo amigos sin importar su naturaleza ni su estilo de vida. Él, como ya lo había mencionado antes, tenía algunos conocidos en la alta sociedad, pero gracias a mí logró hacer más amistades con esta gente que tanto le divertía. Pensé que no tenía nada que temer, debido a que él me veía como a un buen amigo y no como a una presa de caza. Ahora que lo recapacito, fui ingenuo al creer que el convivir con un ser extraordinario no afectaría mi vida. El tiempo ya se encargaría de mostrarme que esta idea era errónea.

Ernesto

"El que con lobos anda, a aullar se enseña."

"El lobo y la oveja, nunca hacen pareja"

Seguí reuniéndome con Rolando. Ahora que sabía la verdad sobre él, nuestra amistad en vez de menguar se fortaleció. Nos veíamos muy a menudo, a veces durante las noches de luna llena; era hasta cierto punto una situación extraña, yo caminando en la noche solitaria bajo la luna llena, hablando con una bestia que a veces andaba a cuatro patas, a veces andaba en dos; a veces vestía un elegante atuendo, a veces iba cubierto solo por su pelaje; todo dependiendo del humor del que estuviera el licántropo. Ya no me daba miedo y eso lo tenía satisfecho.

Pasó casi un año desde que nos conocimos, era septiembre del año de 1809 y es aquí donde mi historia se termina, la historia de Ernesto Santillán Nuño, un simple criollo de la Nueva España, un pequeño burgués, y comienza otra historia muy distinta. Todo empezó a partir de un suceso que alteró mi vida para siempre, un evento después del cual, toda mi existencia dejó de ser lo que era y jamás volvió a ser igual. Lo que provocó tan brusco cambio puede resumirse en un nombre: Julen.

Una noche caminaba con Rolando cuando le comenté:

—En la mañana escuché a una de mis sirvientas mencionar que alguien dijo en el mercado, que encontraron el cadáver de un mulato con una marca de una mordida en el cuello. Pensé que te deshacías de los cadáveres para evitar escándalos.

—¿Sólo una mordida?

—Eso fue lo que dijo.

—¿Mencionaron qué clase de mordida? ¿Había carne desgarrada, tendones destrozados?

Se me erizó la piel.

—No, creo que dijeron que parecía una mordida muy simple. Nadie habló de que fuera algo que pareciera haber sido hecho por un animal salvaje.

Rolando bajó la vista, se quedó en silencio un momento. El viento meció sus largos cabellos rojos, que esa noche llevaba sueltos.

—No —contestó Rolando pensativo—, yo soy muy cuidadoso. Cuando cazo, devoro hasta quedar satisfecho y, en efecto, siempre me deshago de los restos. Nunca he dejado un cadáver tirado, y menos si sólo lo he mordido una vez. Además, hay otro detalle —abrió la boca y me mostró sus cuatro afilados colmillos y sus elevados y puntiagudos molares—; una mordida mía no dejaría una simple marca.

Rolando bajó la cabeza y se tornó pensativo de nuevo

—¡Maldición! —murmuró— No puede ser.

—¿Qué pasa?

—Aquí hay un chupasangre.

—¿A qué te refieres?

—Temo que un asqueroso vampiro se esté paseando por mi territorio de caza.

De nuevo me dio escalofríos. La forma en que lo dijo me hizo sentir como ganado. Lo único que me tranquilizaba era que yo estaba en buenos términos con el matarife.

—No tiene importancia —respondió como quien pretende evadir un asunto pese a su relevancia—. Debe andar de paso y nada más. Seguro que pronto se va.

No pude evitar permanecer inquieto por la clase de ser sobrenatural que asechaba en las noches, y que hacía a Rolando reaccionar de esa forma. Si bien yo ya me había acostumbrado al hombre lobo, dentro de mí sentía miedo de descubrir más de las misteriosas criaturas de la noche. Todo lo que sabía de las costumbres de Rolando era, en su mayoría, por lo que él mismo me contaba. Nunca lo había visto cazar ni me interesaba hacerlo, la sola idea me revolvía el estómago. Rolando decía que el arte de la cacería era el más excitante de todo el mundo. En lo particular me repugnaba la sola idea de ver cómo atrapaban a una persona cual si fuera un animal. Una vez se lo hice saber a Rolando, a lo que él respondió que era una hipocresía de mi parte.

—Como dijera Plauto: *Homo homini lupus*. Durante siglos el hombre ha cazado a otros hombres —sentenció con total aplomo—, por ejemplo, la esclavitud. En todas las culturas a través de la historia el hombre se ha valido del hombre para su beneficio personal. ¿Vas a negar que ésta no es una de muchas formas que tiene el ser humano de depredar a su propia especie? Observa a las bestias, que todo lo que hacen es por subsistir, y no como el hombre que también se guía por otros impulsos. En cuanto al ser humano y mi especie, nosotros los lobos cazamos para nuestro propio beneficio, y el hombre también. No veo cuál es la diferencia o por qué lo que mi especie hace puede resultar desagradable.

Algunas noches después, caminábamos por las calles vacías de la ciudad cuando Rolando se detuvo en seco.

—¿Qué ocurre? —pregunté. Rolando, con una mueca de desagrado, respondió sin dejar de mirar en la misma dirección:

—Siento algo que no había sentido en años. Una presencia... non grata.

Sus ojos centelleaban, olisqueó el aire buscando identificar algo. Podía ver cómo le temblaban las narinas.

—¿De qué se trata?

—Ahora lo sabremos.

Nos precipitamos a través de la calle empedrada, acompañados sólo por nuestras pisadas. Rolando aguzaba el olfato una y otra vez antes de indicarme en qué dirección debíamos movernos. Llegamos a una encrucijada, Rolando miró en todas direcciones, se inclinó en el suelo y tomó un poco de tierra con los dedos; la llevó hasta su nariz, levantó la cabeza con una mirada feroz enfocada hacia lo largo de la calle, se incorporó de nuevo.

—Es hacia allá. Vamos, debemos darnos prisa.

Caminamos apresurados, siguiendo el rastro detectado por Rolando Todo esto era muy emocionante pero extraño al mismo tiempo; estaba asustado aunque no quería demostrárselo a mi compañero.

La noche estaba muy oscura, en el cielo brillaban miles de blancas estrellas y la helada luna creciente vigilaba desde su sitio la quietud de las calles, envueltas en una tenue neblina. Rolando acechaba en silencio, como si estuviera tratando de devorarse el panorama con la vista. Sus ojos me llamaban mucho la atención. Durante el día y a la luz se apreciaban como hermosos lagos azules, hipnotizantes. En la oscuridad brillaban como los ojos de los perros o los gatos, reflejando una deslumbrante belleza asesina. Ese aspecto que ofrecían de hombre con mirada de animal era fascinante, pero al mismo tiempo irracional, fantástico y aterrador.

Más adelante, a varios metros de nosotros, divisamos la silueta de un hombre que estaba parado de perfil, en medio de la calle sin hacer un solo movimiento, como si nos estuviera esperando.

—No puede ser —murmuró Rolando—. ¿Por qué él?

—¿Quién es? —pregunté en voz baja— ¿Algún conocido hombre lobo?

—No, Julen —respondió sin dejar de mirarlo y se acercó a una distancia de aproximadamente cuatro metros.

Julen era alto, muy delgado, de nariz romana, pómulos marcados, frente ancha y barbilla afilada. Tenía el cabello oscuro y los ojos grandes color castaño, centelleantes como el fuego. Su piel era blanca, de una claridad mortal, y tenía los labios rojos. Tenía pinta de cadáver, sin embargo había algo atractivo en él, una belleza muerta, tranquila y salvaje que no había visto jamás.

Rolando se dirigió a él en voz alta con una nota ácida y sarcástica.

—¡Vaya novedad la que ha traído la noche, qué desagradable sorpresa!

Él se volvió hacia Rolando y lo miró con desprecio. Esta vez tuve una mejor oportunidad de apreciar el atractivo de ese singular asesino; no era un canon de hermosura, sin embargo no por eso era menos irresistible. Había algo en él que ofrecía una singular hermosura hipnótica, pero al mismo tiempo su semblante causaba temor. Julen sonrió burlón y respondió.

—Pero si es el lobo rojo. Me da gusto que aún te acuerdas de mí.

—Reconocería en cualquier parte tu nauseabundo olor, ¡vampiro!

—Oh, casi lo olvido; los licántropos tienen el mejor olfato del mundo. ¡Lástima que esa capacidad sea inversa al tamaño de sus cerebros!

Rolando gruño y le mostró los colmillos.

—Veo que sigues siendo el mismo bufón de siempre, uno que nunca me ha hecho reír.

—¡Qué cascarrabias que eres! —Julen hizo una pausa, sus labios dibujaron una amplia sonrisa—. Nunca has sido más que un pulgoso perro rabioso.

—Patética sanguijuela, de verdad hubiera deseado que estuvieras en tu ataúd, muerto y que los gusanos te estuvieran comiendo, lo cual por supuesto le habría provocado diarrea a los pobres gusanos.

Julen se tornó severo al igual que su oponente, pero ni por un segundo borró de su cara la sonrisa burlona que tenía. Dio unos cuantos pasos hacia nosotros. Hasta ese momento me había ignorado por completo, pero después del primer enfrentamiento con Rolando, fijó su atención en mí como si apenas se hubiese percatado de mi presencia. Me observó con actitud analítica, tomó una profunda bocanada de aire y comentó:

—Debo admitir que todavía tienes buen gusto a la hora de elegir. Temo que interrumpí tu cena, o es que acaso has tenido la cortesía de traerme un aperitivo para celebrar nuestro encuentro. Huele y se ve muy bien.

Me puse tenso, la sangre se me fue hasta los tobillos y traté de dar un paso hacia atrás, pero las piernas no me respondieron. Julen parecía fascinado, como quien se encuentra ante un banquete, en su cara se leía que estaba saboreando mi sangre de antemano. La sensación de ser simple ganado volvió a invadirme. Rolando, sin quitarle la vista, estiró su brazo frente a mí con un rápido movimiento.

—Ni lo pienses Julen —sentenció Rolando—, porque si algo le pasa a este hombre te haré pedazos.

Sus miradas chocaron en una mortal batalla de miradas asesinas. Un extraño y apenas perceptible chillido salió de los labios entreabiertos de Julen, un gruñido amenazador surgió desde la garganta de Rolando, noté que las venas de su mano se marcaron, como si de pronto hubieran recibido una enorme cantidad de sangre, su piel palpitaba y todos los vellos se erizaron, lo cual me indicó que estaba preparado para transformarse en cualquier momento. El vampiro hizo una mueca grotesca de frustración y enfado. Todavía se leía en su rostro el deseo de alimentarse de mí.

El silencio cayó sobre nosotros como un pesado telón oscuro y mohoso. Era una incomodidad que escondía una guerra, similar a un nevado volcán dormido, cuyo despertar repentino provocaría una erupción devastadora. A lo lejos escuchamos el golpeteo de cascos de caballos y ruedas de carreta sobre el empedrado; esto fue suficiente para rasgar por la mitad ese mutismo. Toqué a Rolando en el hombro y le dije:

—Alguien se acerca.

—Sí —murmuró, suspiró y se dirigió a Julen—. Tienes suerte, de lo contrario tus noches ya hubieran terminado.

—Te crees muy seguro de tus poderes —contestó el vampiro—, pero no debes de subestimarme; ya nos volveremos a enfrentar, eso tenlo por seguro.

Se alejó a una velocidad tan rápida que me dio la impresión de que se había desvanecido en el aire, como si se tratara de alguna especie de fantasma. Una exclamación de asombro trató de emerger de mi garganta, pero quedó casi muda a la mitad.

—Así que él es el vampiro que una vez me mencionaste.

—Sí —contestó Rolando.

—Por lo visto tienen una gran rivalidad.

—Más que eso: los licántropos y los vampiros nos aborrecemos por naturaleza, igual que los perros y los gatos. Además, en el caso de Julen, nuestra antipatía proviene de una pelea iniciada hace ya muchos años.

—¿Dónde lo conociste?

—En España, durante una temporada que estuve en Cataluña. Fue una noche saliendo del teatro. Me disponía a atrapar a mi cena, un hombre que llegó solo y que se fue de la misma forma. Se veía bien de salud y me pareció apetitoso. Lo seguí hasta una calle estrecha. Lo que yo no sabía era que Julen también iba tras de él, y de igual manera, él no se había percatado de mi presencia. Me preparaba para interceptarlo cuando vi una figura negra deslizarse a gran velocidad. Al principio no lo podía creer, pero no lo pensé demasiado; el hambre y la ira provocada por su atrevimiento a atacar a mi presa, me hizo volverme contra él para alejarlo de aquel hombre. Entonces experimenté algo que nunca antes había sentido; me bastó percibir su presencia para aborrecerlo en automático; fue una reacción instintiva por la antipatía que el licántropo siente por naturaleza hacia los vampiros. Yo tenía las entrañas revueltas, y estoy seguro que por sus instintos a él le pasaba igual. El me amenazó, yo en respuesta me transformé frente sus ojos y me puse en cuatro patas alzando la cruz. Luego nos atacamos con furia. Julen se movía tan rápido que apenas y me daba cuenta de sus movimientos. En algún momento, él logró sujetarme, utilizó una extraña habilidad para caminar por la pared, luego me propinó varios golpes y me dejo caer. Yo me quede aturdido unos segundos, tiempo suficiente para que él se apoderara de mi presa. Esa alimaña chupasangre no dejaba de mirarme con arrogancia, mientras se alimentaba. Tiempo después lo volví a encontrar; fue en un baile ofrecido por un hombre acaudalado. Él al verme, hizo una exagerada reverencia y me miró burlón. "Ríe ahora", pensé. Esa noche tomé la determinación de adoptar un nuevo deporte: acechar al vampiro para tomar revancha, lo cual hice una semana después, al arrebatarle a su presa para quitarle la vida en su propia cara. Antes de irme le dije. "Rápido, bebe antes de que se desangre, pero si no es suficiente, siempre puedes lamer la que se derramó en el suelo". Él se puso furioso, por la afrenta y porque los vampiros no deben beber nunca de una presa que ya esté muerta. Desde entonces no hemos dejado de encontrarnos y de pelear en cada ocasión. Nunca creí que lo encontraría en esta tierra, pero ya veo que el destino ha decidido que tendremos que enfrentarnos hasta que uno de los dos sea derrotado.

Desde mi punto de vista esto se volvía más interesante. Ya no sólo era testigo de la existencia de un inmortal, sino de dos: un licántropo y un vampiro. Julen me provocaba temor y esperaba nunca llegar a encontrarlo en mi camino, ni siquiera estando en compañía de Rolando, no porque dudara de él, era sólo que bien sabía que yo, un simple mortal, me encontraba en desventaja frente a esos maravillosos seres. Si el vampiro decidía darme caza, yo no tendría escapatoria. Rolando me contó sobre los vampiros y las creencias que giraban en torno a ellos; estacas, ajos, crucifijos y una larga lista de fetiches utilizados por los humanos, casi todos inútiles remedios contra estos seres. También me dijo de su aversión a la luz del sol. Los vampiros son fotosensibles en un grado mucho mayor que los licántropos, y a diferencia de estos, los vampiros se convierten en cenizas por el efecto de la luz solar.

—En este aspecto nosotros somos superiores —comentó Rolando—, porque podemos mantener mejor una doble vida al no tener problema para continuar con muchas de las actividades diurnas de los hombres.

Rolando subrayó esto último para demostrarme que no tenía nada que temer de día, y que por lo tanto podía continuar sin temor con mis labores diarias. Pero me advirtió que en adelante evitara las caminatas nocturnas en soledad.

Durante un par de semanas las cosas estuvieron tranquilas. En ese tiempo vi a Rolando menos que de costumbre, ya que él se dio a la tarea de buscar a Julen para enfrentarlo, lo cual ocurrió antes de lo imaginado. ¡Cómo recuerdo esa noche! Caminábamos bajo el cielo estrellado, yo iba hablando incansable respecto a una reunión a la que asistí acompañado de mi hermano Guillermo, su esposa y mi pequeña sobrina. Sofía tenía casi nueve meses de embarazo; esperaban con ansia el alumbramiento de su segundo hijo. Recuerdo que le platiqué mucho a mi amigo acerca de Tina, la pequeña damita que me había robado el corazón desde el primer día en la tuve en mis brazos. Ella era caprichosa, adorable y muy inquieta. Su madre decía que Tina podía ser la niña más dulce del mundo o la más terrible. Guillermo la consentía en exceso y era raro que le prohibiera o le negara algo. Para mí ella era una niña autentica, no como tantas pequeñas, que son vivos retratos de las mismas muñecas que sostienen entre sus brazos. Rolando me escuchaba en silencio. Él no interactuaba mucho con mi familia, pero los conocía.

Estaba parloteando cuando Rolando se detuvo en seco, la sonrisa de su rostro se desvaneció, dejando en su lugar una terrible mirada fiera.

—¿Qué ocurre? —pregunté. No fue necesario que me respondiera, bastó con mirar frente a nosotros para darme cuenta que ahí estaba Julen. Él apenas nos vio se alejó con cierta rapidez. Rolando se fue tras él. Yo lo seguí lo más rápido que me lo permitieron las piernas.

Mi amigo me llevaba ventaja a pesar de que no corría todo lo rápido que yo sabía que podía, y a su vez el vampiro tampoco avanzaba tan rápido; era como si estuviera esperando que lo alcanzáramos. Sólo logré emparejarme con él en dos ocasiones, en que el vampiro se perdió de vista y Rolando se detuvo un instante a olfatear antes de seguir la persecución. Avanzábamos sin detenernos. Llegó un momento en que lo perdí de vista en la oscuridad y la suave bruma, una voz dentro de mi cabeza me dijo: "déjalo ya", pero no hice caso. El corazón me latía con fuerza, respiraba con el aliento entrecortado. Apreté el paso y seguí corriendo hasta que lo volví a ver, habíamos llegado a las afueras de la ciudad, como si a propósito, Julen hubiera escogido este lugar con anticipación. No había nada a nuestro alrededor, sólo los restos de una casa a medio terminar en precarias condiciones, faltaba el techo y dos paredes, y de las otras que se mantenían en pie, una tenía lo que parecía ser el hueco de una ventana. Los restos de esa casa estaban cubiertos de lama y las hierbas habían invadido casi todo el piso.

Ahí estaban ambos adversarios frente a frente, listos para combatir hasta que uno de los dos cayera.

—Te felicito, Rolando —comentó Julen—, tienes un aliado leal.

El licántropo volteó la cabeza hacia atrás, donde yo estaba. Su expresión facial denotó que hubiera preferido que no estuviera ahí. Me encogí de hombros.

Julen comenzó a reír, primero entre diente y luego a carcajadas.

—¿Qué te causa tanta risa, sanguijuela? —gruñó Rolando.

—Ustedes dos son una autentica rareza; hay hombres que tienen perros por mascotas, pero nunca había visto un perro que tuviera por mascota a un hombre.

—Eres un idiota.

—¿Y qué remedio pondrás? ¿Me dejarás devorarlo?

—Si le tocas un solo cabello te juro, por la memoria de mi padre, que lo sentirás.

—¿Por tu padre? —preguntó burlón.

—Yo sí sé quién fue, no soy un hijo de puta como tú. —Esta vez fue el lobo quien rio y el vampiro quién frunció el ceño.

—Te crees muy listo, pero no eres rival para mí. —Dicho esto Julen desapareció y se colocó detrás de mí.

—¡Cuidado! —gritó Rolando.

Yo traté de moverme pero no lo conseguí, ya era demasiado tarde; Julen me había sujetado con fuerza y enterró sus colmillos en mi cuello. No puedo describir el sobresalto que me acogió, todo sucedió tan rápido que ni siquiera pude pensarlo. Recuerdo que sentí un dolor terrible y una impotencia y miedo como nunca antes los había sentido. Rolando se transformó en un segundo y se abalanzó, propinándole a Julen un golpe brutal que lo obligó a soltarme. Mi amigo me sostuvo y me ayudó a llegar al suelo, pues yo estaba tan consternado que apenas y podía sostenerme en pie. Me apreté la herida, Julen no me hizo mucho daño, todo parecía indicar que su intención no era desangrarme, ya que no atacó una vena principal. Su precisión de vampiro y años de práctica no daban espacio a errores. Lo que de verdad quería era provocar al lobo.

—¡Huye! —me ordenó y volviéndose hacia Julen, se puso en cuatro patas y aulló con fuerza. El licántropo tenía los ojos inyectados de sangre y los duros colmillos resplandecientes listos para la batalla. Con la cabeza baja, la cruz en alto y todos los pelos de su cuerpo erizados, su aspecto era aterrador.

Julen se preparó a atacar apenas a tiempo para detener la segunda acometida del lobo. Lucharon encarnizadamente, aferrándose con fuerza, valiéndose uno de sus colmillos y de su velocidad, y el otro de su fuerza, colmillos y garras. Rolando gruñía cual perro rabioso, y su adversario chillaba de una forma que nunca he oído otra similar. Ambos reflejaban una naturaleza sobrenatural, sin duda eran algo espeluznante. Me incorporé y pensé en obedecer a mi amigo, pero una vez más mi deseo de ver lo insólito me detuvo.

—Estoy cansado de ti —bramó Julen—; nunca en mi larga vida he odiado tanto a alguien como te odio a ti.

—El sentimiento es mutuo —respondió con voz ronca el lobo y se relamió los colmillos con su monstruosa lengua canina.

Y de nuevo se atacaron, esta vez con más violencia que en el primer enfrentamiento. En un movimiento rápido y astuto, el vampiro clavó sus colmillos en el cuello de mi amigo, quien aulló y lo golpeó hasta que logró que lo soltara. Jadeaban fatigados, llenos de rasguños ensangrentados y con las vestiduras desgarradas, pero aún no estaban dispuestos a ceder. Por un momento pareció que el lobo tomó ventaja cuando puso a su rival contra el piso, éste estiró la mano, cogió un puño de tierra y le lo arrojó a los ojos. Rolando trató de cerrarlos, pero fue inútil porque la tierra ya había caído en ellos. Se frotó con ambas manos para poder librarse de esta molestia. Julen aprovechó la situación para atacar al licántropo, luego lo sujetó por el cuello y se cambiaron los papeles, ahora era mi amigo el que estaba contra el suelo, mientras el vampiro le apretaba el cuello y le estrellaba la cabeza con fuerza sobrehumana, contra las duras piedras del piso. Pese a que yo sabía que Rolando era una criatura muy resistente, no pude soportar ver su sangre dejando marcas rojas en el suelo. Odié ver que le hicieran daño a mi querido amigo.

Cerca de las ruinas de la casa había restos de adobe, madera y otros materiales. Miré un pedazo largo, delgado y humedecido de madera, que terminaba en punta formada por afiladas astillas. Recordé algo que Rolando me contó sobre creencias de cómo matar vampiros y se me ocurrió una idea.

Julen estaba tan deleitado que ni siquiera se percató de cuando me acerqué por detrás y le asesté un golpe hundiéndole el madero en la espalda. Soltó a Rolando, emitió un horrible chillido y se levantó retorciéndose. Rolando, algo aturdido, se incorporó con lentitud. El vampiro se desprendió de la improvisada estaca que por desgracia, no había penetrado más en su cuerpo. Esa herida no era nada que pusiera en riesgo al inmortal. Yo en ese entonces no lo sabía, pero se necesita mucho más para matar a un vampiro. Actué motivado por la simpatía que sentía hacia mi amigo, pero fue un esfuerzo ingenuo y vano.

El vampiro me miró lleno de odio y se precipitó sobre mí, me pegó con una fuerza increíble, salí desprendido varios metros por el aire. Antes de que tocara el suelo me alcanzó, sentí de nuevo un brutal golpe que me lanzó otra vez por los aires a varios metros de distancia. Todo fue muy doloroso y rápido. Apenas hube tocado el suelo Julen ya estaba ahí, me levantó sujetándome por la espalda y con su brazo helado, me apretó con fuerza el cuello; sentí que me asfixiaba.

—¡No! —gritó Rolando y trató de acercarse. De inmediato, Julen dio un increíble salto atrás y amenazó:

—Si te acercas le romperé el cuello, ¡lo juro!

El lobo se quedó inmóvil. A diferencia del primer ataque que recibí de Julen, en esta ocasión Rolando no estaba a mi lado para quitármelo de encima. El vampiro había pensado en ello, por eso ahora había tomado la precaución de mantener distancia con mi amigo, lo cual le daba la ventaja de contar con los segundos necesarios para matarme más rápido que un parpadeo. Rolando iba a lanzarse otra vez; Julen volvió a retroceder con un salto y gritó:

—¡No estoy bromeando! —me jaló el cabello— Juro que lo haré.

—Déjalo ir.

—Este entrometido —acarició una de mis mejillas con sus helados dedos— será mi cena y mi objeto de alegría, cuando vea la cara que pones en el momento en que lo mate.

Rolando pareció titubear un segundo.

—Estás a mi merced. ¡Ahora vuelve a tu forma humana, monstruo!

Rolando obedeció.

—Así está mejor.

—Ya suéltalo.

—De verdad no entiendo por qué le tienes tanto aprecio a un humano. Una vez vi a un niño llorar, porque su abuela había matado a un pavo que tenían en engorda. Por eso siempre he dicho que uno nunca debe encariñarse con la comida.

Con una mano apretó mi cuello y me levantó en el aire. Su otra mano permanecía lista a atacarme.

—Déjalo ir —dijo Rolando cambiando su actitud—, esta pelea es entre tú y yo.

El vampiro se rio, yo no podía respirar. Ante mis ojos pasó toda mi vida en un segundo, y creí que sería una verdadera lástima morir sin haber visto por última vez a mi familia; mis hermanos, mis sobrinos y, en especial, a la pequeña Tina. No tenía salvación; me di por muerto.

—Suplica —ordenó el vampiro.

—Por favor, déjalo ir —exclamó Rolando más desesperado.

Julen respiró satisfecho y dio su resolución:

—Me divertiría mucho verte de rodillas, implorándome, pero no te lo pediré; ya es suficiente humillación verte afligido por un insignificante humano —hizo una breve pausa—. De acuerdo, lo soltaré.

Dicho esto, sujetó una de mis piernas, me levantó sobre su cabeza, corrió en dirección a la casa en ruinas con esa asombrosa velocidad a la que se movía y me arrojó con fuerza contra uno de los muros. El golpe fue intenso, caí aturdido y sofocado. Apenas tomaba aire cuando escuché un crujir, me giré un poco y lancé un sofocado grito de espanto; la pared se derrumbó sobre mí.

—¡No! —gritó Rolando.

Julen se rio a carcajadas. Yo yacía bajo los escombros. Rolando gimoteó y gruñó, emitió un sonoro aullido de rabia y dolor. En el acto, se transformó y se lanzó furioso contra Julen.

—¡Maldito seas, Julen; pagarás por esto!

No puedo sino imaginar la pelea que aconteció, pero sí puedo asegurar que Rolando peleó con coraje, como un volcán que despierta escupiendo su violento encono. Para cuando me libré de las rocas, el vampiro estaba muy malherido, hecho un guiñapo ensangrentado. Rolando lo sometió una vez más contra el piso. Julen ya no tenía fuerzas para luchar, se notaba en su expresión que se sabía derrotado.

—Acaba conmigo —murmuró Julen—, o es que no tienes el valor.

—Nada de eso —respondió Rolando.

—Entonces, hazlo.

Rolando hizo caso omiso.

—¡Mátame, estúpido perro!

—No.

—¿Por qué no me acabas de una vez por todas? ¡Mátame!

—Sería demasiado fácil. Tengo una mejor idea: nos quedaremos aquí a esperar la salida del sol.

—¿Qué diablos pretendes? —replicó Julen sorprendido; en su voz se oyó una nota de miedo.

—Tener a mi disposición tus cenizas, para después orinarme en ellas.

El vampiro gimió de terror ante la idea del sol. Sin duda debe ser una muerte terrible para esos seres.

—No serías capaz.

—¿De verdad lo crees? Aguarda y verás.

—Suéltame —gimió el vampiro, esta vez era él quien suplicaba.

—¿Qué te pasa, Julen? ¿Asustado? A los hombres lobo no nos afecta el sol como a ustedes; a nosotros sólo nos debilita mientras que a los vampiros los mata. Yo bien puedo tolerar el escozor del sol, en cambio tú te convertirás en cenizas. —Esto último lo dijo arrastrando la voz con una nota de macabra sensualidad— Solo imagínate, toda tu piel arderá como fuego.

Julen trató de liberarse de su opresor; fue inútil, estaba demasiado lesionado para lograrlo y Rolando muy irritado para permitírselo. Yo hice un esfuerzo para moverme; me desprendí de algunos escombros y llamé a mi amigo. En cuanto él me escuchó murmuró mi nombre y recuperó su apariencia normal. Julen aprovechó este segundo de debilidad para escapar a toda velocidad, como un ratón que por gracia de la fortuna se ha liberado de las garras del gato y que sabe que lo mejor es alejarse. Rolando no le dio importancia ni lo siguió. Se acercó hasta donde yo estaba.

—Ernesto, estás vivo. Déjame ayudarte.

Removió las piedras, me tomó por los brazos y me arrastró para terminar de sacarme, luego se puso a revisarme. No pude evitar que de mi boca escapara un gemido. Todo me dolía, como si estuviera roto por dentro.

—¿Estoy muy mal? —pregunté.

—Tranquilo, todo estará bien, ya lo verás.

El dolor era intenso, no podía moverme.

—Dime la verdad.

Rolando se tornó mudo. Titubeó antes de responder:

—Tal vez lo mejor sea que te lleve cargado, aunque no creo que deba; moverte te causaría más daño. Temo que tienes heridas de gravedad.

Un escalofrío recorrió mi maltrecho cuerpo. El pánico ante la muerte me invadió.

—¡No quiero morir —exclamé—, no así!

—Yo.... lo siento. Hay muy poco que pueda hacer.

—¡Ayúdame!

Rolando se quedó pensativo en silenciosa reflexión. Se volvió otra vez con una mirada siniestra.

—Tal vez sí haya algo que pueda hacer por ti.

—Lo que sea, pero no me dejes morir. Por favor, Rolando, ¡no quiero morir!

Comencé a desvanecerme. Quizá hubiera sido mejor expirar en ese momento. Las heridas y el dolor me hicieron no estar consciente del todo de lo que sucedió después. Me estaba desvaneciendo por el dolor. Todo fue irreal, como un sueño extraño del que no recuerdo muchos detalles. Rolando sonrió maliciosamente y dijo algo así como: "Bien, que así sea... una nueva vida". Cerré los ojos, sentí una dolorosa mordida en el brazo izquierdo, después creo que lo oí decir:

—Voy por ayuda. Confía en mí, vas a estar muy bien.

Quedé solo en la oscuridad de la noche. Comencé a respirar con esfuerzo. Sentí que desde la herida que mi amigo me hizo, algo helado se esparcía por todo mi cuerpo, llenándolo de frío, luego esa sensación se volvió caliente, muy ardiente y sofocante. El corazón en mi pecho latía acelerado. Traté de gritar pero fue inútil, porque no podía ni respirar. Perdí el conocimiento. El inerte ambiente de la noche plagado de ruidosos grillos y cigarras, cubrió igual que un réquiem el sitio en el que momentos antes, hubo una dura batalla. La luna que apenas comenzaba a menguar en el cielo, fue muda testigo de todo lo que sucedió.

Desperté un par de días después en mi casa. Estaba adolorido pero a la vez me sentía fuerte y animado. No recordaba cómo había llegado hasta mi cama. A mi alrededor todo era silencio ¡Que ironía estar en un lugar así después de los acontecimientos ocurridos! Un momento después entró una de las sirvientas, y cuando me vio despierto, corrió a dar alarma a mis hermanos que aguardaban afuera de la habitación. Me conmovió que acudieron a verme. La dulce Justina me llevó flores que cortó del jardín de su madre.

Después entró el doctor, me dijo que cuando llegué, las heridas eran demasiado profundas y el daño terrible; tenía una hemorragia que me ocasionó una importante pérdida de sangre que por fortuna pudieron detener. Mis hermanos comentaron que hubo un momento mientras estuve inconsciente, en que deliraba acerca de monstruos. Comenté que quizá tuve una pesadilla. Nadie supo la verdad de los maravillosos acontecimientos que viví. Les dije que había sufrido un accidente, cuando trataba de huir de unos asaltantes; alegué no recordar muchos detalles. Se creyeron la historia. Pensaron al ver mi condición, que había corrido con muy mala suerte. Me reprendieron con severidad por mi excéntrica costumbre de caminar solo de noches; yo me limité a guardar silencio. Fue mejor dejar las cosas así; jamás hubieran tomado por cierto lo que en realidad me ocurrió, en cambio me hubieran atado a un árbol, como se hace con los locos.

Muy pronto di muestras de mejoría. El doctor, las sirvientas y mis familiares solo hablaban de lo rápido que comencé a reponerme después de haber estado al borde de la muerte; lo consideraban una gracia divina que Dios, en su infinita misericordia, me había otorgado. El doctor que me atendió estaba desconcertado; dijo que él hubiera jurado que yo tenía varios huesos rotos, pero al revisarme otra vez, vio que ahora estaban perfectos. Me mostré satisfecho, pero por dentro estaba inquieto. Rolando me había mordido. Me tranquilicé pensando que quizá sólo me había dado un poco de su poder para ayudarme. En ese entonces me negaba a pensar que, una pesada maldición corría por mis venas, transformando mis células, modificando mi naturaleza. Fui demasiado estúpido e ingenuo para reparar en detalles. Ahora que lo pienso, creo que en el fondo yo sabía lo que me iba a pasar, pero me rehúse a admitirlo. La negación es la peor ceguera que existe; puede hacer que un hombre empecinado en que el camino está libre, se estrelle contra una muralla.

Tan solo una semana después del incidente, mis hermanos y amigos me ofrecieron una magnifica cena, durante la cual, el tema principal de conversación fue mi pronta recuperación. Yo sonreí, les dije que había tenido mucha suerte y que tal vez los doctores exageraron. Algo que también les llamó la atención fue que yo tenía un apetito que parecía insaciable. Fue raro, pero era verdad, por alguna razón tenía tanta hambre que comí doble ración. Mi hermano Guillermo bromeó al respecto diciendo:
—Tengan cuidado con Ernesto, mejor sentarse lejos de él antes de que también nos devore.

En los siguientes días, noté que me había vuelto más fuerte; mi vista, oído y olfato se agudizaron mucho, así como mis reflejos, velocidad y precisión de movimientos. En los días que siguieron desaparecieron todas las cicatrices de mi cuerpo; de ellas no quedo ni una marca, como si nada hubiera pasado. Por otra parte, comencé a tener problemas para dormir, inconveniente que cada noche se iba haciendo peor. Me era difícil conciliar el sueño, pasaba horas dando vueltas en la cama, deseoso de levantarme y salir a caminar bajo el manto estelar, por la preciosa noche llena de misteriosos ruidos, cubierta por las fascinantes sombras negras que me llamaban a su lado. A su vez, cada día me costaba más trabajo levantarme por las mañanas; el sol me fastidiaba, el calor me era odioso y por alguna razón que entonces atribuí a la escasez de sueño, de día me sentía débil. Luz María, siempre preocupada por mí, me hacía beber una infusión de hierbas para conciliar el sueño. Ella era muy buena conmigo, me trataba como a un hijo a pesar de que éramos de diferentes castas y posiciones sociales. El mencionado remedio de Luz María funcionó algunos días, pero no fue suficiente. Mi malestar persistió sin que yo pudiera hacer nada. Otra cosa extraña que me ocurrió, fue que el olor de la comida se hacía cada vez más desagradable. Una noche con luna nueva, fui a cenar a la casa de un conocido. Recuerdo que el olor de la carne guisada, en vez de apetecerme, me provocó nauseas, no obstante me la comí y dije que me había gustado mucho; no podía mostrarme mal educado y rechazar la mesa de mi anfitrión. En casa, para remediar esto, le pedí a mis sirvientes que prepararan la carne término medio y las verduras un poco crudas; así era menos desagradable y pude comer algo con un poco más de gusto. Pero mi apetito y sueño no fueron los únicos afectados, mi temperamento también sufrió; tenía arranques de rabia por situaciones que por lo general, nunca me habrían molestado. Antes yo siempre había sido un hombre estoico en muchos sentidos, siempre reservado en demostrar emociones. En cambio ahora, cada vez que algo me molestaba reaccionaba furioso y me costaba controlarme.

Cuando lograba dormir tenía terribles pesadillas en las que me veía perseguido por monstruos. Muchas veces soñaba que estaba en mi cuarto casi a obscuras, parado frente al espejo, mirando mi reflejo, entonces aparecía detrás de mí una bestia con largas y afiladas garras, y aspecto monstruoso, como si fuera un híbrido de licántropo y vampiro, con fuego en los ojos y agudos colmillos que goteaban sangre, mi sangre. Trataba de gritar, pero ya no podía. La bestia me tomaba por los hombros y me decía: "eres mío". Horrorizado, despertaba empapado en sudor. Trataba de tranquilizarme sin lograrlo; temblaba de pies a cabeza mientras que una corazonada me decía que aguardara lo peor. Ese presentimiento se acentuó, una noche en que al despertar, me levanté y miré por la ventana, que en el cielo nocturno, una tímida sonrisa plateada regía la noche. Creo que fue esa noche cuando algo dentro de mí, me indicó por primera vez que tenía que prestar atención al cielo y sus astros, en especial a la luna, que cada noche se hacía más y más grande.

Una mañana me desperté con muchos esfuerzos. Me senté al borde de la cama, tratando de despabilarme. El insomnio estaba causando estragos en mí, ya no tenía tan buena imagen, me veía pálido, abatido. Al verme en el espejo descubrí que me estaba creciendo mucha barba. Yo nunca antes había tenido mucho vello facial, más bien, en ciertos puntos de mi cara el pelo era inexistente, sin embargo ahora era abundante. También me pareció que me estaba saliendo más cabello. Suspiré molesto y al hacerlo, mis labios quedaron un poco separados Estaba analizándome cuando noté algo muy peculiar en mi boca; sobre el labio inferior sobresalían dos estructuras blancas y afiladas. Extrañado abrí la boca, pude ver que mis colmillos estaban más largos de lo normal y que los molares detrás de ellos, estaban elevados y tan afilados como los de los animales carniceros. "¿Qué es esto?", me pregunté, "Esto no es posible". Pero lo era, estaba cambiando. Un pensamiento asaltó mi mente: los peculiares dientes de Rolando. No podía aceptarlo, era inconcebible que algo así me sucediera, tenía que hacer algo. Ese día traté sin éxito de contactar a Rolando. Nadie sabía nada de él, se había marchado sin aviso alguno. Era como si se lo hubiera tragado la tierra.

Una noche en que la luna se encontraba a tres cuartos, desperté en la madrugada después otra pesadilla. Estaba muy enojado, con pensamientos de miedo y furia. Un ruido seco emergió de mis entrañas, acompañado de una sensación atroz, era un hambre furiosa, como jamás la había sentido en toda mi vida; era un apetito desesperado, que me dolía en las entrañas como si me desgarraran por dentro, que provocaba en mí locas ansias por saciarla a como diera lugar, incitándome a buscar algo que me diera una paz que desde hacía tiempo ya no tenía. A pesar de las sensaciones que se agolpaban en mi cerebro, no estaba del todo despierto. Lo acontecido esa noche fue casi surrealista. Enfurruñado y adormilado, bajé las escaleras, como siguiendo un primitivo impulso básico de buscar comida. Entré a la cocina, busqué cualquier cosa, pero casi todo lo que encontraba a mi paso me daba asco. De pronto escuché algo muy tenue que llamó mi atención, la respiración de otro ser, era una tortolita joven, caída de algún nido, que descansaba en la repisa de la ventana. Mis ojos se posaron en ella, capturando toda mi atención, todos mis sentidos. Una nueva inclinación latente en mí, me dijo que ése era mi objetivo. En ese momento comprendí lo que sienten los gatos cuando se encuentran frente a un ave o una rata; supe lo que era el instinto animal de matar para vivir. Sin siquiera pensarlo, me apoderé de ella con un movimiento rápido y de una mordida le arranqué la cabeza. El sabor era dulce, delicioso, como hacía tiempo no me sabía nada Hacía una semana que ya casi no comía por la repulsión que todo me causaba; el simple olor de los platillos me era desagradable; pero en ese momento todo fue diferente, me sentí renovado. Arranqué otro trozo de carne sanguinolenta, el glorioso sabor y el olor de la sangre terminaron de despertarme, y por primera vez en todo ese rato fui consciente por completo de mis actos. Me detuve en seco y medité lo que estaba sucediendo. Dejé de masticar lo que tenía en la boca; como suspendido en un hilo, con el cadáver destrozado de la pequeña tortolita. "¿Qué me está pasando?" Algo me dijo que escupiera lo que tenía en la boca, pero una parte de mí se negó a hacerlo, en cambio me lo tragué. Esta acción me asustó. Me deshice de lo que quedaba de la pequeña ave, luego busqué agua para lavarme. Decidí que lo mejor sería que me fuera a dormir y me olvidara de todo lo ocurrido. Subí las escaleras apresurado, con mil ideas girando en mi cerebro, entre ellas, Rolando, a quien más que nunca tenía presente, y al que no había visto desde la noche de la batalla.

Al día siguiente, mientras me daba un baño, volví a pensar en lo ocurrido la noche anterior. No podía creer lo que había sucedido, ¿era posible que mi hambre fuera tan voraz como para hacer lo que había hecho a fin de saciarla? Recordé lo que hacía algunos días había notado en mis dientes. Un pensamiento asaltó mi cabeza, recordé la sorpresa que me llevé la primera vez que los había visto, la comparación que hice con los colmillos de Rolando. Tomé una toalla para secarme. Mientras lo hacía noté que el vello de mi cuerpo parecía un poco más tupido, y que los músculos estaban más marcados y firmes. Me miré en el espejo, volví a ver mi dentadura, esta vez no sólo los colmillos inferiores estaban cambiados, ahora también los de la parte de arriba estaban largos y afilados, y los molares detrás de estos estaban más agudos y fieros. El miedo se transformó en pánico; mis pesadillas se volvían realidad; ya no me quedaba ninguna duda, estaba cambiando, me iba a convertir en un monstruo igual a Rolando, pero, ¿cuándo? Aunque tenía una idea aproximada, guardaba dudas al respecto. Tomé como medida de precaución sacar a toda la servidumbre de la casa, y no permitirles entrar una vez que llegaba el ocaso, para así quedarme solo después del crepúsculo.

Esa noche no pude dormir, me sentía enfermo del cuerpo, del alma y de la razón. El miedo me estaba acabando por completo, con cada segundo mi angustia se hacía mayor. Tenía un dolor muy intenso en todo el cuerpo. Me revolcaba en mi lecho tratando de no pensar en ello, pero no me era posible. Era tan doloroso que creí que no sólo estaba cambiando sino que además me estaba muriendo. No era necesario que nadie me lo dijera, el sufrimiento que me aquejaba me lo decía.

Al día siguiente me quedé dormido; no trabajé ni asistí a ninguna otra de mis actividades; me sentía terrible. No salí de mi cama, me negué a ver a nadie y ordené que no se llamara al doctor. Para mi fortuna y para mi desgracia, ese sería el último día que me sentiría así, así como también el último día de vida como hasta ese entonces la conocí.

Por la noche, la luna se mostró con todo su esplendor en el cielo, mientras que yo estaba en la cumbre de mi agonía. Me encontraba malhumorado, pero de una forma que no había experimentado antes; era como una mezcla de angustia, ira, miedo, ansiedad y nerviosismo morboso. Tenía la garganta seca y sentía que una espinosa angustia recorría mi osamenta de arriba a abajo; era una desesperada ansiedad que me decía que necesitaba algo para calmarla, como si un millón de agujas se clavaran en la parte interna de mi cuerpo, desgarrando los músculos, las venas, los nervios y los órganos. El dolor exigía algo, pero no sabía qué. Me levanté de la cama, bajé las escaleras aferrándome con mis pocas fuerzas a la barandilla. Quería llegar a la cocina con la intención de tomar un poco de agua. Me detuve en la estancia, en medio de la oscuridad y del silencio de la casa. Las sombras no me permitían ver casi nada. Justo ahí, colándose por una abertura de la cortina, divisé un silencioso rayo azul de luna, un rayo helado, un rayo seductor, un rayo que me hipnotizaba con su puro y precioso color. Entonces no sé por qué, algo me obligó a ir hacia allá como arrastrado por un imán. Me acerqué idiotizado a la ventana, abrí la cortina con un ligero movimiento y allí, en la magnificencia del manto estelar, estaba la dueña de la noche, la reina absoluta del profundo velo nocturno y del misticismo; ahí estaba la inspiración de los sueños de los hombres y la regente del ciclo vital de los licántropos: la luna llena. Entonces, un vistazo... Recordarlo aún me llena de emociones que no puedo describir con palabras... Fue un vistazo, ¡sólo eso fue suficiente! El dolor desapareció, quedé hechizado ante su blancura. La miré como un autómata, aislado en el tiempo, como si toda mi vida, todos los siglos, la historia misma de la humanidad, como si todo aquello fuera de pronto un segundo y ese segundo durara toda la eternidad. Era la primera vez que la veía tan bella, su luz fue como un manjar para los sentidos y un bálsamo para el corazón. Embelesado quise llenarme todo de ella, borrar para siempre mi memoria y no dejar espacio para nada más que no fuera la bella luna. En ese momento comprendí por qué les causa a los lobos ese delirio por aullar para ella; entendí por qué no se cansan de seguirla nunca y por qué siempre está presente como deidad de sus vidas. La deseé con cada fibra de mi ser, tierna, dolorosa, voluptuosa, rabiosamente... El corazón comenzó a latirme con fuerza, muy acelerado. El silencio se hizo tan profundo que podía escucharlo embotando mis sentidos colmados de furia, como si llevara un animal salvaje dentro de mí que demandaba ser libre, que había roto sus ataduras, que nadie ni nada podrían detener, ya que quien fuera lo bastante osado para intentarlo, sería destrozado con toda la brutalidad que ahora llenaba mi cerebro. Nunca antes había sentido tanta ira y pasión al mismo tiempo como en ese instante. Ya no había marcha atrás; la fiera estaba libre para matarme y volverme a revivir. Un dolor muy agudo volvió a invadirme desde lo más hondo de mis entrañas, fue tan intenso que no pude reprimir un gemido. Comencé a suspirar ahogado, traté de gritar pidiendo ayuda pero ni siquiera podía articular palabras. Caí al suelo, me retorcí de un lado a otro. La piel me ardía tanto que sentí como si me fuera a estallar. El dolor se intensificó, me agité con violencia. La atmósfera se volvió ruidosa, paranoica. De nuevo traté de gritar, esta vez mis quejas se escucharon como las de un perro que gruñe. El ruido era intenso, la estancia daba vueltas repleta del sonido demente de mi corazón y mis gimoteos. La lucha interna se hacía mayor, más y más y más, hasta que de pronto, todo se calmó, el ruido desapareció y reinó el silencio de la muerte. Tras unos instantes en los que no me moví ni respiré, abrí los ojos, me di cuenta de que no estaba muerto, al menos no en la forma que yo creía. Las tinieblas se disiparon, la noche se volvió clara; podía ver en la oscuridad. Me levanté, ya no había más dolor ni malestar. Miré alrededor con mi nueva visión nocturna, no sólo era capaz ver a la perfección, sino que también veía todo de una manera en que nunca antes lo había hecho, como si de pronto todo estuviera hecho con gran detalle y yo pudiera apreciar hasta el más mínimo fragmento. En esta condición volví a contemplar el resplandor de la luna. Me acerqué a la ventana, corrí la cortina, escuché con claridad el ruido de los pliegues de la tela al doblarse, era una melodía delicada, como pequeñas risas de tímidas hadas, temerosas de ser escuchadas. Miré al cielo, su inmensidad ahora era más profunda, más intensa, cargado de miles de pequeñas estrellas que brillaban juguetonas. Tenía un aire de melancolía y serenidad pero que resguardaba una belleza encrespada. El sonido de la noche era música indescriptible, única. Cuando vi de nuevo la cara de la luna, la diosa Selene, tuve que contenerme para no caer de rodillas y llorar su magnificencia. Mi cuerpo temblaba tanto que apenas y podía controlarme. Era tan hermosa que hubiera podido quedarme a contemplarla toda la noche. Mi alma lloraba ante su grandeza de una forma que me causaba una tormenta y a la vez una calma vulnerable. Tras un rato de contemplación me deshice de su embrujo, bajé la mano que seguía apoyada en el marco de la ventana envuelta en la cortina, la miré, la visión que tuve allí fue una revelación, mi mano había cambiado, estaba cubierta de pelo oscuro, las uñas estaban largas y afiladas como garras. Lleno de horror, levanté mi otra mano, las dos estaban iguales. Les di la vuelta, en las palmas estaban trazadas las líneas con marcas rojas, gruesas y profundas, tal como las de Rolando. "No —me dije—, esto no está pasando, ¡no es posible!". Me llevé ambas manos a la cara, palpé las facciones de un hombre lobo, el hocico chato lleno de agudos colmillos y la piel cubierta de pelo. Me precipité hacia mi habitación y me planté frente al espejo, ahí contemplé con horror la realidad; era un monstruo, la pesadilla que tanto estuve temiendo, ¡un licántropo! Frenético grité, de un golpe rompí el espejo; sus restos al caer resonaron en mi cerebro como agua hirviente, como carcajadas burlonas de hadas malignas. Salí corriendo de la casa, esto fue a una velocidad tal que el viento zumbaba en mis oídos. Corrí como loco sin detenerme; al principio sobre mis piernas, antes de que me diera cuenta ya estaba corriendo en cuatro patas. Procuré no ser visto por nadie, aunque a decir verdad, no había mucho de qué preocuparse; las calles estaban desiertas, además yo avanzaba a una velocidad vertiginosa que hubiera sido imposible de seguir. Continué así hasta que me di cuenta que ya me había alejado bastante de la ciudad. Correr no servía de nada, no había forma de huir. Esa noche morí como humano y renací como hijo de la noche. Tenía ganas de llorar mi desgracia pero lo único que pude hacer fue gimotear con la voz ronca. Ya no pude contener mis nuevos instintos; a manera de llanto aullé con fuerza a la luna, que era el único consuelo que me quedaba.

Tras un rato deambulando entre los árboles, volví a tomar el camino a la ciudad. Vagué por una parte pobre, no muy poblada, procurando no toparme con nadie. Algo extraño, fue que mientras caminaba tuve la impresión de que era seguido. Llegué a un sucio callejón, allí me senté a pensar en lo ocurrido. Mientras descansaba escuché una voz familiar:

—Así que ya eres un lobo.

Miré en todas direcciones, justo detrás de mí, sentado en una barda con su aire de indiferencia de siempre, aguardaba un monstruo de pelo rojizo.

—Te ves bien, mejor de lo que esperaba.

—¡Tú, maldito bastardo! —reclamé con todo mi ser ardiendo de ira.

Rolando dio un salto desde donde estaba.

—No lo tomes así —dijo riendo—, que te ves más fiero.

Ni siquiera lo pensé, volví a perder el control; salté sobre él rugiendo, lo tomé por los hombros y lo puse contra la pared. Él me sujetó de los brazos conteniendo mi ataque.

—Por lo visto ya estás descubriendo tus nuevas habilidades.

Volví a rugir, mostrando las amenazadoras fauces, traté de golpearlo. Él se defendió arrojándome a un lado mientras reía.

—Como puedes ver, aún no eres tan hábil.

Volví a saltar sobre él en fiera batalla. Caímos al suelo rodando en un remolino de gruñidos de caninos al pelear. Rolando emitía sonoras carcajadas y su risa burlona me irritaba cada vez más; quería hacerle callar de cualquier forma.

—¡¿Por qué me has hecho esto?! —protesté.

Rolando movió la cabeza, me miró como quien ve a un niño que acaba de hacer una pataleta, me puso espalda contra el suelo sometiéndome. Era muy fuerte, más de lo que me esperaba. No le costó trabajo inmovilizarme por completo.

—Tranquilízate, mi querido amigo —dijo divertido—, no es tan malo.

—¡¿Qué no lo es?!

—Vamos —dijo sereno pero con una nota de ironía—, cálmate y hablaremos como seres racionales.

Me retorcía sin éxito, no podía liberarme de su fuerza. Tras un rato así, pude controlarme y me quedé quieto, entonces él me soltó y se quitó de encima de mí para sentarse a un lado. Sonreía placentero. Me senté y apoyé los brazos sobre mis rodillas.

—¿Por qué me hiciste esto? —pregunté con un hilo de voz.

—Querías preservar tu vida; no había otra forma.

—¿Y qué clase de vida es esta? —cuestioné mirándolo con todo el odio que había en mi alma.

—La de un inmortal. No tienes idea de cuantas personas darían incluso su alma al diablo por tener lo que tú tienes. La vida eterna es el sueño de la humanidad.

—Pero, ¿a qué precio?

—¿De qué estás hablando? No te ha costado nada.

—Quiero retornar a mi verdadera naturaleza.

Rolando se rio de nuevo, primero entre dientes y después a carcajadas.

—¡¿Qué es tan divertido?! —exclamé furioso a la vez que me ponía de pie.

—No te molestes, amigo mío —Rolando se levantó—. Perdóname, no es mi intención mofarme de tu enojo. Lo siento, pero no puedes volver a ser lo que solías ser.

—Eso significa que seré un monstruo para siempre.

—No lo tomes así, te acostumbrarás. El enojarse no cambiará las cosas, pero en cambio sí te convertirá en un auténtico monstruo.

—¿Qué voy a hacer? —murmuré, me recargué en la pared

—No te preocupes, Ernesto —dijo Rolando; puso su mano en mi hombro con un movimiento suave—, yo voy a enseñarte todo lo que necesitas saber de tu nueva naturaleza; verás qué pronto te adaptas y te va a gustar. La transformación te tomó por sorpresa, por eso estás enojado, además del hecho de que eres un licántropo; nuestro temperamento por naturaleza es poco tolerante, casi incontrolable ante la ira; somos como cohetes de mecha muy corta. ¡Animo! Todo va a estar bien.

—No lo creo.

—Vamos —me tomó por el brazo—, ven conmigo. Comencemos con la primera lección.

Caminé cabizbajo con Rolando como guía. De haber tenido cola la hubiera llevado entre las patas, pero los licántropos carecemos de cola. Estuvimos en silencio durante un rato hasta que Rolando rompió el hielo.

—Lo primero que tenemos que resolver es el malestar que aún te aqueja. No tienes que decírmelo, sé que tienes hambre; todos estamos ávidos de alimento la primera noche, así aprendemos la primera lección.

—¿Qué estas tratando de decirme? ¿Vamos a ...?

—A cazar, mi querido pupilo.

—¡No! —protesté—, no, no y no. Yo sería incapaz de quitarle la vida a otra persona.

—Eso dicen todos, pero el hambre es fuerte. Además no debes subestimar los instintos de tu nueva condición.

—¿De qué estás hablando?

—Lo sabrás en cuanto huelas la sangre fresca.

Seguimos caminando; Rolando asechaba el ambiente atento a cualquier movimiento en busca de una presa o preparándose a ocultarse a fin de no ser visto. Percibí un olor que hizo que me gruñeran las entrañas, un poco más adelante divisamos a un mulato que iba tambaleándose y canturreando desafinado; estaba borracho y solo.

—Sígueme —ordenó Rolando.

Nos acercamos con sigilo. Rolando me hizo una seña para que lo acompañara pero yo me negué, entonces me indicó que por esa ocasión lo atraparía él, pero que la próxima vez sería mi turno. Rolando se acercó al pobre sujeto, destinado para ser alimento de hombres lobos, no tardó en darle muerte antes de que pudiera siquiera gritar. La escena que se representó ante mis ojos no fue otra cosa que salvaje. Rolando era letal, muy hábil y fuerte como para demorar, sabía ser preciso y rápido a la hora de matar. Pensé que lo que estaba viendo luciría ante mis ojos como una tragedia, un acto abominable, pero tal y como mi amigo me dijo, la escena de caza despertó cierta excitación en mí, y apenas me llegó el olor de la sangre, la fiera en que me había convertido sintió un impulso estremecedor por acercarse y saciar su apetito. Me acerqué temiendo que las sensaciones que ya me recorrían las entrañas se intensificaran al ver el cadáver. No me equivoqué, porque lejos de asustarme ante un muerto y sus heridas abiertas, bastó tenerlo enfrente para que el ansia por devorarlo aumentara. En cada corte sanguinolento contemplé carne apetecible, el discurso moralista contra asesinar a un inocente quedó enterrado por completo por el instinto primitivo de alimentarme. Me quedé pensando en el sabor de ese manjar de una forma obsesiva. Iba a lanzarme sobre el cadáver cuando Rolando me detuvo.

—Ernesto, vuelve en ti, que tenemos trabajo que hacer. No podemos comerlo aquí, ayúdame a llevarlo detrás de esa cerca, ahí nos esconderemos.

Lo sujetamos de brazos y pies y lo depositamos en un espacio entre la cerca y varias cajas de madera apiladas. Rolando le rompió las vestiduras y rasgó más la herida con su garra. El olor de la sangre embotó mi olfato, era tan delicioso que hipnotizado me dejé llevar por el deseo de probarla, sin siquiera pensarlo, sólo me incliné sobre él y arranqué una porción de una mordida. No existen palabras para describir las sensaciones que me invadieron al saborear esa primera cena que tomé como licántropo; la carne era dulce, con un gusto exquisito, la sangre suculenta, mejor que el más fino de los vinos, y la satisfacción que brindaba estaba llena de paz. Desde hacía varios días no comía nada debido al asco que me causaba la comida humana; pero esto era diferente. Ya no me detuve, valiéndome de mis uñas y dientes, destrocé la carne y seguí. Rolando se unió a este festín devorando a mi lado al desafortunado.

Tras un rato me separé del cuerpo con el hocico manchado de sangre y exclamé.

—Este es un gusto de inmortales.

—Es un placer de licántropos —sentenció Rolando y se volvió otra vez para seguir comiendo.

Juntos terminamos con casi todo el sujeto. Rolando a manera de cortesía me cedió el corazón del desdichado y el hígado. En el fondo me quedó un remordimiento por la vida que acabábamos de segar, pero por otro lado, admito que fue una experiencia mejor de lo que las palabras podrían describir. Esta cena me ayudó a tomar una primera percepción de mis instintos lobunos, incluso me sorprendí a mí mismo al darme cuenta de la forma en que roía los huesos, como lo hacía mi perro Azafrán, como si yo siempre lo hubiera hecho así.

Cuando ya estuvimos satisfechos, Rolando me preguntó:

—¿Sigues pensando que esto no te gusta?

Guardé un largo silencio, me relamí el hocico y respondí:

—No lo sé.

—Aun tienes dudas. Ernesto, cada criatura debe de vivir de acuerdo a lo que es, a sus instintos y su naturaleza: las aves deben volar, los peces deben nadar y los depredadores deben de cazar. Las leyes de la naturaleza son simples, es el hombre el que se encarga de complicarlas con sus prejuicios. Pero así como sencillas, también son definitivas en casi todos los casos. Eso nos incluye a nosotros y lo que somos, para lo que fuimos hechos y los instintos que rigen nuestra existencia. De nada sirve mortificarse por lo que no tiene remedio; es una pérdida de tiempo y energía que se puede emplear en aprender de lo que vendrá después. No por mucho que te lamentes cambiarán las situaciones actuales, pues si bien llorar es lo que queda cuando ya no se tienen remedio, aun entonces es un desperdicio, porque ni todas las lágrimas del mundo, harán que la fortuna tenga compasión y arregle lo que no tiene remedio. Sé fuerte, aceptar lo que el destino te da, vive de acuerdo con tu naturaleza y haz lo que tengas que hacer.

No contesté nada a esta lección, máxima de nuestras vidas. Debía ser quien era y no había marcha atrás, sin importar cuánto lo deseara. Rolando guardó silencio, me permitió meditar un poco sus palabras durante unos minutos, antes de volver a hablar:

—Ahora, al igual que Lucas hizo conmigo, debo advertirte de tu nueva naturaleza: a partir de esta noche estarás lleno de todos los instintos animales que el hombre olvidó cuando se volvió civilizado, y también tendrás que vivir con todos los vicios que adquirió cuando eso sucedió. Descubrirás que muchas veces, impulsos salvajes y perversiones humanas hacen una combinación peligrosa. Somos seres de almas vulnerables, susceptibles a dejarnos llevar por nuestros instintos de hombres y de bestias. Es fácil que perdamos el control, por ello es importante que siempre estés en control de tus impulsos, a fin de evitar problemas y llevar esta doble vida de la mejor manera. Tendrás que aprender a vivir así, deberás lidiar con tu temperamento, si lo que deseas es continuar con tu vida lo más normal posible. Nunca debemos llamar la atención; ser discretos es imperativo, recuerda: "más hace el lobo callado que el perro ladrando".

Asentí con la cabeza. Rolando miró al cielo, se volvió de nuevo hacia mí.

—Te digo todo esto porque debes saberlo, pero en realidad, no creo que haya inconvenientes contigo. Yo, aunque de joven creía en el estoicismo, en realidad lo llevaba muy poco a la práctica. Una vez de licántropo tuve aún más problemas. Tú en cambio, eras un humano sereno y moral; como licántropo confío en que sabrás mantener la calma.

—¿Qué te hace pensar que estaré tranquilo con muertes en mi conciencia?

—Como te dije antes, muertes necesarias para tu supervivencia. Igual que el oso o el león hacen.

—Supongo que tienes razón —suspiré sin convicción.

Terminamos nuestra macabra cena, luego recogimos lo que quedó y emprendimos la marcha hasta un terreno deshabitado. Rolando me indicó que cavara un hoyo, no fue difícil, lo hice con mis propias manos como si fuera algo que hubiera hecho toda la vida, igual que habría hecho mi perro, fue como si se tratara de un conocimiento instintivo. Depositamos el cadáver. Antes de colocar también las pertenencias del occiso, Rolando las registró.

—¿Qué estás haciendo? —pregunté consternado.

—Esto —contestó mientras sacaba unas monedas de sus bolsillos.

—¡No puedo creerlo! —Comenté horrorizado— No te conformas con matar sino que también robas.

—Le quito lo que ya no necesita.

—¿Para qué? Los dos tenemos riquezas.

—Pues entonces se lo daremos a quien lo necesite, si eso te hace feliz.

Rolando se volvió meneando la cabeza. Cubrimos el hoyo con tierra. Estuve a punto de hacer una oración por el pobre. Rolando, como adivinando mis intenciones, me reprendió:

—Déjate de ceremonias y vamos, la noche aun es joven.

Se levantó y murmuró entre dientes.

—No puede ser, escogí como licántropo a un clérigo.

Nos sacudimos el polvo y nos dirigimos a mi casa. Esperaba que nadie estuviera despierto, no deseaba que nadie me viera u oyera entrar. Cuando ya estábamos cerca Rolando dijo:

—Brinquemos la barda.

—Ésta es la segunda vez que te adelantas a mis deseos antes de que te los comunique.

—No olvides que te conozco desde hace un año, y cuando se ha vivido tanto como yo, se aprende a ver bien a la gente.

Nos detuvimos a 20 pasos del muro. Era una barda de piedra que tenía un poco más de dos metros de alto. Rolando tomó un ligero impulso y trepó con facilidad. Se sentó en el borde.

—Ahora tú.

Dudé si podría hacerlo. Rolando dio una palmada en el espacio junto a él. Suspiré, me dije a mí mismo: "Aquí voy". Tomé impulso y salté. Llegar arriba no fue difícil, sin embargo, calculé mal mis fuerzas y casi me iba de boca al otro lado. Aferrándome con fuerza mantuve el equilibrio.

—No estuvo mal —comentó Rolando—. Pronto dominarás tus cualidades.

Contemplé la avanzada noche. El aire soplaba su aliento frío sobre nosotros; el cielo índigo presumía su capa estrellada. Volví a mirar a la responsable de que momentos antes, se cumpliera mi transformación, ¡qué hermosa era! Nunca la admiré tanto como lo hice a partir de entonces. Rolando también estaba bajo su hechizo. Analicé a mi compañero bajo la serena luz argentina; sus ojos azules centellaban llenos de olvido, su pelaje oscuro con tonalidades rojizas bañado de luna, sus toscas facciones de lobo, su semblante. Ya no estaba enojado con él, de hecho al verlo, me pareció que era un ser letal, fascinante y lleno de belleza.

—¿Por qué ejerce ese embrujo en nosotros? —pregunté.

—No lo sé —guardó silencio, prestando atención a la noche—. Escucha.

Pude oír a los perros que aullaban en la distancia.

—Adictos a la luna —suspiró Rolando—, igual que los lobos y que nosotros. Está en nuestra naturaleza, es parte de lo que somos.

Rolando dio media vuelta y saltó, yo lo seguí. Nos dirigimos a la casa. No había nadie ahí. En la oscuridad del vestíbulo comencé mis preguntas:

—¿Dónde estuviste en todos estos días? No te había visto desde aquella noche.

—Fui a buscar a Julen; me encargué de que no vuelva a dar problemas.

—¿Lo mataste?

—Creo que sí, pero si acaso está vivo, de seguro estará lamentándose.

—Por lo que pude apreciar durante el combate, tú eres más fuerte y él es más rápido.

—Has dicho una gran verdad. Nuestras habilidades son parecidas pero distintas. Los vampiros sin duda son muy fuertes, no creerías lo poderosos que pueden llegar a ser, pero sobre todo son veloces. Nosotros también, pero no como ellos. Por nuestra parte, nosotros somos más fuertes, estamos hechos para destrozar.

—¿Quién tiene mayor ventaja?

—Mucho depende del control que uno mismo tenga sobre sus cualidades y de la edad. Los vampiros y los licántropos nos fortalecemos con los años. Sin embargo, no esperes que yo opine que sería mejor ser una de esas odiosas sanguijuelas que se vuelven cenizas con el sol. Estoy convencido de que nosotros somos mejores.

Decidí cambiar la temática de las preguntas. Suspiré y continué:

—¿Por qué me hiciste esto?

—Ya te lo dije, para salvarte.

—Pudiste haber hecho otra cosa en lugar de imponerme esta maldición.

—Ernesto, no hay nada más maravilloso que la vida de un licántropo.

—Tú nunca quisiste salvarme. Dime la verdad ¿ya tenías pensado volverme como tú?

—No tiene caso mentirte —guardo silencio un momento—. Es cierto, ya te había escogido desde la primera vez que nos vimos. Tenía mis dudas sobre si debía hacerlo o no, pero conforme te fui conociendo supe que tenías que ser parte de nuestra especie. No actué de inmediato porque ustedes los criollos son muy conservadores; no cabe duda que la moral que implantaron los conquistadores en este territorio, es más del tipo medieval; es evidente que la Inquisición hizo bien su labor. Decidí esperar a que pasara el tiempo y te acostumbraras a mí, para luego convencerte. Debo admitir que el día que te salvé de los asaltantes, estuve muy tentado a convertirte, como diría Lucas, "a la manera antigua"; el hombre que sobrevive al ataque de un licántropo y descubre en la siguiente luna llena que ya es un inmortal lobuno. Debo de agradecerle a Julen su intervención; él apresuró mis planes.

—¿Y para qué me quieres?

—Necesito un compañero. Igual que Lucas, con el paso de los años fui descubriendo por mí mismo, que los lobos somos seres sociales por naturaleza. Estar solo es muy difícil para nosotros, pues siempre tenemos la necesidad de contacto con otro de nuestra misma especie. Tal vez pienses que soy un egoísta y es posible que lo sea, pero esto será benéfico para ambos, piensa que se trata de un pacto sustancioso.

—¿Y tú qué harás por mí para que esto sea, como acabas de decir, "benéfico para ambos"?

—Al morir mi padre heredé una flota de barcos que vendí casi en cuanto la recibí, así como una muy considerable cantidad de dinero. Desde entonces he estado invirtiendo en diversos negocios. Durante años he sabido hacerlo crecer. Tú tienes en mente la intención de adquirir una hacienda. Esa idea me agrada, así que haré lo que pueda por volver tus sueños realidad: seré tu socio, tu maestro y tu compañero. Ahora que somos seres iguales, debemos de estar juntos en todo.

—Eres un oportunista.

—Sólo soy práctico —replicó Rolando con descaro.

Guardé silencio durante un largo rato. Rolando, permaneció inmóvil con su acostumbrada sonrisa siniestra. Yo no sabía que contestar ¿acaso tenía otra opción? Todo lo acontecido me tenía muy confundido. Si alguien me podía orientar, era Rolando. Asentí con la cabeza.

—Bien, entonces prepararemos todo. Compraremos nuestra propiedad en los próximos días.

—¿Por qué no mañana mismo?

—¿Por qué apresurarnos?

—"Al mal paso, darle prisa".

Rolando se levantó riendo entre dientes.

—¡Vaya que tienes ingenio! No amigo mío, mañana tienes que descansar, pues tras tu primera noche de lobo, tendrás tanto sueño que apenas y podrás sostenerte en pie. Siempre es así al principio.

Permanecí en silencio. Estaba en manos de Rolando, y aunque en el fondo me molestaba, no lo veía como una desgracia. Una y otra vez pensaba en sus palabras. El resto de la noche me sumí en mis pensamientos sobre todo lo ocurrido; la transformación y en el cadáver devorado. Esta muerte no fue sólo nuestra primera cena como hombres lobo, fue la manera en que Rolando y yo sellamos un pacto como cómplices.

En los siguientes días Rolando se mudó a mi casa. Desde que lo presenté como mi socio, di la orden de que se le obedeciera en todo como si se tratase de mí. Respecto a mi nueva doble vida, al principio estaba nervioso. Me sentía observado, no quería levantar sospechas de nada. Mi amigo tenía preparadas una gran cantidad de mentiras, le era muy sencillo encontrar toda clase de excusas que encubrieran nuestra naturaleza de lobos. Pronto descubrí que no era tan difícil guardar las apariencias, en realidad no era tan malo, al contrario poco a poco comenzó a recorrerme una sensación de poder que me satisfacía. Lo que sí me resultó un poco extraño, fue tener que volver a acostumbrarme a las actividades diurnas; había vivido así toda mi vida y de pronto estaba luchando por acatarme a mis viejos hábitos, como si nunca antes hubiera vivido de ese modo. Había días en que lograba hacer muchas de mis tareas, por supuesto, procurando tomar un mínimo de sol, pues me bastaba sentir sólo un poco del abrazo cálido del sol para comenzaba a bostezar o tornarme adormilado. Pero de todos lo que tenía que hacer para guardar apariencias, lo más difícil fue lo referente a mi alimentación. Después de mi transformación dejé de comer en casa. Una semana después, un día desperté ya avanzada la tarde. Salí de mi escondite y bajé a la estancia. Llamé a Luz María.

—¿El señor Rolando?

—En el despacho.

—Gracias, Luz María.

—Señor —me detuvo—, la comida está lista.

Tenía hambre, pero apenas me llegó el olor de los platillos, tuve una fuerte sensación de repulsión. La comida de los humanos ya no me gustaba en lo absoluto, me daba asco. En eso entró Rolando con paso firme, se aproximó hasta donde estábamos.

—Gracias, Luz María —respondí—, no tengo apetito.

—Señor —suspiró ella afligida; Rolando permaneció como espectador mudo de toda la escena—, hace días que no lo he visto comer nada, me preocupa.

—Te agradezco tu atención...

—Ahora vamos —interrumpió Rolando.

Luz María se dirigió a preparar la mesa. Apenas nos quedamos solos me volví hacia Rolando y le reclamé en voz baja:

—¿Estás loco? No creo poder comer nada de lo que me ofrezca.

—Ya lo sé.

—Entonces ¿en qué estás pensando?

—Amigo mío, recuerda que debemos pretender que somos normales, no podemos romper con los hábitos de los hombres.

—¿Entonces, qué vamos a hacer?

—Todo es cuestión de inteligencia y astucia. Ahora veras a lo que me refiero.

Rolando abrió la puerta, silbó. Azafrán llegó corriendo al lado de licántropo, Rolando se puso en cuclillas y acarició al buen animal.

—Hola, precioso —dijo Rolando con un tono muy dulce y le acarició las orejas, mi perro le lamió la cara—. Te da gusto verme lo sé, ya lo sé.

Rolando se puso de pie y le habló al can en voz más baja.

—Ven aquí

Azafrán lo siguió hasta una ventana, Rolando levantó la cortina y le ordenó al animal que se metiera detrás.

—No salgas hasta que yo te lo ordene.

Puso la cortina como estaba y me indicó que pasáramos al comedor.

La mesa estaba servida, tomamos nuestros lugares y Luz María sirvió los platos.

—¿Se les ofrece algo más? —preguntó Luz María.

—Sí —contestó Rolando—, déjenos solos y que nadie nos moleste.

—Sí, señor —y se retiró.

Me recargué en el respaldo de la silla. Rolando tomó su servilleta, la acomodó como si se dispusiera a degustar, parecía divertido. Apoyé el puño izquierdo cerrado contra mi nariz, miré a Rolando sin cambiar la expresión sería de mi rostro.

—Somos hombres afortunados —comentó—, todo lo que hay aquí es de lo mejor; manteles de encaje de Flandes, cubiertos de plata, hermosa cristalería; es un crimen desaprovechar todos estos distinguidos accesorios.

—¿Cuál es tu plan? —pregunté con frialdad.

Rolando silbó una vez, Azafrán salió de su escondite, llegó al lado de mi amigo, este dejó la servilleta a un lado, se levantó y comenzó a consentir de nuevo al can.

—Eso es, Azafrán, eres un buen perro, ahora siéntate.

Azafrán lo obedeció, Rolando tomó su plato de la mesa, se arrodilló y lo colocó en el piso frente al perro.

—Aquí tienes.

Me levanté sorprendido, abandoné mi lugar y fui hasta donde ellos estaban.

—¿Qué estás haciendo?

—Enseñándote como deshacernos de la comida. —Le dio un par de palmadas en el lomo al perro—. Él también es afortunado, ¿cuántos perros pueden jactarse de saborear algo así servido en loza como esta? El pobre tiene tanta hambre. —Se volvió hacia Azafrán—. Ves, te dije que te convenía esperar.

—No puede estar hambriento, Nicanor le dio de comer en la mañana.

—No lo hizo.

—¿Cómo pudo olvidarse de hacerlo?

—No lo olvido.

—¿Por qué no lo alimentó?

—Porque tenía órdenes de no hacerlo.

—¿Órdenes?

—Mías.

Me reí y volví a mi lugar, Rolando hizo lo mismo.

—Me sorprendes, eres el rey de los farsantes.

—Lo sé —asintió con descaro.

—Pero lo que más me impresiona es la forma en que te relacionas con Azafrán, sobre todo cómo es que haces que te obedezca con sólo decirle qué es lo que deseas que haga.

—Es cuestión de saberse comunicar con nuestros parientes lejanos.

—¿A qué te refieres?

—Trata de hablar con Azafrán como si lo hicieras conmigo, pero estableciendo un vínculo entre su mente y la tuya. Los licántropos tenemos la habilidad de comunicarnos con todo tipo de canes.

Observe a Azafrán, trate de establecer ese lazo mental del que habló Rolando, lo llamé por su nombre, le pedí que viniera conmigo, como respuesta, obtuve una mirada confusa, luego siguió comiendo.

—No puedo —respondí.

Rolando se acomodó en su asiento, recargado en el respaldo.

—Te hace falta práctica. Con el tiempo podrás hacerlo a la perfección. Con los lobos es más difícil, son animales salvajes, no son tan mansos como los perros.

—¿Has hablado con lobos?

—Lo intenté una vez. —Guardó un largo silencio y se concentró en Azafrán—. Ya ha terminado, ahora sigue tu plato.

—Esto quiere decir que no podemos comer nada de esto.

—¿Tienes ganas de hacerlo?

Miré la mesa, percibí el olor y moví la cabeza en una negativa. Rolando se levantó, tomó mi plato y lo olfateó.

—El problema con la alimentación de los licántropos, es que nuestro instinto asesino nos orienta a cazar. La carne humana tiene un gusto tan especial, que una vez que se prueba ya no se desea comer otra cosa. De cualquier forma, siempre es conveniente acostumbrarse de nuevo a la comida ordinaria —con un tenedor tomó una porción para luego llevárselo a la boca—, ya sabes, por el bien de esta "farsa" —puso el plato en el suelo—. Ahora que si lo prefieres, puedes tratar de catar el vino.

Rolando tomó su copa, la alzó en un brindis, yo hice lo mismo, bebimos. Sentí de inmediato cómo la boca se me llenaba de amargura. Lo que antes tenía un gusto tan agradable ya no tenía buen sabor. Estuve a punto de escupirlo, con mucho trabajo pude engullirlo; tosí, no pude reprimir un gesto de desagrado. Rolando hizo una mueca.

—Sí, lo sé, es amargo, pero debes aprender a tolerarlo si te ves en la necesidad de aceptar una copa.

—Si logro acostumbrarme de nuevo a la comida humana, entonces no tendré que matar —murmuré.

Rolando se rio a carcajadas.

—Olvídate de esa idea, nuestros cuerpos no asimilan bien otra clase de comida que no sea la carne cruda y la sangre de nuestras presas. Si quieres puedes intentarlo una temporada, pero pronto notarás en tu organismo los estragos de una alimentación errónea, lo cual para un inmortal es todo un calvario. ¿Puedes imaginarte lo que es morirse de hambre y sin embargo no poder experimentar la muerte de verdad? Esto terminaría por desatar lo más primitivo y cruel de tus instintos, hasta a hacer de nuevo de una manera descontrolada lo único que te puede saciar.

Me torné cabizbajo, no quería volver a matar, pero en el fondo, sabía que no podría controlar mis instintos lobunos. Rolando siguió:

—Yo tomo mucha agua —comentó como quien habla del clima—, disminuye el hambre, no tiene sabor y quita la sed. Por cierto, hace días que no cazamos, ¿tienes hambre?

—Sí —respondí con desgano.

—Esplendido, esta noche saldremos a cazar. Sé que aún no te agrada mucho la idea, pero ya te acostumbrarás; los instintos salvajes son fuertes, en cuanto huelas la sangre ni siquiera podrás detenerte a pensar.

—En vez de cazar a una persona podríamos atrapar un animal —sugerí.

—No tiene el sabor de la carne humana y no te voy a dar gusto; necesitas adaptarte a tu nueva vida.

—¿Y si en vez de matar devoramos uno muerto?

—No te lo recomiendo.

—¿Cuál es la diferencia?

—Somos predadores, no carroñeros. Nunca comas nada que tenga más de un día muerto, porque así como a la mayoría de los seres vivos la carne en descomposición les hace daño, nosotros no somos la excepción, no somos inmunes a la carne putrefacta. Créeme, los dolores de estómago que dan por comer cadáveres son terribles, pueden durar semanas o meses, y de nuevo volvemos a lo miserable que se vuelve el tiempo cuando sientes que te estás muriendo, pero eres inmortal y en realidad no puedes morir.

—Eso quiere decir que no hay más opción.

—En efecto —comentó Rolando—. Pero no te preocupes, tus instintos tienen ventaja sobre tus escrúpulos, basta una emoción, un olor, un sabor para desatar a la bestia, lo cual no es malo, como ya te dije antes, no por matar a sus presas significa que el lobo sea diabólico. El lobo caza porque es un depredador que busca saciar su hambre. Tal vez sería mejor aceptado si comiera alpiste y cantara, pero es un carnicero, no un canario.

Muy a mi pesar, todo me indicó que no tenía más remedio que resignarme a aceptar mi nueva naturaleza. Así que decidí hacer un esfuerzo por adaptarme a vivir como depredador. Al principio batallé contra mi nueva condición. Cada vez que salíamos a buscar presas tenía problemas con mi conciencia; rezaba mucho, le imploraba perdón a Dios por mis pecados. Rolando se burlaba de mí; solía decirme: "Pídele también por mis faltas, Hermano Lobo". Muchas veces, sobre todo cuando trataba de discutir con él respecto a lo correcto e incorrecto, él me llamaba Hermano Lobo. Odiaba que se mofara de mí.

Muchas veces, me preguntaba si mi conciencia en algún momento vencería, se impondría para frenarme y detenerme de volver a matar. Pero apenas olía la sangre, la bestia que habita en mí era liberada y actuaba sin miramientos. Los licántropos somos monstruos salvajes, disfrutamos de la emoción de matar, así que sin importar lo mucho que me cuestionara sobre si estaba bien o mal, o que luchara por resistirme, mis instintos siempre me dominaban. Pero lo peor de esto era que de cierta forma, todo mi ser se regocijaba al sentirse lleno de impulsos salvajes de poder. Lo que era una ironía, es que Rolando insistía mucho, en que por nuestra propia supervivencia, tenía que aprender a controlar esos mismos instintos. Por un lado, debía dejarme llevar para poder ser quien era, pero por otro debía de dominar mis impulsos, lo cual no era sencillo; la sensación incontrolable de mis primeros años de licantropía era como una poderosa droga, corriendo como fuego por mis venas; de una u otra forma la simple idea de la caza me excitaba y la carne aparecía ante mis ojos como el mejor de los manjares.

Ya no podía dedicarme tanto al comercio, necesitaba cortar contacto humano, lo suficiente para no levantar sospechas. Vendimos mi casa, compramos una hacienda. Rolando estaba satisfecho de tener mi compañía. Yo, que desde hacía tiempo vivía solo, tuve que acostumbrarme a vivir con él. Uno nunca termina de conocer a fondo a las personas sino hasta que se vive con ellas. Así fue que, comencé a ser mucho más consciente, tanto de sus cualidades como de sus defectos. Rolando tenía actitudes contradictorias; le gustaba la aristocracia y actuar con toda la arrogancia de un ilustre caballero, pero de igual forma disfrutaba de ir a cantinas de mala muerte. Él había dicho que odiaba los ambientes plagados de decadencia humana, veía a las personas con desprecio, como si fueran escoria. Sin embargo por temporadas, la vida mundana volvía a llamar su atención. El hombre lobo entraba como un tipo que quería tomar un vaso de mezcal o de pulque. Ahí cantaba acompañado del compadre mulato, indio, mestizo, o negro, se defendía, actuaba al bajo nivel de esa gente, maldecía, recitaba rimas vulgares de muy mal gusto, jugaba cartas, apostaba y se manejaba con la astucia del criminal más experimentado. A la salida se despedía y cada cual marchaba a su respectiva realidad, pero si Rolando tenía hambre, entonces no volvía de inmediato a su posición social, primero adoptaba su estado animal y convertía al que minutos antes fue su amigo en su cena.

Otro de sus juegos favoritos era el arte de la seducción, al que él veía también como otra forma de cacería. En este aspecto era muy incomodó estar cerca de él, pues no tenía reservas a la hora de "cazar", ya se tratara de damas pobres o de sociedad, sin importar si eran jóvenes o maduras; solteras o casadas. Otras veces sus objetivos eran otros hombres y no tenía ningún descaro en admitirlo. ¡Qué puedo decir al respecto! Rolando sólo buscaba su propia satisfacción.

Me dediqué a ejercitar mi adaptación a mi nueva vida. Algunos días me quedaba despierto por las mañanas. Otras veces me levantaba, me preparaba para salir y me iba a esconderme a diferentes lugares para dormir. Respecto a la comida no me fue mejor; hice un esfuerzo, pero al principio pese a que tomaba pequeñas porciones, siempre acababa vomitando. Sólo me gustaban las verduras casi crudas. No fue sino con los años que aprendí a tolerar otras cosas.

Llegó Noche Buena. Asistí a misa acompañado de Rolando y mi familia. Ellos ya conocían a Rolando y sabían que era mi socio. El licántropo se ganó el favor de todos excepto el de Isabel; a ella no le agradaba, por su parte Rolando sentía por ella la misma antipatía, al grado que tuve que prohibirle que la matara. Después de la misa fuimos a casa de mi hermano Guillermo. Sofía tenía en brazos a su pequeño bebé de apenas dos meses de edad, al que le dieron el nombre de Pablo. Rolando y yo estábamos sentados en la estancia, un tanto alejados del bullicio de las conversaciones de los demás invitados, la mayoría amistades tanto de Agustín como de Guillermo. Tina nos hacía compañía, estaba embelesada por el largo cabello rojo de mi amigo. A él le encantaba presumir su pelo, así que contando con la atención de la pequeña, se quitó el lazo con el que lo tenía sujeto y lo sacudió. Los cobrizos mechones le cayeron en cascada sobre los hombros. Justina le pidió permiso para tocarlo, él accedió.

—Es lo más bonito que he visto —comentó la pequeña, él sonrió.

—¿Te gusta?

—Sí, es lindo. ¿Por qué tiene el pelo así?

—Porque mi madre era pelirroja.

Yo estaba contento con la situación. Los miraba en silencio. El licántropo hizo un pequeño truco para entretener a Tina. Sacó una moneda de uno de sus bolsillos, la hizo desaparecer, luego la volvió a aparecer sacándola detrás de la oreja de Tina. La pequeña se sorprendió, comenzó a reír tocándose las orejas. Yo también reí; tan divertido estaba que se me olvidó que alguien podía ver mis colmillos, lo cual Tina hizo. Ella hizo un nuevo gesto de sorpresa.

—¿Qué es eso? —preguntó.

—¿Qué cosa? —dije.

—Tus dientes.

Me quedé pasmado

—No sé a qué te refieres —repliqué con seriedad.

—Déjame ver —comentó Tina y se acercó hasta mi cara, yo mantuve la boca cerrada—. Por favor, tío, quiero ver.

—¿Qué es lo que quieres ver? —preguntó Rolando.

—Tiene los dientes diferentes —explicó la pequeña.

—Como estos —dicho esto sonrió en una mueca grotesca exponiendo con descaro los afilados molares.

—Tú también —dijo Tina, se sentó junto a Rolando—. Déjame verlos.

Él cumplió la petición de la pequeña, ella miró con curiosidad cada una de las piezas dentales. Rolando cerró la boca y Tina murmuró:

—¡Qué dientes tan grandes tienes!

—Son para comerte mejor —respondió y comenzó a reír.

Tina sonrió, yo estiré el brazo, le di un golpe a Rolando con los nudillos. Él me miró descarado, le gruñí.

—Tina, ven conmigo.

Ella se sentó a mi lado, la rodeé con mi brazo. En ese momento su madre la llamó.

—Justina, es hora de dormir.

—No quiero dormir.

—Tienes que hacerlo —ordenó Sofía—, dile buenas noches a todos.

—Quiero quedarme con mi tío —berreó la pequeña.

—Y yo contigo —respondí—, pero ante todo debes siempre de obedecer a tu madre.

Tina se levantó de su asiento, le di un fuerte abrazo y un beso en la mejilla. Se dirigió hacia la escalera, subió algunos peldaños, se detuvo en seco y se volvió.

—Tío Ernesto.

—¿Qué pasa, princesa?

—Te quiero mucho.

—También yo a ti.

Tina sonrió y terminó de subir a toda prisa.

El tiempo paso volando, catorce años transcurrieron desde aquella noche. Era la primavera de 1822, México ya era una nación independiente tras una agotadora lucha de un poco más de diez años, y los tratados de Córdova, firmados por el último virrey que hubo en la Nueva España, Juan O'Donojú. El panorama no era muy agradable, había muerto mucha gente y el país estaba empobrecido, aun así hubo quienes conservaron cierto estatus. Yo contaba con una hacienda de varias cabezas de ganado que a duras penas había sobrevivido a la guerra. Rolando tenía una nueva idea en mente, insistía en que nos fuéramos a Zacatecas e invirtiéramos en la minería, o que partiéramos rumbo a Europa. Su atención se centraba sobre todo en la primera idea. A veces hacía algunos comentarios extraños, hablaba de la plata como, "ese hermoso mineral de sabor mortal". Decía que era fascinante, al punto que me daban la impresión de que él tenía algún tipo de interés especial en la plata, distinto al que tendría alguien que sólo la ve como un metal valioso. En ese entonces no lo sabía, pero años más adelante entendería el porqué.

Guillermo también había logrado mantener su estabilidad económica, Agustín tuvo muchos problemas, perdió casi todo su capital. Mi hermano cayó en la desesperación, al grado que trató de quitarse la vida poniéndose una pistola en la cabeza, poco faltó para que consumara su propósito, de no haber sido por Octavio que lo detuvo a tiempo y lo persuadió de lo contrario. Isabel al pasar el susto de estar casi a punto de perder a su marido, enfermó de gravedad y tardó varias semanas en recuperarse. Por suerte, para mi hermano contaba con mi ayuda y la de Guillermo, gracias a ello se recuperó poco a poco.

Con respecto a mí, puedo decir que tras todos esos años de licantropía, ya me había adaptado a ser un hombre lobo. A veces aún sentía un poco de pesar el cual era cada vez menor. Rolando decía que yo era lento de aprendizaje y que por eso tenía esas rachas de melancolía. Para mí eran los restos de una conciencia humana, cada vez más ajena a mi naturaleza. Al respecto Rolando opinaba:

—Ese desasosiego no es sino ceguera, es una incapacidad de ver que ya no eres parte de lo que solías ser; ya no eres el hombre que eras, por lo tanto ya no puedes vivir como hacías antes, pues sería incoherente pretender vivir como lo que ya no eres. Deja que ese último sentimiento muera, acepta que eres un depredador, mata y aliméntate. Además el remordimiento es absurdo, ese sufrimiento, es una esclavitud inútil, es un sentimiento pesado cual loza de cantera que no tienes por qué seguir cargando.

Al principio odiaba oírlo expresarse así, me parecía horroroso escucharlo hablar de matar con tanta tranquilidad, pero tenía que admitir que tenía razón. Hubiera sido ridículo continuar agobiándome por lo que no podía cambiar, así que con los años, abracé lo que era. También tenía razón respecto a lo que dijo del sabor de la carne; sin duda que los animales eran deliciosos, pero no se comparaba con la carne humana. Otra cosa que noté fue que el sabor variaba dependiendo de la edad sexo y casta de la víctima. Rolando decía que los criollos tenían mejor sabor. Pero yo sé muy bien que lo decía para provocarme, porque yo todavía me negaba a devorar gente de mi propia casta.

La primavera de ese año, fue tan normal y cálida como cualquier otra. Estábamos en pleno mayo. Una tarde fui a visitar a Guillermo y a su familia. Sofía estaba tan hermosa como siempre a pesar de los años transcurridos. Algo de mí que no me gustaba mucho, era que a pesar de que Guillermo era menor se veía más viejo que yo. Esta situación representaba una prueba más de lo alejado que estaba de los humanos. A fin de aparentar mayor edad, me dejé el bigote y me valí de las patillas para tratar de hacerme parecer mayor. Yo era consciente de que esto demandaría una explicación, tarde o temprano por parte de los que me conocían; se acercaba el día en que tendría que marcharme lejos para desaparecer de sus vidas, antes de que la realidad se hiciera más obvia. Ellos nunca me hicieron comentario alguno al respecto esa tarde que fui sin Rolando a visitarlos.

Después de los saludos iniciales pregunté:

—¿Dónde está Tina?

—Fue a montar a caballo con Pablo —contestó Guillermo.

—Esta vez no fuiste con ella.

—No hermano, es complicado seguirle el paso a Justina. Estoy muy cansado de las faenas del día; yo no he tenido la fortuna de conservarme lozano como tú.

—Yo tampoco entiendo —comentó Sofía— cómo has hecho para mantenerte así.

—Exageran —respondí y cambié el tema—. ¿Tardará en llegar Justina?

—No —respondió Guillermo y miró a lo lejos—, de hecho ahí viene.

Tina llegó a todo galope en un caballo negro, Pablo la seguía varios metros atrás. Ella era ya toda una dama, mucho más hermosa que cualquier otra mujer. Detuvo al corcel, salto al suelo antes de que alguien se acercara para ayudarla a bajar y corrió hasta donde yo estaba para luego lanzarse a mi cuello.

—¡Tío Ernesto! —gritó con gran emoción.

—Buenas tardes, princesa —saludé cordial.

—Justina —reprendió su padre—, ¡compostura!

Tina tenía ya diecinueve años, en tres meses más cumpliría veinte. Todavía no se había casado y no había posibilidades que de lo hiciera. Su soltería no se debía a que careciera de atractivo, al contrario, ella era muy hermosa, era raro que saliera a la calle sin que más de algún mozo la admirara. Tampoco era por su dote, en cambio ésta era otra razón más para llamar la atención de diversos pretendientes, sobre todo si venían de familias arruinadas, para quienes un casamiento representaba una posibilidad de recuperar su estatus. El problema con Justina era su propia actitud, desde el día en que la presentaron en sociedad, ella se empeñó en rechazar uno tras otro a todos los posibles candidatos. Siempre encontraba la forma de librarse de ellos, y los que eran más persistentes, se exponían a la crueldad de Justina. Primero ella se negaba con cordialidad, después mientras más insistían, ella se volvía grosera y descortés. Sus padres trataban de forzarla sin lograrlo; ella hacía rabietas hasta que sus padres, siempre complacientes, terminaban por ceder a su voluntad. Ella era así porque sus padres la consintieron siempre en exceso; ningún capricho fue jamás pequeño y la llenaron de mimos en ocasiones en que debieron azotarla. Justina era una mujer de carácter difícil, en muchos aspectos seguía siendo la misma niña mimada; era caprichosa, impredecible, de temperamento volátil, berrinchuda, egoísta y altanera; pero también sabía ser dulce, cariñosa y amable. Ella era jovial, ingeniosa, inteligente, graciosa y buena; era tan entusiasta que no había reto que no quisiera intentar. Ella era valiente, pero tenía su lado vulnerable; era apasionada pero sabía ser reservada. Mi niña era un ángel... ¡mi ángel! Yo la amaba más que a nadie en el mundo. La mayoría de las visitas que hacía a casa de mi hermano, eran para verla a ella. Jugábamos ajedrez, paseábamos juntos, o nos sentábamos a conversar sobre cualquier tema. Eran raras las ocasiones en que nos reuníamos en la mañana o avanzado el día, yo no toleraba mucho el sol, lo evitaba lo más posible. Muchas veces Tina insistió verme en la mañana. Yo siempre me negaba con cualquier excusa; me había vuelto muy bueno inventando mentiras que mantuvieran oculta mi doble vida de mi familia, mis amigos y sobre todo de Tina, quien siendo mujer, era curiosa por naturaleza. Entre ella y yo existía una conexión que nunca más he vuelto a tener con nadie. Por su parte me tenía una confianza transparente, plena, como fuera su mejor amigo, el más íntimo. Por mi parte era una confianza hipócrita, pero de una falsedad necesaria; de saber la verdad se hubiera alejado de mí y eso era algo a lo que le tenía terror, pues para mí ella era como el aire.

Aquella tarde hablé con Guillermo respecto al desdén que Justina profesaba hacia todos los posibles pretendientes. Mi hermano estaba preocupado.

—No entiendo —comentó—, debería estar ansiosa por casarse, sin embargo cada vez parece que le importa menos.

—Ya encontrará a alguien.

—¿Qué será de ella el día en que yo ya no esté aquí? ¿Quién la cuidará?

Esta idea me hizo sentir incomodo por el hecho desconocido para ellos, de la vida eterna que yo había adquirido. Por un momento pensé: "qué importa que la dejen sola; yo viviré para cuidarla". Entonces, por un momento sentí cierto pesar al reflexionar que vería envejecer y morir a toda la gente que amaba. Interrumpí mi meditación y comenté:

—Ten paciencia, ya verás que pronto contraerá nupcias y no tendrás de qué preocuparte.

—Eres muy optimista —suspiró Guillermo—, no lo serías si fueras tú el que pasara por la vergüenza de tener una hija que ha humillado a todos los hombres que se le han acercado. Por ahora ha captado la atención de un joven, en el cual Sofía y yo tenemos esperanzas; viene a verla a veces, nosotros lo hemos consentido, pero mi hija no parece muy satisfecha —suspiró desilusionado—. Me está haciendo perder la paciencia.

—Hermano, ella no es mala, por favor te enfades con Tina.

—Tú eres el único al que jamás ha mostrado su lado desagradable —Guillermo hizo una pausa—, al contrario ella es muy cercana a ti. Por eso quiero pedirte que hables con ella, por favor, tú eres la persona que más respeta. Una vez Sofía trató de llevarla a hablar con el Cura. Ella apenas supo de lo que se trataba se enfureció, hizo una rabieta y se negó a decir palabra alguna en días con cualquiera que tocase el tema, incluyendo a su madre y a mí.

—Y ustedes, por supuesto cedieron.

—Por favor, no me critiques. Yo sé que es culpa mía, ahora lo entiendo. Yo la malcrié. Ahora no sé qué hacer. Solo tú puedes ayudarme.

—No sé si me escuchará, pero te aseguro que haré el intento.

—Hermano, agradezco tu buena voluntad. Confío en que tendrás éxito.

En los siguientes días medité el caso de Tina. El hombre que trataba de cortejarla, del que me habló aquella tarde mi hermano, era un joven criollo que a simple vista hacía gala de su buena cuna; su nombre era Gabriel Hernández del Monte, hijo único y heredero de una considerable fortuna así como de varias propiedades en Guadalajara. Era el perfecto partido para cualquier doncella casadera, pero no lo suficiente para Tina. Después de pensar mucho lo que le diría a mi sobrina, me decidí a cumplir los deseos de mi hermano. Llevé a Tina a pasear por la plaza, entonces busqué el momento propicio y le hablé de lo importante que era el que se casara y de Gabriel. Al principio su rostro se puso pálido, no hizo gesto alguno, guardó silencio y escuchó mis argumentos. Cuando terminé ella replicó:

—Ese no es un caballero —comentó con desdén—, es un espantapájaros.

—Princesa —traté de razonar—, estás cometiendo un error, ya no eres tan joven. A este paso te vas a quedar a vestir santos.

—Pues eso es sólo asunto mío, no estoy interesada en él ni lo estaré jamás.

Seguimos conversando, traté de disuadirla haciéndole ver que Gabriel era un buen hombre y un nada despreciable partido, además parecía tenerle un afecto verdadero. Todas mis palabras cayeron en oídos sordos, ella era indiferente a los sentimientos de Gabriel, quien se desvivía en colmarla de regalos y cartas. Justina jugaba con los hombres; a veces aceptaba sus obsequios, luego los rechazaba sin sentir remordimiento alguno. Para ella era un pasatiempo que le brindaba placer, más que nada por vanidad. De cierta forma, era parecida a Rolando; era aterrador ver cómo se entretenían con las personas como si no valieran nada. Para mi sobrina todos los hombres eran el objeto de su burla, lo mismo que para mi amigo eran todos los humanos. Al final tuve que ceder, ella se mantendría firme en su posición. No quería hacerla enfadar, obviamente yo también era débil ante ella, la amaba demasiado y en el fondo odiaba la idea de que ella fuera de otro. El resto de la tarde hablamos de otras cosas. Pasamos un rato muy agradable. Después, cuando la llevé a su casa, ella solicitó verme al día siguiente más temprano que de costumbre, y como siempre me negué. Su rostro se ensombreció, con voz suave se quejó de que no la complaciera. Me sentí mal por ello; era un capricho de su parte, lo sabía bien, me estaba manipulando con su encanto y aquella mirada triste de cachorrito regañado y lo peor es que no podía resistirme, así que en contra de toda prudencia y de mis hábitos, decidí darle gusto por esa ocasión.

Al día siguiente dormí menos de lo acostumbrado. Justo cuando me dirigía a la salida Rolando me habló desde el segundo piso.

—¿Adónde vas? —preguntó ecuánime.

—Voy a casa de mi hermano Guillermo.

Hizo una mueca analítica, se recargó en el barandal y preguntó haciendo un ademán:

—¿No te parece que el día de hoy tenemos un terrible clima muy soleado y un calor insoportable?

—No —respondí fastidiado.

—¿Hay alguien ahí abajo contigo?

— No, no hay nadie

En vez de usar las escaleras, Rolando, con agilidad felina saltó el barandal hacia el segundo piso, luego se dirigió caminando hacia mí como si aquel salto hubiera sido una cosa sencilla.

—Ernesto, no hay que ser un genio para adivinar lo que pasa: Ella quería ver a su tío adorado, y tú incapaz de negarle algo, al igual que todos los demás, cumplirás sus deseos. Como siempre se ha salido con la suya.

—Justina no es como tú la juzgas.

—Claro que sí y tú lo sabes bien. Si ella fuera mi hija, la azotaría como se hace con las mulas, para quitarle lo malcriada.

—¿Cómo puedes pensar en algo así? —exclamé indignado— Monstruo.

—Ernesto, el comal le dijo a la olla.

Lo miré disgustado, él hizo una mueca socarrona.

—No quiero volver a oírte decir algo así de mi sobrina —dije y me di la vuelta.

—Sabes que es verdad, ni tú puedes negarlo.

No contesté nada, me dirigí a la puerta y pregunté.

—¿Cazaremos esta noche?

—Por supuesto, tengo hambre. ¿Dónde nos reuniremos?

—Aquí mismo —refunfuñé y salí deprisa.

En el camino pensé lo que había dicho. Yo amaba a mi sobrina. Cada vez más, me daba la impresión de ser yo el único al que no le molestaba su comportamiento. Rolando la trataba con amabilidad, pero ya con anterioridad había hecho de mi conocimiento su desagrado por la actitud de mi querida princesa.

Me dirigí hacia la hacienda de mi hermano. Ese mismo día Gabriel también fue a visitar a Tina. Aquel día también se presentaron dos de sus amigas, ambas señoritas más jóvenes que mi sobrina. Minutos antes de la llegada de Gabriel y de la mía, Tina, sintiéndose en total libertad entre sus amigas, en la serenidad del jardín hizo algo muy osado.

—Compañeras, ¿alguna vez han fumado?

La sorpresa se reflejó en los rostros de sus amigas, marcando un énfasis en su desagrado por esta propuesta, una de ella respondió en voz baja:

—Claro que no, eso no se debe.

—¿Por qué? —respondió Tina, sacó un puro y lo encendió.

—¿Dónde conseguiste eso? —preguntó una de las chicas, Tina expulsó una bocanada de humo y respondió.

—Del despacho de mi papá.

—¿Le robaste a tu padre?

—Yo no he robado nada, él muchas veces nos ha dicho, a mi hermano, a mi madre y a mí, que todo lo que él tiene es para nosotros.

Tina sonrió socarrona y las chicas se interesaron en ella como si fuera una heroína. Era como ver a una Amazona, valiente y desafiante. Una de ellas, comenzó a reír.

—Esta no es la primera vez que lo haces.

—No —replicó Tina con descaro—, ya lo había hecho antes a escondidas, cuando salgo a montar a caballo. —Extendió el puro a su amiga— ¿Quieres probar?

En ese instante llegó Gabriel, quien al ver la escena se acercó con paso firme hasta donde estaba mi sobrina, le arrebató el puro, lo tiró al suelo y lo apagó de un pisotón, acto seguido le dio una fuerte bofetada.

—¿Cómo se atreve? —exclamó— ¡Esto no es propio de una señorita decente!

Yo llegué en el instante en que Gabriel le pegó. Presenciar este acto me volvió loco, la sangre se me fue a la cabeza. Sin siquiera pensarlo me lance contra él. Las damas gritaron. Lo sometí en un parpadeo, Gabriel estaba a mi merced, fue una suerte que era de día, y que por el influjo del sol no tenía todas mis fuerzas ni podía transformarme, de lo contrario lo hubiera hecho pedazos. Reaccioné al sentir el contacto de mi sobrina, aferrada a mi brazo izquierdo, implorando que me detuviera. En un instante de cordura, hice un esfuerzo por dominar ira. Solté al joven. Él se acomodó la ropa, se limpió con el dorso de la mano la olorosa sangre que manaba por su boca.

—No le perdonaré esta afrenta —me amenazó.

Justina se separó de mi lado, avanzó hasta el enamorado joven. Lo miró con la misma fiereza que asomó a los ojos de Rolando cuando me defendió de Julen. Mencioné que varias veces pensé que ella y Rolando eran muy similares, pero nunca me parecieron tan iguales como en ese momento. Ella sentenció:

—Si se atreve a tocar uno sólo de sus cabellos, no volverá a verme ni a saber de mí, hasta el momento en que yo lo busque para vengarme.

Gabriel titubeó, le sorprendió esa actitud de parte de su amada. Yo observaba mudo la lucha que se desató entre ellos. Gabriel fijó su atención de nuevo en mí y explicó con un amable tono de voz:

—No debió hacer eso, es una falta terrible que una mujer fume.

Tina no respondió, creó que se sintió avergonzada de quedar en evidencia frente a mí, bajó la cabeza, como si estuviera buscando una excusa que decir entre las losas del jardín. Yo asentí, entendiendo toda la situación. Me volví hacia Gabriel:

—Mejor vete a tu casa, muchacho.

Él asintió en silencio, pasó junto a Justina sin dirigirle una palabra, confundido, herido en su orgullo, se notaba que sufría su corazón.

Me dirigí hacia sus amigas que habían visto y escuchado todo sin hacer un movimiento.

—Ustedes, déjenos solos.

Ellas obedecieron en silencio, como si eso fuera lo que estaban esperando para perder su estado estático.

Como recuerdo la brisa fresca que nos acarició cuando Justina y yo nos quedamos solos. Ella permanecía frente a mí, sin moverse ni decir nada. Su silencio me pesaba, deseaba con fervor saber qué pasaba en su cabeza en esos momentos.

—Justina, ¿qué has hecho?

Permaneció en silencio. Volví a insistir con un tono más autoritario. Ácidas lágrimas resbalaron por sus mejillas.

—Por favor —suplicó—, no te enfades conmigo.

—Explícame qué pasó aquí.

Ella procedió a relatarme lo que había sucedido. Cuando terminó la reprendí:

—Parece que no sabes cuál es tu lugar ni tu condición.

—No lo he hecho con saña, lo juro —se excusó y rompió a llorar más fuerte.

—No puedo culpar a aquel joven por lo que hizo, tú te lo buscaste por no comportarte como una dama.

Estaba enfadado con ella pero no podía evitar que se me partiera el corazón al verla así, más aún cuando comenzó a gimotear, suplicando que no se lo dijera a su padre y que la perdonara. Suspiré, ¿cómo enojarme con ella cuando toda mi vida estaba en sus manos? La abracé y le acaricié el pelo, ella se aferró a mí con fuerza. Así nos quedamos un largo lapso de tiempo. Ella era adulta, pero para mí seguía siendo una niña a la que quería proteger y tratar con toda la ternura del mundo. Era mi sobrina pero también era consciente de que era una mujer de gran atractivo al que era adicto. Ella era la dueña de mi corazón y mis pensamientos.

Le conté a Rolando lo acontecido mientras él roía el cráneo de nuestra cena. Ambos estábamos bajo nuestras formas lobunas. Como era de esperarse comenzó a reír.

—Vaya, vaya —murmuró— ya era hora, por fin alguien le da su merecido —comenzó a reír con más ganas—. Ese muchacho, Gabriel, me simpatiza, si algún día lo encontramos no tocaré su vida, le daré un abrazo y le presentaré mi amistad como ofrenda de respeto.

—¿Cómo puedes decir algo así?

—Me agrada saber que alguien no sucumbe ante su odiosa voluntad, de la forma en que tú lo haces.

—De nuevo vas a decirme que soy débil con ella.

—Débil, no. Eres estúpido; bastó que empezara a llorar para que cedieras. ¿Tienes idea de lo perjudicial que ha sido el siempre obtener todo a base de caprichos o de drama? Por eso es tan inmadura, incapaz de afrontar la menor contrariedad.

—Admito que tiene defectos, pero yo sé que ella recapacita sus faltas. Es buena.

—Además de todo eres ingenuo. ¿Crees que por derramar algunas lágrimas de verdad lo siente? Claro que no; hay quienes lloran no con la intención de arrepentirse, sino de encontrar una absolución gratuita; ella es un ejemplo de lo que te digo.

No respondí nada, odiaba que Rolando dijera aquello que yo mismo ya había pensado respecto a Justina. Reflexioné lo que acababa de escuchar; en el fondo comenzaba a admitir que ella no tenía remedio; hacerla cambiar era una causa perdida. Estaba perdiendo las esperanzas que tenía puestas en ella. Lo peor es que al mismo tiempo, mientras más descubría su lado malo, más mi corazón se entregaba a ella.

Gabriel ya no volvió a cortejar a Tina. Mi hermano y su esposa no supieron nada de lo que ocurrió aquella tarde. Aun así, no podían estar más enfadados, era cuestión de tiempo antes de que se encolerizaran con su hija. Entonces sucedió que el respetado marqués Arturo Cortés Sarmiento, amigo de mi hermano, se había interesado en la bella Justina. Él era un hombre de cuarenta y tantos; su esposa había muerto años atrás dando a luz a su único hijo, también fallecido en el alumbramiento. Desde entonces vivía solo. La gracia y encanto de mi sobrina, habían despertado en él una pasión que no había sentido en años, sin embargo nunca se atrevió a profesar su interés, pues reservado como era, de cierta forma se sentía en desventaja frente a los bien parecidos mozos que le hacían la corte a Tina. Cuando Gabriel salió del panorama, al no quedar ningún otro pretendiente, decidió que ya había esperado suficiente tiempo. Comenzó a hacer visitas, con pretexto de hablar de negocios con mi hermano, pero en realidad siempre se las ingeniaba para hablar con Justina. Un buen día le reveló sus intenciones a mi hermano, solicitó su consentimiento para cortejarla. Guillermo aceptó encantado, por muchas razones, en especial económicas. Además, molesto como estaba por la soltería de su hija, estaba determinado a que un enlace entre ellos se diera. Él y Sofía presionaron a Justina, la obligaron a aceptar sus regalos y visitas y le advirtieron que moderara su conducta con él. Se volvieron más severos en el trato con ella, restringieron sus libertades. Tina, ante la determinada actitud de sus padres, por una vez en su vida cedió. Entonces, una noche los escuchó hablar de los preparativos para casarla con el marqués. En ese momento ella supo que ya había soportado suficiente. Una noche, mientras cenaban en compañía del marqués y de otras importantes personas, él marqués hizo un brindis por ella. Yo no estaba presente esa noche de luna llena. Mi hermano fue quien me contó lo que pasó. El marqués estaba a punto de anunciar que la tomaría por esposa, cuando Justina se levantó, se rio carcajadas en su cara. Cuando las miradas de todos estuvieron fijas en ella explicó el motivo de su diversión:

—Pocas veces en mi vida he visto a un hombre más ridículo que usted; viejo tonto.

Se hizo un incómodo silencio. Tina lo observó fría y altanera, se excusó alegando que tenía ganas de vomitar y se retiró. Mi hermano y el marqués la siguieron consternados, ¿cómo había sido capaz de semejante grosería? El marqués Arturo, la detuvo.

—Justina —exclamó él—, no merezco lo que acaba de hacerme; yo la amo, estoy dispuesto a jurar ante Dios mi eterna devoción hacia usted. Usted lo es todo para mí.

Tina guardó silencio. Ni una sola turbación cruzó su hermosa faz. Le habló con indiferencia.

—¿Es que no se da cuenta que su propuesta no me interesa? Mejor salte de un risco, pero no me moleste más.

El ofendido hombre parecía como si un rayo fulminante hubiera caído sobre su cabeza. Apretó los labios, se incorporó arrogante, tomó aire para responder con voz firme.

—No me explico cómo puede habitar tanta frialdad en el alma de una mujer tan soberbia. Tiene razón, he sido un tonto por haberme fijado en una presumida como usted.

Se despidió de mi hermano y se dispuso a retirarse en el acto. Justina se fue a su habitación. Guillermo contempló toda la escena sintiéndose enojado, pero sobre todo muy avergonzado. Pensó mucho lo que tenía que hacer. Al día siguiente, él y Sofía enfrentaron a Justina al pie de la escalera apenas ella bajó. Mi hermano comenzó a regañarla diciendo, "has traído vergüenza a esta casa", Justina escuchó pasmada, en un momento se atrevió a interrumpir a su padre, él le gritó:

—Cállate, vas a escucharme y si vuelves a decir una palabra sin que yo te lo indique, yo mismo te azotaré.

Tina suspiró nerviosa, su madre, inmóvil, ni siquiera volteaba a verla. Justina frunció el ceño, acostumbrada a hacer berrinches, apretó los puños y se dio la vuelta. Guillermo se abalanzó sobre ella, la tomó del brazo y le dio una fuerte bofetada que la derribó al suelo. Por un momento, Sofía sintió deseos de correr hasta su hija, pero en vez de ello se contuvo. Tina gimoteó, se incorporó hasta una silla en la que se dejó caer temblorosa, sobándose la mejilla. Guillermo prosiguió:

—Una vez más, has rechazado a un buen pretendiente, y no conforme con eso, le has faltado el respeto. ¿Es que acaso estás loca? ¿Cómo puede ser posible que una hija mía tenga un corazón tan negro? Responde, y te aconsejo que elijas bien tus palabras, porque no toleraré la menor impertinencia.

—Padre —expresó Tina tratando de controlarse—, no soy mala, es sólo que no quiero casarme, pues nunca ha habido ningún caballero que satisfaga mis ilusiones. Además, creo que esto es absurdo. ¿Por qué he de cumplir con un requisito impuesto por la sociedad, cuando en realidad no estoy convencida de ello? ¿No es acaso carente de sentido, cumplir un ritual sólo porque otros dicen que así debe ser?

—¡Que absurda disculpa, venida de una niña necia! Lo que sucede es que éste es uno más de tus actos de rebeldía. Sabes la dicha que nos daría a tu madre y a mí verte casada, y aun así no te importa. ¿Qué no piensas en el futuro? Yo no viviré para siempre.

—Yo puedo cuidarme sola.

—No sabes lo que estás diciendo. He sido un ingenuo, te he dado demasiada libertad. Ya no te trataré con la misma mano. A partir de este momento yo decidiré por ti, le daré tu mano a quien yo crea conveniente, y si antes de tres meses no he logrado casarte, te enviaré a un convento.

—¡No puedes obligarme a ello! —replicó Justina—¡No tengo por qué hacer lo que no quiero!

Ella se puso de pie, enfrentando a su padre con la mirada, en respuesta obtuvo otra bofetada que la volvió a derribar al suelo. Ella se acarició la mejilla enrojecida, sus ojos se llenaron de lágrimas que luchaba por no liberar.

—Puedo y lo haré. Voy a hablar con el marqués para ver si gano su perdón, y si él accede, te casarás con él —sentenció Guillermo, luego añadió—. Otra cosa más, no vuelvas a tutearnos, de hoy en adelante, te dirigirás a tu madre y a mí con el respeto debido de una hija a su padre. Más vale que empieces a comportarte de acuerdo a tu condición, que no se te olvide cuál es tu lugar.

Ella no contestó nada, siguió llorando desconsolada. Guillermo salió a toda prisa. Tina se acercó a su madre a gatas. Murmuró suplicante.

—Madre, debes ayudarme; convéncelo de que deje de lado su enfado.

Sofía permaneció inmutable, ella insistió de rodillas a los pies de su madre, sujetó las manos de ésta. Sofía retiró las manos, dio un paso hacia atrás.

—Harás lo que tu padre diga. No me pidas que te defienda, porque no voy a hablar en favor de una mujer de sentimientos tan despreciables como los tuyos.

Sofía salió, dejó a Justina sentada en el suelo, cubriéndose la cara con las manos mientras lloraba.

Cualquiera pensaría que después de esto, Justina fue doblegada, pero no fue así. Justina era invencible; esta tormenta no la había sometido; estaba desesperada pero no derrotada; todavía le quedaba un as bajo la manga, éste era que conocía muy bien a sus padres, lo suficiente para saber que si ellos siempre habían sido complacientes con ella en exceso, después de tanto tiempo no dejarían de serlo. Ella estaba segura del enorme cariño que le tenían, en nombre del cual estaban dispuestos a todo por ella. Sabía muy bien cómo emplear esta herramienta para manipular a sus propios padres, y lo hizo.

Los siguientes dos días Justina se mostró sumisa. Luego, una mañana sus padres y hermano se encontraron con que Justina no bajó a desayunar. Mandaron llamarla varias veces; no obtuvieron ni siquiera una respuesta. Nadie la vio por la casa. Ellos creyeron que había salido temprano a cabalgar, como siempre lo hacía cada vez que algo le molestaba, pero nadie la había visto salir. Entonces notaron que la puerta de su habitación estaba cerrada por dentro. Nadie tenía llave para abrir, todas habían desaparecido. Lo que estaba pasando lo dedujeron sin dificultad. Guillermo se dirigió hasta la habitación de Tina, golpeo la puerta.

—Justina, sé que estás ahí, abre.

No obtuvo ninguna respuesta. Guillermo insistió una vez más, el resultado fue el mismo. Guillermo volvió a insistir.

—¡Justina! —gritó— Ya fue suficiente, abre la puerta.

—No —dijo una voz desde adentro.

—Ya basta de niñerías, obedece de una buena vez antes de que me enfade.

De nuevo silencio. Guillermo enardeció, era mucho más de lo que podía tolerar. Su madre llamó, esta vez hubo respuesta.

—No voy a salir.

—Hija —dijo Sofía—, no puedes quedarte ahí para siempre.

—¿Qué clase de capricho es este? —vociferó Guillermo— ¿Quieres morirte de hambre?

—Morir de hambre es preferible, a que se me obligue a hacer lo que no quiero.

Esta respuesta terminó con la paciencia de Guillermo, estaba tan enfadado que no podía disimularlo. Tomó una resolución.

—Pues en ese caso, haz lo que te plazca; si lo que deseas es morir, que así sea.

Justina permaneció encerrada durante todo el día. Ya al anochecer sus padres se retiraron a sus habitaciones. Tomaron la determinación de que no insistirían, creyeron que ella se cansaría. En caso de que saliera de noche a buscar comida, Guillermo ordenó echar llave a la alacena. Al día siguiente Tina seguía enclaustrada, todo parecía indicar que ni siquiera había hecho el intento de salir. Su padre tomó la resolución de permanecer firme, fue una decisión que no pudo mantener. Al tercer día Justina seguía en su habitación, sus padres ya no resistieron más. No se puede cambiar de la noche a la mañana años y años de condescendencia. Los padres que nunca han sido estrictos con sus hijos, no pueden esperar controlarlos o volverse inflexibles en un momento, ni pretender hacer de ellos en un día lo que no han hecho en años. Ese era el caso de Guillermo y Sofía. Ellos se cansaron de esperar. Optaron por volver a llamar a su puerta sin éxito. Su silencio era más aterrador que si ella les hubiese contestado; una respuesta al menos les hubiera indicado que estaba bien, en cambio el silencio provoca incertidumbre. Para el cuarto día estaban más nerviosos. Pablo sugirió derribar la puerta. Guillermo y su hijo se dispusieron a empujar la puerta. No contaban con que Tina se las había ingeniado durante la noche para atrancar la puerta con uno de sus muebles de su habitación. Además, al primer intento rompió el silencio.

—No hagan eso.

Una exclamación de alegría se extendió entre su familia y los sirvientes. Sofía se acercó a la puerta:

—Tina, estás bien.

—¿Qué están tratando de hacer? —respondió haciendo caso omiso a su madre.

—Vamos a sacarte de ahí —contestó Pablo.

—No se atrevan, porque si lo intentan me tiraré por la ventana.

—No está hablando en serio.

—Nunca en mi vida he hablado más en serio, ya les dije que me dejen morir en paz.

—No lo voy a permitir —protestó Guillermo, esta vez ya no hubo respuesta de parte de Tina, el silencio volvió a ser lo único.

Volvieron a empujar, entonces la voz de Tina resonó más amenazadora.

—He dicho que me mataré, ¡lo juro!

Sofía suplicó a Guillermo detenerse, él accedió. De nueva cuenta Pablo sugirió usar una escalera para subir por la ventana. Guillermo mandó colocar una escalera y dispuso de uno de sus sirvientes. Ella abrió la ventana para empujar la escalera justo cuando el pobre mozo casi había llegado, luego poniendo unas tijeras en su garganta, amenazó con suicidarse antes de que alguien la tocara. Sofía y Guillermo ya no insistieron más, ellos conocían muy bien a su hija, lo suficiente para saber que ella no lanzaba una amenaza a la ligera sin cumplirla. En una ocasión cuando tenía 12 años estuvo enferma de gravedad durante varios días. Recuperada del padecimiento sus padres temieron una recaída, por lo que le negaron salir a cabalgar. Tras una semana de encierro ella juró que si no la dejaban salir quemaría la costura de su madre, lo cual cumplió sin titubear. Ella era muy determinada, cuando tenía una idea en mente no se le podía convencer de lo contrario.

Al quinto día Guillermo acudió a mi casa muy temprano. Esa mañana no pudo encontrarme; con el pretexto de acudir a un asunto muy temprano, yo me encontraba en uno de mis escondites durmiendo. Guillermo pidió que le dieran información de dónde podría encontrarme, no pudieron ayudarle puesto que lo desconocían, entonces él dejó instrucciones de que en cuanto llegara, me informaran que era importante que fuera a su casa. Así lo hice al atardecer, en compañía de mi incondicional amigo pelirrojo. Al llegar Guillermo me puso al tanto de todo lo ocurrido. Después me suplicó que lo ayudara. Confiaba en que ella me escucharía a mí. Asentí y me dirigí a la habitación de Tina. Mientras caminábamos me di cuenta que Rolando se reía entre dientes. Él lo estaba disfrutando.

—¡Basta! —murmuré en voz tan baja que nadie más que él pudiera escucharme. Rolando respondió de la misma manera:

—Esta vez sí que ha hecho algo muy divertido

Al subir saludé a Sofía, ella bastante alterada me dijo:

—Me alegra que estés aquí. Detesto admitirlo, pero ella te hace más caso a ti que a nadie.

Fuimos hasta su habitación. Me paré frente a la puerta, llamé con suavidad.

—Tina, he venido a verte.

—Tío Ernesto —dijo una voz desde adentro.

—Soy yo, princesa, vine a saludarte, pero no puedo hacerlo si estás encerrada.

—No quiero ver a nadie.

—Tina, por favor, habla conmigo. Quiero verte.

El silencio volvió a reinar durante un breve lapso de tiempo, al cabo del cual respondió.

—Está bien, hablaré sólo contigo. Voy a abrir la puerta para que tú entres y nadie más. Tienes que cerrar tras de ti la puerta. Si alguien más entra o trata de hacer algo, me arrojaré de cabeza por la ventana.

Una angustia iluminada de esperanza se reflejó en los rostros de todos los presentes, menos en el de Rolando, quien por lo visto disfrutaba la escena. Sofía exclamó:

—Yo iré contigo.

—Ella ha dicho que no quiere hablar con nadie —repliqué.

—No me importa, es mi hija —protestó Sofía.

Guillermo hizo una mueca, mezcla de indignación y dolor; por lo visto ambos padres estaban celosos de que su autoridad fuera sobrepasada. Nunca creí que me vería envuelto en una situación así. Me encogí de hombros sin saber qué decir.

—No —intervino Rolando—, después de todo lo que ha ocurrido, ¿cómo creen que actuará Justina? ¿Acaso están seguros de que no cumplirá su amenaza?

Guillermo y Sofía no respondieron nada; conociendo a su hija, el argumento de Rolando cobró efecto. Yo asentí con la cabeza, luego volteé hacia Rolando en señal de agradecimiento por su intervención, como siempre su mirada fue más reveladora de lo que esperaba; él lo había hecho para divertirse, le entretenía mirar los celosos pero resignados semblantes de Guillermo y Sofía. Me volví hacía la habitación, le anuncié a Tina que iba a entrar. Escuché como empujaba un mueble, luego cómo se habría la cerradura y sus pasos atravesando de prisa la habitación. Abrí la puerta, entré. Ella estaba sentada en la ventana, me ordenó volver a cerrar y poner el cerrojo, así lo hice. Ella se alejó de la ventana y se acercó a mí. Su hermoso rostro mostraba una mueca de tristeza. Ella se estrujaba las manos; parecía no decidirse a hablar, así que yo comencé:

—¿Qué haces aquí, princesa?

Tina suspiró, me ofreció asiento en una silla. Ella tomó asiento frente a mí.

—Mi padre te contó lo que sucedió.

—Así es, me dijo lo que hiciste.

—¿Tú qué opinas al respecto?

—No apruebo lo que hiciste —repliqué.

Justina suspiró, no dejaba de apretarse ambas manos. Por primera vez divisé en sus ojos una auténtica desesperación.

—Admito que me excedí —contestó después de un breve silencio—, sé que he obrado mal. Sólo traté de defender lo que creo. Ahora mis padres me odian por ello.

—Ellos no te odian, quieren lo mejor para ti.

—Y yo no quiero lo que ellos desean. —Tina guardó un breve silencio, luego prosiguió— Yo no deseo ser la esposa de ninguno de esos sujetos que pretenden mis afectos.

—¿Por qué no?

—Porque toda esta situación es absurda. La idea del matrimonio es un invento de la sociedad, un lineamiento que se puede convertir en la más trivial pero más horrenda realidad. Además, yo no amo a ninguno de esos hombres. Si voy a hacer algo, que sea por convicción, porque no quiero pasar el resto de mis días —titubeó y bajó la mirada— al lado de un hombre al que no amo.

—Es para ti tan importante el amor.

—Lo es.

—Tina —suspiré—, no quiero desilusionarte, pero hay cosas más importantes que el amor, pues es bien sabido que éste, mientras más intenso es, más pronto se acaba. En cambio el amor no es sustituto de estabilidad, ni de alimentación o de vestido, ni de educación o compañía. Cuando las carencias o los defectos se hacen grandes, el amor se convierte en una llama que se apaga. Es preferible buscar tu conveniencia antes que el amor, pues la ilusión de un amor novelesco es una fantasía infantil. Un aspecto en el que nunca maduran las mujeres es en que creen que la vida será como un cuento de hadas en el cual encontrarán a su príncipe azul.

Ella no respondió, siguió con la cabeza inclinada hacia abajo, yo proseguí:

—No se trata de la historia de amor perfecta, se trata de tu bienestar. Tina, tus padres sólo quieren protegerte, ¿qué harás cuando ellos ya no estén? Necesitas alguien que se ocupe de ti y que te proteja

—¿Quién lo dice? No soy como otras mujeres, puedo cuidarme sola.

—Pero así es como son las cosas.

—No me parece justo. Si tan sólo pudiera demostrarles.

Me rompía el corazón verla tan triste.

—Tina —murmuré—, ese es el orden que tiene esta sociedad y no hay más remedio.

—No tiene que ser así, es mi vida. A veces me gustaría marcharme lejos y vivir yo sola.

—Piensa en lo que la gente diría si te fueras de tu casa.

—Sólo me importa lo que yo piense de mi misma. Además, no creo que pudiera ser tan malo vivir sola. Tú nunca te casaste y nadie dice nada.

—Mi caso es muy distinto.

—Tío —suspiró Tina— me gustaría ser como tú, lo tienes todo: eres independiente, carismático y joven —hizo una pausa—, demasiado joven.

—Soy más viejo de lo que piensas.

—Sí ya lo sé, pero no lo pareces. Mis amigas me han dicho muchas veces que no pareces contemporáneo a mi padre o el tío Agustín, de hecho también opinan lo mismo del señor Rolando.

—Exageran —repliqué nervioso—. Volviendo al punto, no puedes quedarte sola, si eres lista te darás cuenta de que entre esos caballeros que aspiran a ganar tu mano, encontrarás a uno que te hará feliz, y que a su lado hallarás estabilidad y protección.

Tina se puso de pie.

—Atarse a otra persona no garantiza la felicidad, y en cambio si abre muchas posibilidades a la desgracia.

—Lo que es absurdo —repliqué— es que estuviste dispuesta a cometer una atrocidad con tal de hacer tu voluntad. Perder la vida por un capricho, ¡qué tontería!

—Prefiero convertirme en mártir de lo que creo antes que someter mi voluntad.

—Lo que has hecho es algo muy injusto para con tus padres, los que te aman y para contigo misma. En primer lugar no debiste actuar de esa forma con el marqués. Y luego esto, estuviste dispuesta a dejarte morir. Si no eres capaz de buscar soluciones adecuadas sin caer en este extremo, entonces nunca podrás afrontar ningún otro problema que asome en tu vida. Si no tienes fortaleza, si dejas que se apodere el caos de tu persona, entonces ten por seguro que has hecho mal sobre todo contigo misma, porque siendo afortunada y favorecida por el destino te has dejado vencer. Además piensa esto, existen cosas peores en este mundo que, gracias a Dios, tú nunca has tenido que pasar. ¿Con esa mentalidad tan dispuesta a arrojarse a un precipicio ante la contrariedad, es como crees que podrías cuidarte sola?

—No —murmuró con voz suave.

Seguí aconsejándola con el cariño de un padre, censuré su impulsividad, su carácter infantil, sus berrinches. Ella escuchó todo lo que tenía que decir en completo silencio. Cuando terminé ella siguió sin decir nada. Podía escuchar las manecillas del reloj que yo traía en el bolsillo, también la respiración de ella y un sonido delicioso que me estaba volviendo loco, los latidos de su corazón. Por fin ella dijo:

—Tienes razón en lo que has dicho de mí —suspiró—. Sin embargo trata de entender la impotencia que siento al sentirme presionada a casarme. Le temo mucho a una unión forzada. Yo sé cuál es mi lugar y que no tengo derecho a nada. Es por eso que sólo pido ser dueña de mi destino.

—¿En verdad eso quieres?

—Sí, quiero decidir cuándo y con quién. Porque para ello debo convencerme a mi misma. Quiero soñar que existe una posibilidad —titubeó— de tener a mi lado a alguien a quien yo ame. Por favor, yo sé que sólo con el tiempo podré desengañarme.

—Si eso es lo único que deseas, entonces yo hablaré a tu favor con tus padres.

—Quizá no sirva de nada.

—Ten fe en mí y en ti. Ellos entenderán.

—Gracias —murmuró Tina.

Se acercó a mí, me abrazó, yo le acaricié el pelo y le di un beso en la frente.

—Anda, vamos con tus padres que nos están esperando.

—Como tú digas.

Me dirigía hacia la puerta cuando Tina me detuvo. Me volví.

—Hay algo más que tengo que confesarte.

—¿De qué se trata?

—No soy una suicida como crees. Soy mucho peor. No me iba a dejar morir, la muerte es una señora que no me interesa conocer por ahora.

—¿Qué me estás diciendo? —miré a Tina con interés.

—Tío Ernesto, yo tenía esta situación más controlada de lo que crees. He hecho toda esta pantomima para presionar a mis padres, sabiendo que era cuestión de unos cuantos días para que cedieran. Nunca ha sido mi intención hacer algo para dañar mi persona. Tomé la precaución de abastecerme de provisiones, tengo agua y robé pan de la alacena y frutas del huerto en la noche mientras todos dormían.

—¡¿Qué?! —Exclamé sorprendido.

—Estaba dispuesta a mantener esta escena tanto como duraran mis provisiones y fuera capaz de soportar el hambre. Yo quería que mis padres me complacieran, pero nunca quise preocuparte a ti. No pensé que te harían venir. Por favor, perdóname si te he causado algún tipo de angustia, nunca más lo volveré a hacer, lo prometo por lo más sagrado del mundo, por el cariño que te tengo.

Comencé a reír, esta vez fue Tina la que se sorprendió.

—¿No me vas a pegar? ¿No estás enfadado?

Negué con la cabeza sin dejar de reírme.

—Deberías de reprenderme.

—Me basta con que no lo vuelvas a hacer.

Tina comenzó a reír nerviosa y yo a carcajadas. Entonces Tina dejó de reír y se acercó a mí.

—¿Por qué tienes así los dientes?

Me quedé pasmado igual que aquella Navidad; desde entonces nunca lo volvió a mencionar hasta ese momento en que me descuidé.

—¿A qué te refieres? —pregunté fingiendo no saber nada.

—Déjame ver —solicitó—, es que me pareció que se ven como los de los animales.

—Jamás lo había pensado —repliqué.

Ella se acercó con la intención de pedirme que le mostrara de nuevo, yo leyendo sus deseos, me volví hacia la puerta.

—Creo que una vez de niña vi algo así, o lo soñé. No recuerdo bien...

—Anda, vamos ya, que todos nos esperan afuera —la interrumpí con firme determinación.

Me apresuré a dar vuelta a la llave en la cerradura, ella asintió y salió de la habitación seguida por mí. Su madre apenas la vio, la rodeo entre sus brazos y comenzó a besarla, su padre hizo lo mismo, Tina rompió a llorar.

—Mamá, Papá, por favor perdónenme, nunca lo volveré a hacer.

—Eso ya no importa —respondió Guillermo—, sólo quiero que estés bien.

Fue un cuadro muy conmovedor, como el hijo prodigo que vuelve al lado de su padre y le pide perdón por sus faltas, y es recibido con ternura en vez de palabras ácidas. Por supuesto, un cuadro producto de una gran farsa, eso yo lo sabía, pero no por eso me pareció menos adorable. Rolando se paró a mi lado. Tina, sin liberarse de los mimos de sus padres, me miró con la tranquilidad del más claro remanso de agua. Pero de pronto asomó a sus ojos un brillo de puñal receloso que no iba dirigido para mí, sino a quien estaba a mi lado. Volteé la cabeza, noté el reflejo severo de semblante de mi amigo.

—Ya no queda nada más que hacer —me dijo en voz tan baja que sólo yo podía escucharlo, y sin dejar de desafiar a Tina con la mirada—. Vamos, se aproxima la noche.

Manifestamos nuestra intención de partir. Guillermo y Sofía me reiteraron su agradecimiento. Incomodó lo acepté. Me despedí de mi sobrina con cierta frialdad. Luego emprendimos la retirada.

Mientras nos dirigíamos a casa Rolando comentó:

—Escuché lo que hablaron, ella sospecha.

—Estabas espiando —exclamé indignado.

—Ya sabes que para nosotros no es ningún problema escuchar. Ernesto, ella sospecha.

—Ella no lo sabrá.

—La gente ya comienza a señalarnos; no hemos envejecido en los últimos años. Pronto no podremos pasar desapercibidos. Alguna vez te has preguntado qué pasará cuando el destino alcance a tus hermanos y a cuantos te conocen. Es momento de pensar en partir. Vamos a Zacatecas, invertiremos en la minería; ahora que la guerra ha terminado, quizá tengamos buenas oportunidades de volvernos más ricos.

—¿Por qué insistes tanto en que nos marchemos?

—Y tú ¿por qué insistes en quedarte?

—Aquí está mi familia.

—Te aferras a una vida que ya no es tuya. ¿Qué acaso no te he enseñado nada? ¿Cómo vas a ocultar el hecho de que no envejeces? Eres un hombre lobo, un inmortal; ellos son criaturas efímeras, incluso podrían ser tus presas pues tú eres una bestia carnicera de sangre y perteneces a la noche.

—No hables así.

—Sabes a lo que me refiero. Estoy seguro de que cuando tienes más hambre, al olerlos ha surgido en ti el deseo de probarlos.

—¡Basta!

—Sabes que tengo razón —sentenció y añadió—. ¿Qué tiene de especial que sean familia? Nada; los lazos familiares son pretexto inventado por el hombre para obligar a otros a que no nos dejen solos.

—Eso no cambia las cosas.

—Eso crees, pero ha de llegará el día en que descubras lo alejado que estás de tu adorada familia, mucho más de lo que ya estabas cuando eras humano.

—Tú qué sabes de cómo era yo antes.

—Lo suficiente para saber que tu afecto es menor de lo que presumes.

El resto del camino estuvimos en silencio. Al llegar a casa me dirigí a mi cuarto, ahí me miré en el espejo; no tenía caso que me engañara, ni las patillas ni el bigote me ayudarían siempre. Las palabras de Rolando hicieron eco en mi cerebro, rebotando en mi imagen lozana, con el mismo efecto que causaría un guijarro arrojado contra el espejo de agua, creando ondas varias veces antes de hundirse. No iba a ser capaz de ocultar mi naturaleza por mucho tiempo más, sin embargo tampoco era capaz de tomar una decisión definitiva. Necesitaba tiempo para pensar.

Me distancié de mi familia y amigos. No tuve contacto con ellos durante tres meses. En ese tiempo hubo cambios en Justina; se volvió más seria, más callada, más moderada en su temperamento. Sus padres dijeron que era como si de pronto se hubiera vuelto más madura. Ellos no volvieron a mencionar el tema del matrimonio. Justina había hecho su voluntad, sin embargo no mostró el menor signo de alardeo infantil, tan característico de ella. De cualquier forma, después de todo lo ocurrido, ya no hubo más pretendientes; sus muestras de arrogancia y malos modales, fueron una mejor estrategia que la tela de Penélope.

Al primero que vi, después de esos meses de distanciamiento, fue a mi hermano Guillermo. Él me buscó. Darle la cara fue mucho más sencillo que inventar una nueva excusa para no verlo. Entonces me contó sobre el cambio en la conducta de su hija. Al principio no creí lo que me dijo. Mi curiosidad fue despertada. La tarde del día siguiente fui de visita a su casa para ver a mi sobrina, entonces pude comprobarlo, bastaba observar su mirada y la discreción de sus movimientos para convencerse de que ella ya no era la misma desde su último berrinche. De manera paradójica, la tormenta le había traído una paz que le hacía bien, que se reflejaba en su semblante, lo cual ensalzó más su bello rostro. Me pareció más fina, más elegante. A partir de ese momento la aprecié más que antes, la vi más como mujer y no como la niña que siempre había sido para mí. Dos días después, regresé de visita, como arrastrado por un imán, sólo por ella. Un par de días después volvía visitarla, y de nuevo al día siguiente, y al siguiente. Tina se mostró complacida y yo también, disfrutaba mucho de su compañía, por eso es que dejé de lado mis reservas por mi naturaleza inmortal, las que me distanciaron de mi familia y amigos, y de manera imprudente comencé a frecuentar mucho a Tina. Entonces una tardes cuando nos despedíamos, me clavó su mirada negra, tan fuerte y tan hondo, que me sentí intimidado; sí, yo un depredador, temblé ante ella. Me quedé mudo, mirándola, sin saber qué era lo que sucedía. Ella tampoco dijo nada, sólo me observaba con el rostro inexpresivo. Noté un olor a nerviosismo, a sangre que corre un poco más deprisa; ese aroma mezclado con la esencia de Justina me golpeó la nariz y me infundió aún más temor. Me despedí apresurado y me alejé lo más pronto que pude. Ya en casa aguardé la noche para transformarme y salir a correr solo por el bosque, con mil pensamientos en mi cabeza y al mismo tiempo sin ninguna conclusión concreta.

Me ocupé con trabajo durante varios días en los que casi no dormí, ni de día ni de noche. Un día ya no pude resistir cierto impulso latente en mí y me dejé arrastrar a la casa de mi hermano, igual que un sargazo arrojado por la marea a la playa. Estaba jugando ajedrez con Tina, cuando ella suspiró:

—¿Por qué no habías venido?

—Porque he tenido mucho trabajo —repliqué.

—Me gustaría que un día nos acompañaras a mis padres y a mí a la plaza el sábado.

—No sé si podré —dije en automático.

Su rostro se ensombreció con esa melancolía de niña desilusionada que hacía ya tiempo no veía en ella. Algo dentro de mí se rompió, no sé si fue por su voz, por la forma en que lo dijo, por su nueva manera de actuar o por ese breve atisbo de niña que tanto amaba.

—Aunque sería bueno que me tomara el sábado para distraerme — repliqué.

—Gracias —expresó sonriente, pero con un gesto elegante de cisne.

Llegó el sábado. Para ese entonces la temporada de lluvia había comenzado; pese a estar cansado por la falta de sueño, no me preocupaba salir en día nublado y para mi fortuna ese sábado amaneció con un cielo encapotado.

Me estaba preparando para salir cuando Rolando comentó:

—Ten cuidado, creo que el sol va a salir.

—¿Cómo lo sabes?

—En doscientos años he aprendido a pronosticar el clima.

—No te preocupes, estaré bien.

—No has dormido bien esta semana, tal vez no deberías salir.

—Agradezco tu interés. Estaré bien —comenté sereno y salí.

Me reuní con Tina en su casa. Ella salió acompañada de su sirvienta. Se veía radiante y hermosa. Pregunté por sus padres que no estaban ahí.

—Se adelantaron —respondió Tina—. Allá los alcanzaremos.

Cerca de la plaza, descendimos del coche y caminamos. Mi sobrina marchaba erguida, tomada de mi brazo. La joven sirvienta nos seguía de cerca. Justina estaba feliz, hermosa y radiante como la luz de la mañana. Conversamos despreocupados, sin prestar atención a lo que sucedía a nuestro alrededor por una calle algo concurrida. No notamos la presencia de una joven moza que venía de frente a nosotros, la cual dio un traspié y fue a dar contra Justina. La joven era aproximadamente de la misma edad que Tina; su complexión era muy delgada pero bien proporcionada. Ella iba ataviada con un vestido gris, muy viejo y roto y un rebozo de color gris. Tenía unos hermosos ojos azules como el mar, el cabello rubio, de rizos marchitos, la frente clara y la nariz pequeña. Su rostro era de hermosas facciones pero su aspecto parecía carente de vitalidad, como si estuviera muy fatigada de andar. A primera vista me pareció que ella era sin duda una mujer muy bella; era una lástima ver tan admirable hermosura pisoteada, maltratada por las vicisitudes de la vida. Aun así se veía en ella un algo que en ese momento no supe qué era, como si a pesar de su condición y el cansancio tuviera cierta elegancia y un orgullo distinguido, como si quizá bajo otras circunstancias hubiera podido pertenecer a la nobleza. Además, algo en ella reflejaba la esencia de un animal salvaje. Por un momento comparé a las dos jóvenes, ¡qué gran diferencia había entre ella y Justina! Eran como ver a un ángel chocando contra un halcón de alas desgarradas. Mi sobrina se volvió hacia ella, la hermosa sonrisa de su rostro se transformó en una mueca de desprecio. La pobre moza fue a dar al piso. Estaba a punto de ayudarla a levantarse cuando Justina le gritó:

—¡Insolente! ¿Cómo se atreve a cruzarse en mi camino?

—Lo siento —respondió ella lacónica.

—Sentirlo no le servirá de nada, ha manchado mi vestido con sus manos inmundas.

—Pero, mi señora, si apenas y la he tocado.

—¿Insinúa que hablo con falsedad? —exclamó Justina ardiendo de indignación.

—No, yo no he dicho eso —se disculpó la joven.

Tina cerró de golpe el abanico que tenía en las manos y amenazó con él:

—Debería llamar a las autoridades para que la encierren hasta que pague el último centavo de lo que cuesta mi vestido.

La tez de la joven se puso aún más pálida de lo que ya era, y por un momento sus ojos reflejaron miedo. Ella habló a Tina con la voz temblorosa.

—No, por favor, tenga piedad de mí —sacó unas monedas, apenas y eran unos cuantos reales—. Es todo lo que tengo. Acepte con esto mis disculpas por haberla ofendido.

—¿Por qué tener piedad de una rata?

—Se lo suplico —gimió la chica—, no deseo problemas.

Justina miró con desprecio el dinero de la joven, con el abanico le dio un golpe en sus delgados dedos, las monedas salieron de su mano seca y rodaron por el suelo.

—Guarde su sucio dinero mal habido. Retírese de mi vista antes de que cambie de opinión.

—Sí, señorita, gracias.

Tina se volteó altanera, nos alejamos. Miré hacia atrás, vi a la joven de rodillas, recogiendo su dinero, lo guardó en su bolso y reemprendió su camino. Unas mujeres que pasaban por ahí al verla se alejaron de su camino con desprecio, la joven apretó el paso, tomó su pobre rebozo y se cubrió la cabeza con él. Entonces sentí algo que hacía mucho tiempo no sentía por un ser humano, lástima, tanta lástima por ella que no pude evitar reprocharle a Tina:

—Has sido injusta con ella.

—¿Injusta? —dijo Tina con cierta repulsión— La gente de su calaña se merece eso y más.

—No es sino una joven que no ha nacido con la misma estrella que tú.

—La gente como ella debería de estar encerrada, lejos de las personas decentes —insistió mi sobrina.

Apretó el paso, abrió el abanico con actitud de no querer hablar más del tema. Volví a mirar atrás, la mujer rubia ya estaba lejos. Recordé su rostro y lo comparé con el de Tina, entonces una idea cruzó mi cabeza pero me guarde de expresarla. No sé por qué, pero de repente les encontré a ambas cierto parecido físico. No le dije nada a Tina, la hubiera ofendido si le hubiera dicho lo que estaba pensando.

Llegamos a la plaza. Aún recuerdo el ruido de las personas que caminaban disfrutando de la brisa matutina, preguntando precios a aquellos que ese día estaban ahí vendiendo algún tipo de mercancía. El sonido era de pájaros en árboles, de conversaciones, de caballos y ruedas de carruajes. El ambiente olía a frutas, a flores, a piezas de cerámica, a sudor. Para cuando comenzamos a caminar por la plaza, el viento ya se había llevado casi todas las nubes. La sábana azul que asomó sobre las cabezas de todos y las casas, creó un ambiente perfecto, excepto para mí. "Maldito Rolando", pensé, "siempre tiene razón". Me acomodé bien el sombrero y trate de no darle importancia. Me concentré en Tina, ella era lo único importante. Al cabo de un rato empecé a sentirme fatigado, mis párpados estaban cada vez más pesados, tenía ganas de bostezar. El sol no me hacía bien, me estaba debilitando. Pensé en sugerirle a Justina que nos sentáramos a la sombra, pero solo verla tan animada, opté por soportar. Entre las personas vimos a los padres de Tina, nos dirigimos hacia ellos. Un muchacho mulato jalaba una burra, esta se descontroló, el chico la soltó y la burra corrió en nuestra dirección, con tan mala fortuna contaba yo ese día que no me di cuenta sino hasta que me pegó por la espalda. El impacto me impulsó hacia delante, hice un esfuerzo vano por no perder el equilibrio, trastabillé, perdí el sombrero, rodé por el suelo y caí boca. Hasta ese entonces, en años nunca había sentido directamente el rayo solar sobre mi cara, fue horrible, recuerdo verme en el suelo, derribado, adolorido, con una extraña sensación como si un millón de agujas se me enterraran en el cuello y la cabeza. Me cubrí con un brazo sobre la cara, giré para incorporarme y me puse de rodillas. Escuche la voz de mi hermano y la de Tina cuando se acercaron alarmados hasta donde yo estaba, levanté la cara, bajé el brazo para ver dónde estaban. Para mi mala suerte, enfrente estaba un joven sirviente que se había detenido a ver lo que sucedía, entre sus manos sostenía un platón de cobre que brilló como espejo, el odioso sol se reflejó con toda su magnificencia y me causó un terrible dolor en los ojos, más amantes de oscuridad. Si para una persona normal el reflejo del sol le molesta, para los licántropos es muy irritante. El dolor perduró después de haber cerrado los ojos y me dejó viendo centellas rojas en los párpados. Me cubrí con las manos. Me moví a ciegas ayudado por mi hermano, lo único que quería era que me alejaran de ese inoportuno espejo.

—¿Estás bien? —dijo la voz de Tina.

Me incorpore con movimientos torpes ayudado por Guillermo. No podía abrir los ojos y lo que sentía en la piel me estaban desquiciando.

—Hermano, ¿estás herido?

—Llévenme a la sombra —murmuré.

Me pusieron bajo la sombra de un árbol donde permanecí un rato sin poder ver. Sentí la mano de Tina tomando la mía y oí la voz de Guillermo gritándole al muchacho de la burra por el descuido. Me estaba molestando, quería que se callara y que dejara de hacer una escena. Aún con cierta ceguera, le exigí con voz firme que parara, que no lo reprendiera más, que todo había sido un accidente sin importancia. Tina estaba a mi lado, podía oler su intoxicarte aroma. Ella sostuvo mi mano entre las suyas sin intención de soltarme. Poco a poco la vista se hizo más clara. Solo quería verla a ella. Tina le dio la vuelta a mi mano y contempló las líneas profundas y rojas de mi palma.

—Tienes muy marcados los trazos de la mano.

—Es normal, siempre las he tenido así —expliqué y la retire de entre sus dedos enguantados de encaje.

—Nunca había visto que le afectara tanto a una persona un reflejo del sol.

No dije nada. Sofía se acercó a nosotros y preguntó por mi bienestar. Sugirió llevarme al médico. Yo me negué, respondí un poco enfadado que ya estaba bien. Lo único que quería era descansar. De esta forma quedó arruinada la que pudo ser una bonita mañana. Nos fuimos en el carruaje de Guillermo hasta su casa. En el camino iba cabeceando, tenía los párpados tan pesados que ya casi no podía mantenerme despierto. Mi hermano volvió a sugerir que llamaran a un médico, de nuevo me negué, esta vez con tono rudo de voz. Estaba enojando y eso no era bueno. Por fortuna era de día, así que no podía transformarme.

En cuanto llegamos a casa de Guillermo me acomodé en uno de los sillones de la sala. Sofía me preguntó si podía hacer algo por mí, mis labios murmuraron: "Llamen a Rolando", después de eso me quedé dormido.

Desperté un rato después, cuando sentí que alguien me movía. Abrí los ojos con gesto amenazador, la mano que me sacudió se retiró espantada, frente a mí tenía a Justina. Tomé aire, "contrólate", me dije. Comenzaba a sentirme mejor tras haber dormido. Puse un gesto sereno.

—¿Ya te sientes mejor? —murmuró Justina.

—Sí —respondí—. Siento haberme dormido.

—Lo importante es que estés bien —Tina tomó mi mano—. Estaba tan preocupada por ti.

Sonrió y se quedó en silencio. Me tomé un momento para admirarla; sus ojos, su cabello castaño, su pequeña nariz, su encantadora sonrisa. Le sonreí y ella trató de imitarme y de aparentar serenidad sin éxito. Por alguna razón esa calma me decía sin mostrarlo, que algo le preocupaba a Tina.

—Tu socio ya está aquí —anunció Tina.

Me dedicó una profunda mirada con sus ojos oscuros, luego los bajó al piso, yo asentí con la cabeza. Rolando entró apresurado, él y Tina se miraron un instante, y por segunda ocasión fue obvia la antipatía que sentían el uno por el otro, ambos se mostraron retadores; era como si sin palabras, sin necesidad de demostrarlo, un desafío hubiera sido lanzado al aire.

—¿Estás bien? —preguntó Rolando.

—Fue un accidente —interrumpió Tina—, por fortuna no de gravedad.

—Sí —respondió con desdén—, por fortuna —y se dirigió de nuevo a mí—. Estoy aquí para llevarte a casa.

—Te lo agradezco —respondí. Me levanté.

Guillermo y Sofía entraron, intercambiamos algunas palabras, después nos despedimos. Al subir al coche miré de reojo a Justina, una expresión de enfado que ya no pudo disimular apareció en su rostro. Rolando a su vez la miró con recelo. No dije nada, lo que quería era irme a casa.

En el trayecto no hablamos nada. Mi amigo calló toda reprimenda hasta la noche, en que criticó mi imprudencia, mi falta de cuidado hacia mi naturaleza lobuna, luego de nuevo me recordó el asunto de nuestra eterna juventud.

—No podemos pasar desapercibidos siempre. Mientras más tiempo nos quedemos aquí, más peligroso será para nosotros.

Después me habló de lo peligroso que era el que mantuviera cualquier clase de cercanía con otros que no fueran de nuestra especie. Lo escuché sin objetar nada, sintiendo cómo todas esas palabras de piedra dejaban profundas ondas en el estanque de mi mente. Yo sabía que él tenía razón, lo sabía.

Me invadió cierto sentimiento de culpa, como si en cualquier momento alguien fuera a ponerme en evidencia. Hasta ese momento había podido llevar bien mi doble vida, sin embargo tuve que aceptar que no podría esconder más el tiempo no transcurrido de mi aspecto lozano.

Otra vez opté por distanciarme de mi familia. Corté comunicación y evité cruzarme con ellos. Creo que no me pesaba demasiado; algún tipo de ruptura emocional ya se había dado entre mi corazón y ellos. No así en el caso de Justina; todos los días la extrañaba, anhelaba verla; mis indebidos sentimientos hacia ella eran más fuertes que nunca. Hice el intento, pero ella tenía otros planes. Fue Tina quien me buscó al cabo de un par de semanas. No pude negarme, ni esconderme, bastó que se presentara a la puerta para que yo saliera corriendo a su encuentro. Dado que yo no tenía voluntad para negarme a sus llamados, Rolando me auxilió, inventando compromisos e interrumpiéndonos cuando ella se presentaba en mi casa. No sirvió de nada, pues Justina no cedió, una y otra vez regresó a buscarme. Yo no quise detenerla. No sabía qué hacer, la incertidumbre iba en aumento dentro de mí, de la misma forma en que la discordia disfrazada de falsa amabilidad se hacía mayor entre Justina y Rolando. Esto fue muy incómodo para mí. Por diferentes razones, estaba atado a los dos. Cuando ambas cuerdas comenzaron a tirar con fuerza titánica en direcciones opuestas, quedé dividido sin saber hacia qué lado inclinarme: hacia el lado de hacer lo correcto y alejarme, o hacia el lado que indicaba mi corazón. Mis impulsos animales no ayudaron, no, al contrario, me hicieron más indeciso que nunca, pues es terrible decidir cuando la razón se nubla por la pasión, tanto como lo estaba la mía. Sobra decir que las excusas de Rolando no sirvieron de mucho, pues llegó el momento en que pese a lo que él dijera, yo prefería escabullirme para ir a verla.

Aquella situación siguió así un tiempo hasta que mi cercanía con Justina terminó por arriesgar nuestro secreto. No sé en qué momento ella comenzó a sospechar que había algo mal; tal vez fue mera casualidad, tal vez su intuición fue la que la alertó, tal vez fue mi estupidez la que me delató, o quizá fue solo su animosidad creciente de ella hacia Rolando lo que la hizo desconfiar de mi amigo. La verdad es que nunca he podido comprender del todo a las mujeres.

Una tarde como cualquier otra salí de un cobertizo escondido en el bosque que usaba para dormir, me dirigí a la casa. Cerca de la entrada encontré a Rolando, después de saludarnos comenté:

—Tengo hambre, me gustaría salir a cazar.

—Estoy de acuerdo —comentó—, yo también tengo apetito. Desearía matar algún mozo robusto.

—¿Cuándo fue la última vez que cazamos?

—Me parece que fue hace siete u ocho días —replicó.

Nos dirigimos a la puerta, entramos, entonces noté un aroma familiar. En ese momento Luz María, se dirigió hasta nosotros.

—La señorita Justina ha venido a verlo, lo espera en la sala.

Rolando apenas pudo disimular una mueca de desagrado, comentó algo que ya no recuerdo con Luz María y se retiró. Encontré a Tina sentada, noté que su respiración estaba algo alterada y con la cabeza agachada.

—Buenas tardes, princesa —saludé.

—Buenas tardes —respondió mirándome con una sonrisa nerviosa.

—¿Ocurre algo?

—Oh, no, estoy bien, es sólo que se me ha hecho tarde.

Escolté a Tina hacia la salida, ahí reapareció Rolando, ella saludó e hizo una mueca, contuvo la respiración por un segundo y apretó con suavidad la quijada. Él le devolvió el saludo con la debida etiqueta, pero sin evitar que sus ojos brillaran con repudio. Luego ella se despidió y salió. Cuando nos quedamos solos, noté que mi amigo se tornó reflexivo. Tuve un mal presentimiento.

—Estaba nerviosa —sentenció Rolando.

Aquel mal presentimiento volvió a punzarme. Me dirigí a la salita en la que ella aguardaba, antes de entrar ahí, giré la cabeza hacia la izquierda al sentir una brisa de aire que se coló por una ventana abierta, que daba hacia donde unos minutos antes Rolando y yo nos habíamos encontrado.

—¿Crees que ella sospecha algo? —pregunté.

—Dalo por hecho.

Una idea pesada abrumó mi cabeza. Suspiré abrigando un antiguo temor que yacía dormido desde la noche en que me convertí en depredador, y que había olvidado durante todos estos años, era una sensación extraña, mezcla de horror, asco y culpabilidad.

—Hace dos días, cuando salí por la mañana descubrí que alguien trató de seguirme, y debo subrayar el "trató" —comentó Rolando con su familiar sonrisa siniestra.

De inmediato pensé en lo que quizá él le hizo a quien quiera que "trató", la escena que imaginé fue una bastante sangrienta. Fruncí las cejas y expulsé una bocanada de aire

—No te pongas así, mi querido hermano lobo, no soy tan tonto como para asesinar a alguien de día, sólo lo perdí —aclaró.

Me acerqué a la ventana, la cerré evitando hacer ruido.

—Ella no debe saber —murmuré angustiado—, nadie debe saber.

—Te lo advertí —respondió inmutable—. Esto tarde o temprano tendría que ocurrir; todo era cuestión de tiempo antes de que ella lo notara. Es una mujer muy curiosa, y tú mantienes una relación muy cercana a ella —esto último lo dijo con una nota ácida.

—¿Qué quieres que haga?

—Ya te lo he dicho: alejémonos de todos. Vamos a Zacatecas. No lo dudes más, será lo mejor que podríamos hacer.

—No es tan fácil. Yo sé que una vez que partamos no volveré a ver a mi familia.

—¡Pero si a ti no te importa tu familia!

Se detuvo en seco, Rolando guardó silencio, pareció examinarme. Un pensamiento asaltó su mente, luego sus labios se arquearon en una pícara pero siniestra sonrisa.

— Oh, ya veo —exclamó burlón—, ¿cómo no lo vi antes?

—¿De qué estás hablando? —protesté.

Rolando rio con una amplia carcajada mientras repetía: "esplendido, esplendido"

—¡Basta ya! —gruñí— Explícame de qué hablas.

—No puedo creer que no me di cuenta antes... Me da pena tu caso. Ernesto, me sorprende la manera en que pretendes esconder lo que de verdad sientes. Hazte un favor, empieza a pensar con el cerebro. Sincérate contigo mismo y conmigo. Luego, aunque te duela en el alma, tendrás que ser razonable y darte cuenta de una vez cuál es nuestra mejor opción, la cual en definitiva, no es la que quiere tu corazón.

Pasé saliva, no quería hablar de eso con él. Rolando siguió riéndose con aquella estúpida sonrisa pícara. Me hubiera gustado tirarle los colmillos de un puñetazo. Enojado por haber sido puesto en evidencia, me di la vuelta y me alejé de él. Al cabo de unas horas, cuando ya estaba calmado, pensé mucho en sus palabras. Tenía razón, marcharnos era la mejor opción, el problema era que no concebía la idea de no volver a ver a Justina. Sí, Rolando había acertado, incluso en una época en que yo sentía que me volvería loco porque me sentía culpable por estar enamorado de mi sobrina. Vivía en perpetua negación, diciéndome a mí mismo que eso no era correcto, que estaba mal, que estaba yo confundido, que debía olvidar. Pero lo cierto es que no podía, me olvidaba de todo solo de verla y el simple pensamiento de alejarme de ella me hería. Sin embargo ya no podía disimular por más tiempo ante Tina que yo no era una persona común y corriente. Tenía que alejarme, por mi bien, por el de ella... Ahora que lo pienso, todo fue mi culpa... Si tan sólo hubiera hecho caso a Rolando, jamás habría quedado al descubierto de la desafortunada forma en que ocurrió aquella maldita noche.

Sucedió el jueves de esa misma semana. Justina llegó cuando ya había caído la noche. Me pareció raro que hubiera venido sola a esa hora. Llevaba puesto un vestido rojo y un hermoso rebozo negro.

—Buenas noches, Justina —saludé.

—Buenas noches, tío Ernesto.

—¿A qué se debe que estés aquí?

—¿Está Rolando en casa?

—No, salió.

—Necesito hablar contigo a solas y en privado. Es un asunto importante.

La conduje hasta el despacho, una vez que entramos cerré la puerta. Ella tomó asiento frente a mí. Guardó silencio, en sus manos estrujaba un pañuelito blanco. Finalmente rompió el silencio.

—Tenemos que hablar de tu socio.

—Rolando, ¿qué ocurre con él?

Tina se tomó un momento para pensar lo qué iba a decir. Expresó con firmeza:

—Iré directo al punto. Lo sé todo, Rolando Solari es perverso y te está afectando.

Traté de parecer tranquilo, pasé la punta de mis dedos por el contorno de una figura de porcelana que tenía sobre el escritorio.

—No entiendo de qué estás hablando —respondí indiferente.

—Rolando es muy extraño; siempre ese aire arrogante o en pose de sabelotodo; a veces con actitud de gavilán; otras indiferente, derrochando desdén; siempre detrás de ti, acompañándote a donde quiera que vayas, como si fuera tu sombra, diciéndote cómo proceder sin separarse de tu lado. Yo sé que tú eres bueno. Él es el perverso. El problema es que él te controla. Dime, ¿qué clase de poder tiene sobre ti?

—Tina, lo que estás diciendo es ridículo. Rolando es un buen tipo.

—¡Él no es bueno!, ¿es qué acaso no lo ves? —replicó airada— Es tan evidente que hasta un ciego lo podría ver. Tal parece que tú estás más ciego que la pobre mujer que se sienta en la plaza a pedir limosna.

—Estás siendo grosera —la reprendí—. Mejor no hables de lo que no sabes.

—¿Por qué insistes en negarlo?

—No estoy negando nada —respondí clavándole una mirada fría—. Hay muchas cosas que tú desconoces y que no podrías llegar a comprender jamás.

—El qué no comprende eres tú —exclamó herida—, ¿es que no ves que es una mala persona?

—No hables así de él.

—Yo sé que ese hombre es perverso. No deberías confiar en él.

—¡Cállate, no te metas en mis asuntos!

Justina se cubrió el rostro con una mano, emitió un sollozo que reprimió a medias. Respiró para controlarse y siguió:

—Sé lo que hacen: él es un asesino y tú eres su cómplice.

—¿De qué estás hablando? —pregunté sobresaltado, ella no respondió, se mordió el labio inferior—. ¡Contesta! —insistí—. Lo que has dicho es algo muy grave, un insulto terrible.

—No es ninguna ofensa —expresó firme, hizo una pausa y prosiguió con aplomo con una voz casi libre de toda emoción—, es la verdad y tú lo sabes.

—No sé quién te haya metido en la cabeza semejante calumnia pero te aseguro que...

—Nadie me lo dijo —interrumpió—, yo misma los escuché, cuando hablaban de escoger una víctima para la noche, el otro día, cuando te esperaba en la sala, escuché cuanto te acercabas y me levanté para ir a escuchar lo que hablaban mientras bajaban la escalera. Lo sé todo. Desde hace tiempo yo ya tenía inquietudes sobre su persona. El día que pasó aquel incidente, por lo del matrimonio a la fuerza —pasó saliva—, él me observó de una forma que se me quedó grabada en lo profundo del alma. Luego, cuando lo vi ordenándote que se marcharan, tuve un raro presentimiento, sospeché que él te controlaba de alguna manera que no me gustaba en lo absoluto. El día que fuimos al mercado, él de nuevo se apareció con su actitud de guardián y su influencia sobre ti me pareció más evidente. Ahí fue cuando comencé a pensar que él tiene alguna mala intención, la cual es la razón para siempre vigilarte o alejarte de otros.

—Ya fue suficiente —interrumpí, ella prosiguió ignorándome

—No comprendo por qué esa sobreprotección hacía ti, por qué te controla tanto. Después de pensarlo, decidí investigar por mi cuenta, así fue como descubrí que la servidumbre de esta casa casi nunca sabe en dónde están sus patrones, o quizá lo sabe pero actúan como si algo tuviera que ser mantenido en secreto.

—Ya fue suficiente —interrumpí tembloroso.

—Confirmé esta sospecha —continuó— aquella tarde en que los escuché hablando sobre cazar personas. Están haciendo algo diabólico.

—¡Basta!

—Sabes, a veces temo que tú seas igual de malo que él.

—Dije que ya basta —interrumpí más alterado.

Me puse de pie, me dirigí hacía ella.

—Vete por favor.

—No hasta que respondas a todas mis preguntas.

—Vete.

—No lo haré.

Me puse furioso, la tomé del brazo, la obligué a levantarse y la arrojé hacía la puerta

—¡Lárgate! —ordené de un modo severo que jamás creí que usaría con ella.

Justina se recargó en la puerta que permanecía cerrada, yo me di la vuelta, apoyé ambas manos en el escritorio. Tina no se marchó, en cambió se acercó a mí y puso su mano en mi hombro.

—¡Por Dios! —murmuró— ¿Qué ha hecho ese hombre contigo?

No contesté, giré la cabeza, vi sus ojos preocupados. Tomé su mano y me volví hacia ella. Un suspiro escapó de entre sus labios, mientras que una melancolía como nunca antes la había sentido invadió mi ser. Abracé a Justina con todas mis fuerzas, con toda el alma, y al hacerlo pude percibir cómo latía su corazón contra mi pecho, cómo ella también se abrazaba a mí, casi con desesperación. Un extraño y morboso nerviosismo se extendió por mi cuerpo, estremeciendo cada fibra de mi osamenta como si me hubiera caído un rayo.

—¿Por qué estás temblando? —murmuró con su dulce voz.

No respondí, cerré los ojos y acaricié con mi mejilla la suave piel de su rostro. Fue un contacto tan suave. Yo estaba en trance, seducido por una monstruosa fuerza, la más poderosa del mundo. Pude percibir muy de cerca su dulce respiración, entonces, como por un prodigio, como por arte de magia, mis labios rozaron una exquisita y delicada flor, su fragante boca de jazmín. Una explosión que me recorrió, mis labios sobre los de ella tiernos, luego apasionados, enérgicos. Ese fue el momento más intenso de mi vida, fue como si todo el mundo se detuviera, como si el tiempo mismo hubiera dejado de correr. La besé sintiendo miles de pulsos magnéticos atrayéndome en cada célula de sus labios, de su lengua, probando el sabor de la mujer que se aferraba a mis brazos, el sabor del amor, más excitante que el mejor de los vinos, más ardiente que el fuego, más hipnótico que la luna llena. Justina era enervante luz de luna y yo un lobo hechizado, suplicando piedad por el intenso placer y el ardoroso dolor que estaba sintiendo por culpa del amor.

Me separé, abrí los ojos, ella parecía fuera de sí. Por lo visto la intensidad de mi amor era correspondido, pues ella parecía tan afectada como yo. De nuevo nos enlazamos en un abrazo lleno de remordimiento, pero también de amor apasionado. Volvimos a besarnos con pasión animal. Sus manos se sujetaron a mi espalda. La atraje hacia mí, acaricié su talle, siendo más consciente de su cuerpo de mujer, mientras que un sin fin de emociones se agolparon en mi sangre, acelerando mi organismo, perturbando mi mente con pensamientos indebidos, ya que estaba delirando por alguien de mi propia sangre, la hija de mi hermano. Eso no estaba bien, yo no debía amarla así, pero no podía evitarlo, lo que estaba sintiendo era mucho más fuerte que yo. Mi corazón delirante la amaba más allá de toda razón, siempre la había amado y el saberme correspondido era como un sueño.

—¿Ahora, qué vamos a hacer? —murmuró.

—No lo sé.

Volví a besarla con pasión, sin freno alguno; el contacto con sus labios era como hierro al rojo vivo mientras los minutos giraban a una velocidad vertiginosa. Con un suave movimiento acaricié su espalda con una mano, con la otra busqué uno de sus senos, lo apreté y la escuché jadear. Estaba excitado, tenía sed de ella. La cabeza me daba vueltas como si estuviera bajo el influjo de alguna droga desconocida. Sus brazos me estrecharon, estaba temerosa como cervatillo estremecido por un virginal temor, pero a la vez se aferraba como si tuviera miedo a separarse de mí. Tenía su delicado cuerpo pegado al mío; sus caderas contra las mías, sus senos sobre mi pecho que subían y bajaban acompasados con su respiración agitada. Bajé el rostro, lo apoyé contra su hombro, le besé el cuello, ella pareció contener un gemido. Tenía la piel tan delicada que podía oler su sangre; mis labios, las yemas de mis dedos la sentían correr por sus venas; la escuchaba galopar con la fuerza de su corazón latente, la imaginé roja, regando cada centímetro de ella. De pronto fui consciente del delicioso olor de su carne. Aún existían cosas que no había aprendido a controlar de mi naturaleza de lobo, más que nada por inexperiencia, por falta de ocasiones para poner a prueba mis reacciones precipitadas por algún instinto disparado súbitamente. ¡Cuántas veces me lo dijo Rolando! Los licántropos somos una peligrosa combinación de instintos animales y el carácter caprichoso de los humanos; somos criaturas salvajes, por lo que es primordial dominar nuestros impulsos. Muchas veces basta un olor, un sabor, una emoción, para desatar nuestros deseos salvajes. Y eso fue lo que sucedió. Turbado como estaba por tantas sensaciones que me invadieron, al ser consciente de su sangre no pude resistir las ganas de probarla. Abrí la boca, perfilé mis afilados colmillos contra el hombro de Tina. Ella saliendo del trance gimió de dolor cuando mis dientes le desgarraron el hombro. Se retorció para soltarse de mí. Una mordida bastó, su sangre fue el detonador final que desató mis violentos instintos. Apenas mi lengua fue bautizada con un poco de su sangre, las sensaciones que me abrumaban estallaron en salvaje deseo; fue suficiente para invocar al lobo. Me transformé frente a sus ojos. Ella dio un grito de terror, se liberó de mí y se fue de espaldas hasta topar con la pared. Yo, relamiéndome el hocico, me dispuse a capturarla, igual que si se tratase de una bella mariposa. Apoyé mis brazos en el piso, poniéndome en cuatro patas. Erguí la deformada espalda, como hace un lobo perfilándose a atacar.

—¿Qué es esto? Por favor no me hagas daño —suplicó.

Mi respuesta fue un gruñido bien conocido por mis difuntas cenas. Ella imploró mi piedad entre lágrimas, una y otra vez, lo cual por alguna razón sólo sirvió para excitarme más. Me abalancé contra ella en busca de saciar mi apetito. Ella trató de defenderse sin dejar de gemir: "¡Detente!". La apresé contra la pared, ella se escabullo muy apenas, la volví a sujetar del vestido. Ella no se iba a rendir tan fácil, a pesar de estar atrapada sin posibilidad alguna de escape, se defendió con furia; me golpeó con la figura de porcelana que estaba en el escritorio en la cara, a la altura de los ojos. Ambos caímos al suelo.

—¡Detente! —suplicó con un alarido.

La sometí sujetando sus manos con una de mis garras, la inmovilicé poniendo el peso de mi cuerpo sobre el suyo. Si en algún momento he sentido que los instintos de mi naturaleza se apoderaron por completo de mí, fue en ese instante en que no era un hombre, sino un animal encelado, pues mi ser pronto se vio abrumado por toda clase impulsos perversos, rabiosos por satisfacerse en ella.

—Soy yo Justina —exclamó—. ¡Ernesto, mírame!

Me detuve en seco al escuchar la fuerza con la que dijo mi nombre. No me llamó "tío", sino por mi nombre; ¡Ella me llamó por mi nombre!

Hice un gran esfuerzo para volver en mí.

—Justina —dije con voz ronca.

La solté, ella, haciendo acopio de valor, rozó mi cara con la punta de sus dedos y murmuró:

—Sí, soy Justina, soy tu princesa.

Retrocedí a gatas, me alejé de ella sin levantarme del suelo. Una expresión de terror inundó mi propio rostro. ¿Qué era lo que estaba haciendo? Recuperé mi apariencia humana y me quedé sentado en el suelo, tomándome la cabeza con ambas manos. Tina me observaba llena de terror y asombro.

—¿Qué eres? —preguntó, no respondí.

Ella reflexionó unos segundos, con el rostro pálido. Se acarició los labios con la punta de los dedos. Sus ojos vertieron lágrimas.

—Ahora recuerdo; tus dientes y los de Rolando son iguales. Ya entiendo, los dos son demonios, por eso su comportamiento, por eso estás unido a él. Esto es culpa de ese hombre.

—Vete de aquí —ordené y le hice una seña con el brazo.

—¿Qué es lo que eres? Ese hombre fue quien te hizo esto, ¿no es así?

—Por favor, no me preguntes.

—Dímelo, ¿quién eres?

Ella se incorporó, trató de acercarse a mí. Sentí que iba a convertirme de nuevo de un momento a otro, mis ojos dieron fe de eso cuando la volteé a ver y exclamé:

—¡Aléjate de mí antes de que te haga daño!

Ella se asustó al ver mis ojos furiosos, se llevó una mano a la boca para contenerse de gritar y salió corriendo.

"¿Por qué, por qué?" Me reclamé una y otra vez golpeándome la cabeza con los puños cerrados. Salí del despacho, me abalance tropezándome por las escaleras hacia mi habitación. Cerré la puerta y me recargué en ella mientras me reprochaba todo lo que había pasado, todo. Un momento después escuche algo que me sacó de este trance, fue un grito venido de afuera que no provenía de muy lejos; la voz me pareció familiar.

—Tina —murmuré.

Abrí la puerta, salí de la habitación, bajé deprisa las escaleras albergando un mal presagió. Salí de la casa, en la entrada encontré en el suelo su fino rebozo. Me incliné para recogerlo, lo apreté entre mis manos, luego corrí el camino de la entrada. Justo antes de llegar al final, vi una escena horrenda que aún me acosa en mis más negras pesadillas. Nicanor estaba a un lado controlando un caballo azabache, mientras que Justina yacía en el suelo inmóvil, junto a ella una mancha de sangre que no provenía de la herida que yo le ocasioné, se extendía lentamente, empapando sus cabellos. Nicanor dejó de lado al caballo y se acercó a la joven. Me quedé petrificado sin creer lo que estaba observando, mientras las alas negras de la noche velaron mi razón. El mundo entero se detuvo, tuve que obligarme a reaccionar.

—¿Qué pasó? —le grité a Nicanor—, dime qué pasó.

—Fue un accidente: yo iba entrando... la señorita salió muy rápido... el caballo.... al verme... se encabritó.

—¡¿Qué estás diciendo?!

—Se cayó del caballo, fue un accidente, lo juro.

Lo tomé de la camisa y lo sacudí frenético.

—¡Ve y busca ayuda —grité— rápido, ve por un doctor!

—Sí, señor —respondió alterado y se alejó tan rápido como pudo.

Me puse en cuclillas junto a Tina, levanté su cabeza para sostenerla entre mis brazos.

—Tina, Tina, por favor reacciona.

Abrió sus brillantes ojos y me miró con melancolía.

—Ernesto —murmuró.

—Aquí estoy.

—¿Eres maligno? —preguntó con voz suave.

—Por favor no hables —supliqué—, ya viene en camino el médico.

Tina cerró sus ojos. Acaricié sus mejillas.

—No, Tina; por favor mírame.

Ella reaccionó sin fuerzas, volvió a fijar su mirada en la mía, yo sujeté su mano y en ella deposité un beso.

—¿Eres un monstruo?

—Yo no pedí esto, de verdad —me excusé aferrando su mano con la mía y apretándola contra mi pecho—. No soy malo como crees, sólo soy diferente...

—¿Eres un demonio?

—No —respondí con la voz entrecortada—, no soy un demonio ni tengo nada que ver con él.

Tina levantó su otra mano, me acarició la cara y sonrió reflejando una serenidad y ternura que me hizo estremecerme.

—Siendo así, entonces quizá volvamos a vernos algún día, mi amado...

No terminó de decir esta última frase, perdió el conocimiento; sus ojos se cerraron y su mano cayó inerte. Le di varios suaves golpes con las yemas de los dedos en la mejilla.

—Tina, Tina, mírame, ¡mírame!

No obtuve respuesta. Un extraño temblor me recorrió todo el cuerpo cubriéndome de frío, dejándome vacío. El silencio envolvió todo a nuestro alrededor. Me aferré con fuerza al cuerpo de Tina, la apreté contra mi pecho, negándome a creer una realidad que estaba viviendo. El negro manto de la noche creó un vacío en el tiempo, un punto inerte en el que no existió nada más que sombras y silencio. El único sonido que emergió de aquel mutismo fue una mezcla de dolorosos suspiros; eran los gimoteos de mi propio llanto.

Ella

"Lo que la loba hace, al lobo le place"

Es increíble cómo de un momento a otro la vida pierde todo sentido; un instante ríes y después lloras; un día estás en la cima del mundo, casi en el cielo, y al siguiente más abajo que el mismo suelo, en las entrañas de la tierra a las puertas del Averno. Así me encontraba la mañana en que enterramos a Justina, lleno de dolor, con una sensación de ser menos que nada, como si tuvieras en el pecho un helado abismo sin fondo en donde se hundía mi respiración, mis fuerzas, mi vida.

Recuerdo que ese día cayó una lluvia pesada que empapó a todos los que la acompañamos a ella, mi amor, hasta la última morada de sus restos. Pero en realidad, cuando se tiene por dentro tanto dolor, muy poco importaba el clima. Puede el mundo convertirse en un paraíso o en una catástrofe climática sin que a uno le importe, porque lo único que siente es que se está en el infierno.

En ningún momento cesaron los constantes gimoteos de sus padres, su hermano, sus parientes, sus amigas y cuantos tuvieron la suerte de conocerla. Yo permanecí quieto durante toda la ceremonia sin siquiera pestañear, lo cual no fue necesario para que un torrente de lágrimas se deslizara por mi cara. Rolando estuvo todo el tiempo a mi lado, silencioso y solemne. Recuerdo muy bien, como si hubiera sido ayer, su velorio. En algún momento me moví para acercarme a su ataúd, me abracé a él, recargué mi cabeza contra la fría madera y murmuré: "Por favor princesa, abre tus ojitos". Pero mi niña, mi único amor, mi dulce y adorada Justina no me escuchaba ni a mí ni a sus padres ni a nadie, porque el que se ha dormido en el Señor ya no vuelve jamás.

Durante la misa permanecí tan inmóvil como una estatua. Un coro de fúnebres voces entonó un doloroso réquiem, que no se comparaba con el dolor que había en mi corazón. Caminé con piernas de plomo casi arrastrando los pies junto al cortejo que acompañó su ataúd hasta el cementerio. Me era tan difícil aguantar el insoportable peso de la culpa que se cimbró sobre mi osamenta. Tina estaba muerta por mi causa, yo nunca me perdonaría haberle hecho daño a la persona que más amé y que más he amado en toda mi vida. Nadie jamás lo dijo, no sé si lo hayan pensado, aun así no dejaba de sentirme como si el mundo entero me señalara con un enorme dedo acusador. No sé exactamente qué siento ahora que escribo esto, solo sé que han pasado muchos años y aún me duele pensar en los momentos que viví tras la muerte de Justina.

Ya en el panteón, la voz del sacerdote despidió a Tina con sus extrañas formulas en latín. Hice un esfuerzo enorme por no caer de rodillas en el momento en que bajaron el cajón en la oscura fosa, no así Sofía sí lo hizo llorando histérica por su niña. Guillermo se inclinó a su lado para contenerla, ella se abrazó a él, y así abrazados ambos se deshicieron en llanto. No pude soportar ver esa escena, fue como si un ángel me hubiera puesto sobre la cabeza una espada de fuego. Quise marcharme, huir del espectro mortal que me acosaba desde las miradas de todos, desde los árboles, desde el redoble de campanas, desde el llanto desgarrador de aquella madre que clamaba por su hija, mientras su devoto esposo la abrazaba tan desconsolado como ella y no dejaba de repetir: "Mujer, Dios así lo ha querido". ¡Pobres de Guillermo y Sofía! Parecían muñecos de trapo, envejecidos, deshechos por la irremediable perdida de Justina a quien tanto amaban. Quien haya sufrido la pérdida de un hijo sabrá a lo que me refiero al decir, que no existe dolor más grande que ver morir a quien debería ser la continuación de la propia sangre en esta tierra, a ese vástago en el que se depositaron tantas esperanzas y sueños, porque cuando un hijo muere, a los padres se les va la mitad del alma, y la que les queda se convierte en algo menos que vacío.

Una vez depositado el cuerpo de Tina en la fosa, comenzaron a llenarla de tierra. Uno a uno todos los presentes se marcharon. Yo permanecí ahí hasta que ya no quedó nadie más que Rolando, que no se separó de mi lado.

—Debemos irnos —murmuró.

No respondí. Rolando suspiró, me tomó por el brazo y me dijo:

—Anda, vamos a casa.

—Quiero quedarme.

—No tiene caso, déjalo ya.

Me di la vuelta y me alejé en silencio, de la tumba de ella y de Rolando. Vagué por las calles como un forastero sin rumbo, seguí así hasta salir del pueblo. Anduve errante por el campo. Tenía ganas de estar solo.

Asistí a cada una de las misas que se ofrecieron por ella. Las voces monótonas, sin cambios ni pausas de las mujeres con el eco de la iglesia, resonaban con el "Ave María" igual que el aleteo de un moscardón, al grado en que el sonido uniforme perdía sentido; parecía que no terminaría nunca.

Los días que siguieron no trajeron resignación a mi existencia. Con cada noche mi dolor se hacía más y más grande, igual que la luna creciente en el cielo. Llorar se convirtió en mi principal ocupación. Respirar era odioso, me dolía mucho, como si tuviera un millón de agujas en el pecho, enterrándose en mis entrañas con cada respiración. Cuando no estaba llorando, suspiraba a todas horas, y es que los suspiros no son sino el aire que a uno le sobra por aquello que más hace falta. Esto no era mejor que llorar, pues sentía como si se me fuera el alma en cada exhalación, haciendo más oscuro y frío el hueco que tenía en el pecho. Comencé a tener pesadillas en las que revivía una y otra vez su muerte; la veía sonreír y luego expirar en mis brazos. Otras veces la veía junto a mí, suplicándome una respuesta que no estaba dispuesto a darle, mientras que ella en cambio, sólo me daba amor, más del que jamás haya recibido en toda mi vida, luego la veía caer y yo era incapaz de detenerla, su suave mano se desvanecía entre mis dedos, y lo peor era que hiciera lo que hiciera siempre caía, nunca había forma de salvarla. Un par de veces tenía sueños más dulces. Estos eran los más crueles. La sostenía entre mis brazos, la volvía a besar, quedaba ebrio de su sabor, la estrechaba entre mis brazos percibiendo sus formas femeninas, temblorosa como un cervatillo, mi cuerpo volvía a vibrar ardoroso, hambriento; enloquecíamos uno en brazos del otro, ella mía y yo suyo y de nadie más, entonces ella expiraba en mis brazos, o me era arrebatada por un monstruoso licántropo que la mataba frente a mí y se burlaba de mi dolor, con una horrible mueca de dientes afilados. Siempre me despertaba sobresaltado, entonces abrumado por la culpa rompía en llanto, me levantaba y me ponía de rodillas suplicándole a Dios que tuviera compasión de mi alma, que me perdonara por mis pecados, por ser el monstruo que era, pero sobre todo, por haberla amado así a ella. Sí, mis sueños eran como una broma cruel. Sobre todo odiaba que una y otra vez en medio de la oscuridad de mis pesadillas, resonaban sus últimas palabras sobre la posibilidad de volver a vernos en el descanso eterno. Eso nunca iba a pasar. Como alguna vez dijera Rolando, aunque yo muriera no la encontraría, porque mientras que ella estaría ante la gloria de Dios Padre, quizá yo me ahogaría en el Aqueronte.

Mi ánimo decayó por completo; no salía de casa ni siquiera para cazar. No hablaba con nadie, no quería ver a nadie, no comía, evitaba dormir en lo posible y pasaba mucho tiempo llorando. Así transcurrieron casi ocho semanas, en las que casi no dije una palabra. El tiempo era muy largo, escuchaba en silencio cómo corrían las manecillas del reloj de mi habitación, donde me recluí.

Una noche llamaron a mi puerta, como en días anteriores no respondí.

—Ernesto —dijo una voz familiar desde afuera—, sé que estás ahí.

Ignoré la voz.

—Ernesto, déjame entrar.

Silencio.

—Ernesto, ya te he dejado seguir con este drama mucho tiempo. No me voy a ir hasta que hables conmigo.

El mismo silencio, entonces Rolando forzó la cerradura. La puerta se abrió.

—¡Mírate nada más! —exclamó— ¡Ni siquiera te has cambiado de ropa desde aquel día! Pero al menos ya recuperaste el habla.

—Te dije que te fueras —repuse furioso.

Me incorporé del diván en el que estaba tumbado, quedé dándole la espalda a Rolando y dije lacónico:

—Tú no entiendes nada.

—Entiendo que estás llevando esto muy lejos. ¿Cuánto tiempo más te vas a lamentar?

Volví a pensar en la última noche de su vida, el recuerdo de Justina me llenó los ojos de lágrimas. Me acosté de nuevo. Rolando se sentó del otro lado y comentó con voz serena:

—Por lo menos deberías darte un baño y rasurarte. Oliendo así no mejorará mucho tu estado de ánimo.

No respondí a su cínica burla. Él me miró y siguió:

—Lo que te hace falta es comer, hace días que ayunas. —Acarició mi mejilla con el dorso de sus blancos dedos—. No te favorece, te estás poniendo muy pálido.

—No tengo hambre.

Rolando se levantó.

—Ernesto, deja que los muertos entierren a sus muertos. Ya no puedes hacer nada por Justina.

—Pude salvarla.

—Ah, sí, ¿cómo?

Hice un largo silencio antes de contestar:

—Pude ayudarla, debí actuar más rápido.

—Quizá no hubieras logrado nada, ¿no has pensado que tal vez en su destino ya estaba definido que debía de morir esa noche? Lo único que con certeza la hubiera salvado, hubiera sido que la convirtieras en uno de nosotros.

—¡Eso jamás! —repliqué—. Nunca hubiera tenido el valor de hacerle eso.

—Entonces, ¿qué debiste hacer? —preguntó sarcástico.

—Pude evitar que ella me descubriera y huyera.

—Pero no lo hiciste, la amabas y eso te impidió alejarla de tu lado. Esa es la realidad.

—¡Ya cállate! —Contesté poniéndome de pie— No tienes que recordármelo.

—¿De qué estás hablando? Eres tú el que insiste en recordar.

Volví a sentarme con la espalda jorobada y las manos entre las rodillas. Rolando se sentó de nuevo junto a mí, depositó su mano en mi hombro en un gesto paternal, de franca camaradería, que en ese momento no hubiera esperado de su parte. Debo admitirlo, siempre supo ser un buen amigo. Rolando se quedó ahí un momento, sin decir una palabra. Luego se puso de pie y se dirigió a la puerta.

—Voy a ordenar que te preparen el baño, te hará mucho bien, ¿de acuerdo?

Asentí con la cabeza, esbozó una discreta sonrisa fraternal que a su manera me decía: "estoy contigo", después me dejó solo. Me acosté de nuevo en el diván con los brazos en la nuca. Pensé en Tina y sentí deseos de llorar. "Mi princesa", pensé, "espero algún día puedas perdonarme, porque yo no puedo hacerlo". Estando en esta posición noté el agrio olor a sudor en mis ropas. No recordaba cuándo fue la última vez que me había bañado. "Estoy maldito" pensé, "Maldito lobo hijo de puta. ¡Arde en el infierno, Ernesto Santillán!". Me estiré para luego volver a incorporarme. Me dirigí hasta el espejo, me contemplé, tenía la cara llena de surcos de mugre y lágrimas, y el pelo hecho un desastre. Un detalle interesante sobre los licántropos es que a pesar de que nunca envejecemos, el cabello, las uñas y la barba nunca dejan de crecernos, no obstante nos crecen mucho más lento que a los humanos. Yo en ese entonces llevaba el bigote y el cabello a la moda, en parte para aparentar más edad. Rolando no usaba ni barba ni bigote y era raro que se cortara el cabello. Se lo cuidaba mucho, casi siempre lo traía suelto. Su pelo lacio era una cascada de destellos rojos que le gustaba admirar y presumir.

Tomé el rebozo de Tina que dejó aquella noche desdichada, lo apreté fuerte contra mi pecho, estuve así durante algunos minutos como un autómata, pensando un sin fin de ideas, que empecé a descartar para tener un poco de claridad en mi cabeza, las fui ordenando hasta llegar a la conclusión de que era patética mi situación. Reflexioné sobre la idea de tomar un baño, pensándolo bien, me sentaría de maravilla.

Las semanas se convirtieron en meses. En todo ese tiempo me incorporé a algunas de mis actividades, sin embargo, tras siete lunas llenas seguía enfermo de pesar, ni siquiera la maravillosa Selene pudo curarme. En todo ese tiempo permanecí bajo mi forma humana, sólo me transformé contra mi voluntad durante las primeras tres lunas llenas, y lo único que hice esas noches fue mirar al cielo y aullar mi desgracia. Los únicos que entendían mi lamento eran los perros y coyotes, que varias veces contestaron a mis aullidos con los suyos, añadiendo a ellos una nota de pésame. Los escuchaba con melancolía, apreciaba su solidaridad. En momentos recordaba aquello de que nosotros somos animales que por naturaleza no pueden estar solos, y asentía convencido de ello. Las bestias caninas me salvaron de odiar mi naturaleza. ¿Cuántos no hay en el mundo que lanzan sus penas al viento sin encontrar eco? ¿Cuántos que se lamentan anhelan tener un oído que escuche, quizá una palabra amable, sin encontrar ni un ápice de simpatía? El egoísmo se sostiene gracias a la capacidad de ser inmune al dolor ajeno, pero al final, esa indiferencia también hiere el alma.

Creí que la Luna me haría sentir mejor. No fue así. Al ver que la maravillosa reina de argentino resplandor tampoco me curaba, no hallé razón para tener que soportar la transformación involuntaria, así que para la tercera luna me libré de esto. Debo explicar que la metamorfosis involuntaria en licántropo se lleva a cabo al ver la luz de la luna llena, y una vez transformado, no dejamos de ser lobos sino hasta que amanece, a diferencia de otras noches en que cambiamos de forma a voluntad en cualquier momento. En las noches de luna llena, nosotros la buscamos por inercia, porque está dentro de nuestra naturaleza hacerlo, como si siempre supiéramos desde que amanece, que ese día se asomará la bella Selene. Además del presentimiento de su salida, nuestros cuerpos se llenan de una molestia general que se incrementa conforme se avecina el ocaso. Al caer la noche, el malestar se convierte en ansiedad rabiosa, y si uno resiste mucho tiempo sin buscar a la luna, el ansia se torna en desesperación demente, todo el cuerpo sufre dolorosos espasmos como si de pronto se nos enterraran un millón de agujas incandescentes; para todo esto el único remedio es la cara redonda de la luna. En los albores de mi licantropía traté de evitar la luna llena, me negaba a transformarme de esta forma, porque me hacía sentir como si estuviera hechizado, pero nunca pude resistir, al final siempre cedí. Ahora, tras la muerte de Justina, todo era diferente; estaba determinado a no convertirme, resolví el problema encerrándome en el sótano de la casa, donde no había ventanas. La primera vez que evité la luna, no fue fácil soportar, me torné muy agresivo, era horrible contenerme. La siguiente vez pensé que me ayudaría encadenarme; fue inútil, ya que al ser de noche tenía todas mis fuerzas enteras; rompí las cadenas como si fueran de papel. La siguiente vez, además de la ira y los espasmos, tuve que soportar a Rolando; derribó la puerta y comenzó a asediarme con su retórica respecto a la luna y el poder del hombre lobo, presumiéndome su aspecto lobuno en cuatro patas, sin prenda alguna encima. Yo me acurruqué en posición fetal en un rincón, cubriendo mi cabeza con los brazos, una y otra vez le grité que se largara, mientras me revolcaba en frenéticos temblores. Para el siguiente mes logré permanecer bastante tranquilo en mi encierro, y para el siguiente conseguí quedarme catatónico durante largos lapsos de tiempo, interrumpidos por espasmos que me esforzaba en controlar.

Estaba muy enfermo de tristeza. No comía nada, sólo bebía agua. Rolando a veces me llevaba piezas sanguinolentas de carne humana que no me apetecían. El olor era suculento, la parte animal de mi ser demandaba sangre, pero ya no era lo suficiente para liberarse, porque por fin mi voluntad se había vuelto mayor y había aprendido a controlar todos mis instintos feroces. Era una lástima que lo hubiera logrado cuando ya no me servía de nada, cuando el daño ya estaba hecho. Esto incrementó mi depresión.

Rolando insistía noche tras noche para que saliera a cazar, siempre sin éxito. Me hablaba de toda clase de cosas: bromas, comentarios vulgares de cantina, noticias y acontecimientos de la alta sociedad, el clima, la situación política, nuestro emperador Agustín de Iturbide, y hasta lo concerniente a mi familia, pues ahora Rolando los veía más a menudo que yo. Sofía se había recuperado mucho; al principió cayó enferma, pero poco a poco mejoró. Guillermo dejó de lado toda actividad durante algunos días para después volver a sus asuntos. Los dos aún llevaban luto, un luto que adoptaron casi un año. Pablo se volvió retraído; cabalgaba solo durante horas, como si aún lo hiciera con ella, y acudía mucho a la iglesia para pedir por su eterno descanso. Con el tiempo él también lo superó aunque nunca dejó de pensar en ella. Cuando se casó varios años después, a su primera hija la llamó María Justina. Sólo yo, quizá porque era lo bastante cobarde, o lo indiscutiblemente culpable, seguía llorando desconsolado la muerte de Tina, cada vez con mayor duelo que el primer día. Rolando me sugirió que fuéramos a visitar a mis hermanos, él creía que eso me reanimaría. Me negué a salir de la casa, no iría a ver a nadie, mucho menos a mi propia familia. La vergüenza me impedía volver a mirarlos a la cara, en especial a Guillermo y Sofía.

Una noche Rolando regresó a casa después de haber ido a caminar solo. Ya era muy tarde.

—Ernesto —llamó—, estoy de vuelta.

No obtuvo respuesta. Rolando me buscó en el despacho y ahí fue donde me encontró. No debe haber sido una escena muy agradable porque yo estaba borracho, tumbado en el suelo, sosteniendo un vaso vacío en la mano. Rolando me observó sin salir de su asombro.

—Ernesto —murmuró.

—Ya regresaste —comenté y me puse de pie con dificultad.

—¿Qué has hecho?

—¿Tengo la fachada de alguien que ha hecho algo?

—Hueles a alcohol, estás...

—Ebrio —interrumpí— sí, eso ya lo sé —comenté con sarcasmo.

Rolando se acercó severo, yo me recargué en el escritorio, puse el vaso junto a una botella casi vacía. El licántropo me miró de arriba a abajo y preguntó:

—¿Quieres explicarme qué estás haciendo?

Frunció el ceño, tenía esa actitud dominante ante la que uno no se puede negar. La cabeza me daba vueltas, me costaba trabajo ordenar mis pensamientos. Respondí después de una breve pausa haciendo una mueca de fastidio:

—Decidí tomar un trago.

—¡Un trago! ¿Y en qué momento te tomaste todos los demás?

Hice otra pausa.

—Una vez, cuando era pequeño, iba con mi padre en coche por el campo. En el camino, por una empolvada ruta, vimos a dos indios, estaban tan borrachos que apenas y podían caminar, entonces yo le pregunté a mi padre qué les ocurría. Él me explicó que bebían como una forma de evadir el dolor de sus vidas. Mi padre era un buen hombre, yo lo admiraba por los valores de filántropo que poseía. —Hice una pausa y me reí entre dientes—. Yo nunca podré ser como él, pues aunque haya cierta similitud fonética, hay un gran trecho semántico entre "filántropo" y "licántropo".

Volví a interrumpir mis palabras, me quedé mirando al vacío.

—Qué dichoso sería —proseguí—, si tan sólo pudiera arrancarme el corazón para ya no sentir más. Dime algo, amigo mío, ¿alguna vez has tenido la sensación de que el simple hecho de respirar sea doloroso?

Rolando guardó silencio.

—En todos estos días —proseguí— el dolor me ha golpeado una y otra vez. Pensé que la soledad me ayudaría pero no fue así, cometí un error al quedarme a solas con un enemigo tan poderoso. Me siguió pegando una y otra vez hasta que de pronto dejó de doler y entonces eso fue peor, porque al ya no sentir me di cuenta que el vacío es un adversario aún más terrible, más difícil de combatir que el dolor. El vacío sabe a muerte falsa y este engaño se convierte en un nuevo pesar, uno mucho más cruel. Cuando más ansías la muerte, te dan una probada que se te escapa de las manos. Ese desengaño abre nuevas heridas de desilusión y desesperanza, igual a la padecida por Tántalo en el castigo que le impusieron los dioses en el Tártaro, siempre con lo que tanto anhela escapándose de sus manos ¡Como si no fuera suficiente con el mal que me agobia! Entonces se me ocurrió una idea, si no puedo arrancármelo, al menos puedo olvidarlo por un rato. Así que bajé a ver nuestras reservas de licores y traje conmigo varias botellas.

Rolando me miró pasmado. Me bastó ver su expresión de asombró y desagrado para adivinar lo que estaba pensando. El luto y la ociosidad me habían conducido a intentar un escape, casi como una forma de mantenerme ocupado. Levanté el vaso a la altura de mis ojos mientras lo giraba despacio.

—Sí —dije—, amargo; nada que no sea sangre tiene buen gusto. —Levanté la botella y vacié lo que quedaba en el vaso, puse con fuerza la botella en donde estaba y sostuve el vaso en alto. —El primer trago fue el más desagradable, para el segundo ya estaba hecho a la idea, el tercero fue un poco mejor aunque *non grato*. Para el cuarto comencé a tomarle gusto al agrio sabor, y así hasta que los que siguieron mejoraron. Después de eso —comenté haciendo un ademán de brindis— todos los demás fueron sencillos y hasta exquisitos.

Vacié el contenido de golpe, apoyé la mano con el vaso en la mesa y me limpié la boca con la manga de la camisa.

—Así fue —continué— como hice una y otra vez —levanté de nuevo la botella vacía e hice un movimiento de escanciar más licor en el vaso—, hasta que quedó tan vacía como ésta.

Apreté el cuello de la botella con el puño, luego con un movimiento brusco la estrellé con fuerza contra la pared al tiempo que gruñí:

—¡Igual que mi vida!

Rolando me observó sin decir una palabra, se limitó a analizarme.

—¿Quieres saber qué hice después? —Pregunté con sarcasmo— Bien, te contaré —rodeé el escritorio, tomé otra botella y la destapé usando mis colmillos, escupí el tapón y luego volví a llenar el vaso hasta que se derramó—: cuando se acabó, abrí una nueva y seguí brindando por ella.

—Lo cual, supongo hiciste buscando olvido. En verdad estás loco.

—Cierto es que, el olvido es difícil de hallar y que anhelo la locura para poder olvidar. Al final, he optado por la embriaguez, que como dijera Seneca, es locura voluntaria. Pero dado que aún tengo algo de cordura, me cuestiono si acaso no he bebido lo suficiente.

—Me parece que ya has bebido bastante, amigo mío.

—Yo no lo creo, porque todavía no me hace efecto.

—¿Y cómo le llamas a tu actual estado?

—No me refiero al malestar etílico, me refiero a que aún no he podido olvidar. No sé cuál sea el problema, quizá no lo estoy haciendo bien, o es que mis penas no son de las que se ahogan en alcohol. —Hice un largo silencio, luego dije en un murmullo— Tal parece que de nada sirve tratar de acallar a los demonios de la conciencia con alcohol, pues algunos como la culpa son insumergibles.

Rolando torció, se tomó unos segundos para meditar con las manos en la cintura, luego sentenció:

—Has caído muy hondo.

—¡Qué ironía que lo menciones! Porque mi caída empezó la noche que te conocí.

—No digas eso.

—¿Por qué no? —grité enfurecido— Todo esto es tu culpa, mira lo que has hecho conmigo.

—Yo no he hecho nada —protestó enfadado mostrando sus fieros colmillo, en sus ojos se encendieron llamas—. No hay peor mal que el que tú insistes en provocarte. Yo traté de enseñarte te equivocabas. Ahora contéstame, ¿alguna vez me escuchaste? ¡Me das lástima! Ernesto, eres tan miserable y patético, que no conforme con reprocharte una y otra vez, ahora tratas de culparme. Intentas enfocar tus males en lo que te rodea y pretendes encontrar salidas falsas, que no llevan sino a trampas más profundas. Justina está muerta, entiéndelo de una vez, muerta y no hay marcha atrás.

—Cállate.

—Tú iniciaste esto, ahora escucharás.

Me abalancé contra él, ni siquiera me transformé y él tampoco lo hizo. No le costó trabajó someterme, él era más fuerte que yo, además yo estaba muy entorpecido.

—Suéltame —protesté.

—Oye bien lo que te voy a decir: mientras no cambies esa actitud decadente y te decidas a vivir de nuevo, no van a mejorar las cosas, seguirás sufriendo indefinidamente. No busques la respuesta en el fondo de un vaso porque es un abismo de cristal, la respuesta está en ti mismo, en que tomes las riendas de tu vida y te decidas a dejar de sufrir. Basta ya de pisotear con tu conducta la poca dignidad que te queda. Lo de Justina fue un accidente terrible, pero no por mucho que llores el tiempo va a regresar o ella volverá a vivir. Compréndelo de una buena vez, no tiene ningún caso lamentar lo que remedio no tiene, hagas lo que hagas ella no va a regresar.

—No sigas —sollocé.

—Ella está muerta, ¿lo entiendes? ¡No va a regresar, está muerta!

—¡Pues yo quisiera estar muerto también!

Me solté y salí dando tumbos a toda prisa sin mirar atrás. Corrí lejos de la casa, hasta que las vueltas que daba mi cabeza no me permitieron seguir más. Llegué al pueblo, me detuve un momento contra una pared. El sereno en ese momento cantaba la hora. Sentí la garganta como si tuviera algo atorado, mi boca fue invadida por una rara sensación de sequedad y acidez. Caminé sin rumbo, abrumado por una especie de sentimiento de inferioridad, me vi a mí mismo como a un miserable. Vagué a pasos lentos por calles oscuras, tambaleándome a cada paso. Suspiraba con la cabeza llena de voces recriminatorias que me enfurecieron. En eso frente a mí se cruzó un perro. Estaba tan enfadado que sin pensarlo desquité mi furia contra el pobre animal. Lo tomé con ambas manos para atacarlo, le mordí el vientre, emitió un aullido ahogado, su sangré me manchó la ropa, llenándome de su hedor. Hinqué el diente una vez más en esa carne canina. Fue casi un acto de canibalismo, pero más que nada fue un hecho de odio, de destrucción para conmigo mismo y mi especie. Una aversión instintiva llenó de escalofríos cada fibra de mi osamenta. Tiré el cadáver, lo contemplé sobre las piedras del pavimento. Sentí profundo asco de mi obra y de mí persona. Me alejé de ahí a pasos torpes, con el estómago revuelto y la sensación de opresión en mi garganta intensificándose, volviéndose insoportable. Me acerqué a un muro de piedra, apoyé las manos; inclinado junto a éste vomité violentamente.

Al día siguiente tuve una resaca de los mil demonios. Todo lo que sucedió esa noche me hizo reconsiderar mi actitud. Pensé que esa había sido la gota que derramó el vaso, por lo que decidí mejorar mi estado de ánimo. En los siguientes días hice un esfuerzo por no mostrarme tan melancólico, creo que hasta me sentí tranquilo. Sin embargo no estaba curado; a veces me escondía para llorar, pero al menos ya casi no tuve pesadillas. Seguí anhelando mi propia muerte más que nada en el mundo. Me mantenía sin comer nada. Rolando insistía en que saliera a cazar, a lo que yo siempre respondía: "Gracias, pero no tengo apetito". Entonces él me atacaba con algún nuevo argumento. ¡Qué puedo decir! Rolando era persistente. Me dirigía diferentes discursos, cuestionando mis sensaciones fisiológicas o criticando mi actitud. Otras veces se paseaba por donde yo estuviera y se entretenía con aparentes soliloquios respecto a la tortura que debía ser, no poder experimentar la muerte física y estarse muriendo de hambre. Un par de veces sus intentos de hacerme ceder a mi ayuno, me hicieron flaquear un poco al punto de sentir la furia de la bestia carnicera despertar en mí. Pero tan sólo la recordaba a ella y la bestia era doblegada. Tras dos meses Rolando desistió, incluso dejó de llevarme pedazos de carne. Entonces pensó que quizá mi mayor problema, era que estaba debilitado y que había perdido confianza en mi destreza de cazador, pero que sin duda cambiaría de opinión si encontrara una presa fácil. Una noche él me dijo que estaba seguro de que lo mejor sería volverme a emocionar con algo sencillo que pudiera matar yo mismo. Puso manos a la obra una semana más tarde, lo cual me provocó otro fuerte sobresalto emocional. Además, esa noche se dio lugar un hecho que marcó de manera importante nuestras vidas.

Esa noche, Rolando insistió como las anteriores:

—Tengo hambre, ¿quieres venir a cazar conmigo?

—No, gracias —dije con una insípida sonrisa— no...

—No tengo hambre —interrumpió con una nota sarcástica—. Sí, eso ya lo sé.

Suspiró y se dirigió a la puerta.

—Como tú quieras, por lo pronto, yo sí iré en busca de algún aperitivo. ¡Me muero de hambre! ¿Sabes a lo que me refiero?

—Que tengas buena caza —repliqué lacónico.

—¡Gracias! —hizo una exagerada reverencia y añadió—, vuelvo en un rato.

Ya había atravesado la puerta cuando una idea surcó la redondez de su cabeza, se volvió de nuevo a mí con una mirada siniestra y preguntó:

—¿De verdad no extrañas la caza?

—No —dije al momento.

—Siempre fuiste un buen cazador; rápido, eficaz.

—No insistas, que ya sabes que no va a funcionar —respondí con una cándida sonrisa.

—Está bien, yo sé que esto no es cosa de discursos. Lo único que necesitas, es el estímulo adecuado.

Se marchó sin decir más. Por un momento me sonreí, recordé las noches de caza al lado de mi amigo como algo ambiguo. Ahora no me importaba soportar el dolor, la desesperación famélica, ni la debilidad del ayuno. Tampoco me importaba el aspecto amarillento, áspero y arrugado que había adquirido mi piel, ni el hecho de que dormía hasta dieciséis horas diarias.

Salí a caminar por la propiedad. El aire fresco me hacía mucho bien, me ayudaba a mantener mi régimen, a ejercer mi templanza y autocontrol. Fui hasta el pozo, saqué agua helada y bebí. Escuché un débil gruñido proveniente de mis entrañas, lo acallé con algunas hojas de hierbabuena que arranqué de una maceta. Volví a la casa, tomé un libro y me fui a sentar a la entrada del patio; contaba con la luz de una lámpara que había llevado conmigo; eso era más que suficiente para continuar mi lectura.

Pasadas un par de horas Rolando regresó. Escuché su caballo, luego lo oí abrir la puerta; me puse de pie y me estiré.

—Ernesto —gritó desde el vestíbulo—, ¿dónde estás?

Me dirigí al interior y respondí tranquilo:

—Voy a la sala.

—¿Estás de mejor humor?

Sonreí y me senté en uno de los sillones.

—Sí, Rolando, —respondí— ya estoy mejor.

—¡Qué buena noticia! Porque tengo algo que te gustará.

Mi debilitado olfato se percató de que no venía solo. Suspiré y pensé: "De qué se tratará esta vez". Rolando hizo algún comentario estúpido, escuche una risita, luego mi amigo comenzó a cantar una rítmica copla picaresca, entró a la sala bailando al compás con una joven mujer entre sus brazos; ella era de complexión delgada pero bien proporcionada; tenía unos hermosos ojos azules como zafiros que parecían tristes y a la vez emocionados por la algarabía de mi compañero. Su cabello era rubio, de rizos marchitos. Era una moza de hermosas facciones, la frente clara y la nariz pequeña. Estaba ataviada con un sucio vestido viejo y un rebozo de color gris. Me pareció familiar, entonces Rolando la hizo girar y caer en una silla para quedar sentada frente a mí. Ante mis ojos se develó una visión aterradora, la de un fantasma, mi ángel acusador, pero con cabello rubio y ojos zarcos, en lugar de pelo y mirar castaños. Mis ojos se abrieron grandes, un escalofrío cubrió todo mi cuerpo. Me levanté de golpe como impulsado por un resorte. Sin dejar de observarla di un paso atrás. Mis rodillas apenas y se mantenían dobladas, el labio inferior me temblaba. Quise decir algo, pero no me salían las palabras. Exhalé ruidoso, me dije a mí mismo que no era posible, que me tranquilizara. Analicé su rostro enfocándome en las diferencias, que me harían darme cuenta que ese no era un fantasma, sólo un espejismo, una humana con ciertas similitudes, mero producto de la casualidad. Yo ya conocía a esa mujer; era la misma chica que tropezó con Tina camino a la plaza.

—Te presento a una amiga —anunció Rolando, se colocó detrás de ella y la rodeó con los brazos—. ¿No crees que es encantadora?

No respondí, mudo por el miedo de quien está ante una aparición, me limité a observarla cómo reía tímida en brazos de Rolando. Él sonreía pero a diferencia de ella, él era siniestro.

—Sabes, querida —comentó acariciándole la mejilla con el dorso de la mano—, eres una moza agraciada. Es evidente que has impresionado a mi amigo y no lo culpo; tienes uno de los rostros más bellos que haya visto jamás. Tanto que... quisiera devorarte...

—¿Por qué la trajiste? —pregunté.

—La traje para ti, hasta un ciego opinaría que un rostro como este bien podría ser el de una santa Madonna o el de una reina, pues es bellísimo. Supuse que te gustaría, aunque nunca pensé que te impactara tanto.

Se plantó frente a ella, hizo una exagerada reverencia y le ofreció su mano. Tenía el rostro muy serio, los ojos centelleantes y su sonrisa más malévola. La miraba de una manera intensa.

—Ven —indicó—, vamos a bailar algo distinto.

Ella tomó la mano del lobo con la suya, blanca y delicada. Se puso de pie.

—Eso es —dijo él con una nota seductora y la sujetó con gentileza.

La condujo en un baile lento, al ritmo de una pieza que él estaba tarareando. Sonaba como una canción de cuna, como una melodía infantil cargada de un lúgubre tono, que hizo que se me enchinara la piel. Se detuvieron.

—Esta pieza —murmuró— la llamo, el Sueño de Perséfone.

La besó en la mejilla, bajó hasta su cuello. Ella cerró los ojos y permaneció inmóvil. Rolando, con un movimiento delicado, abrió la boca y enterró sus dientes en la suave piel. Ella se desprendió de su abrazo, notó la cantidad de sangre que manaba y comenzó a gritar. Rolando le tapó la boca con la mano.

—Silencio —ordenó con voz firme—, que vas a despertar a los lobos.

Ella dejó de gritar, el terror la hacía temblar de pies a cabeza. Rolando le indicó poniéndose el dedo índice en la boca, que no hiciera ruido.

—Calla —ordenó arrastrando la voz con sensualidad macabra—. Escucha con atención, ¿no los oyes aullar?

Abrió los brazos, ella dio un paso atrás, el rostro del licántropo esbozó una sonrisa siniestra y anunció:

—Ya están aquí.

Una voz retumbó en mi cabeza, primero igual que un susurro, similar al aleteo de una mosca, poco a poco fue subiendo de intensidad hasta convertirse en un grito. Mis labios repitieron en voz baja las palabras de ese grito; era un repetido "Basta, Basta".

La moza retrocedió hasta que quedó contra una vitrina. Rolando se aproximó seguro de su victoria; ella, con un rápido movimiento, sacó una navaja que llevaba oculta en la cintura y la enterró en el pecho del licántropo, luego echó a correr hacia la puerta.

—Maldita —murmuró Rolando.

La carrera de la joven por su vida no duró mucho, Rolando, mucho más rápido que ella, la sujetó de la muñeca, se la apretó y la navaja cayó al suelo, luego le dio la vuelta y la abofeteó de lado a lado. Ella rompió a llorar con la garganta rota por el miedo.

—¡Detente! —grité.

—Te pesará haber hecho eso —sentenció Rolando haciendo caso omiso a mi protesta.

Arrastró de nuevo a la joven hacía la sala, ella se retorcía y se quejaba del daño que él le ocasionaba en el brazo. Rolando comenzó a reír, sin soltarla se transformó frente a sus ojos, disfrutando esta demostración de su poder.

—Te dije que invocarías a los lobos. Ahora ya es demasiado tarde.

—¡Ya fue suficiente! —exclamé. Esta vez Rolando sí atendió a mi reclamo.

—Pero si acabo de empezar —respondió con descaro.

Se volvió hacia la mujer, le torció la mano y le enterró los afilados colmillos en la parte interna del brazo, se desprendió con el hocico manando sangre, luego arrojó a la joven al piso, contra la pared. Ella recibió un fuerte golpe en la cabeza que la dejó aturdida un momento. Rolando se acercó con la delicadeza propia de su naturaleza sobrehumana, se puso en cuclillas y sin quitarle los ojos de encima, comenzó a lamer la sangre que fluía de la carne desgarrada. Ella estaba inmóvil, presa del pánico de quien se sabe vulnerable por completo. Rolando se levantó orgulloso.

—Contéstame algo —me dijo—, ¿este olor no te hace sentir vivo?

—¿Por qué haces esto?

—Porque quiero. Anda, ya deja de resistirte, mírala y dime que no tienes hambre.

El olor de la sangre era exquisito, sublime; en un segundo los meses de ayuno me dolieron hasta la médula. Si la mujer hubiera sido cualquier otra, no hubiera dudado en abalanzarme sobre ella para devorarla a placer. La idea de cazar por mi propia mano a una víctima fácil, el aroma de su sangre y la esencia de mi naturaleza de lobo retumbaron en mi ser con la fuerza de un tambor. Bien hubiera podido olvidarme de todo en ese instante y saciar mi apetito, en vez de eso me limité a contemplar a la joven, entonces ella me miró suplicante, con el rostro lloroso, y gimió:

—Por favor, ayúdeme.

Las alas del ángel acusador dieron un fuerte aletazo que levantó vientos borrascosos, lo bastante fuertes para barrer con los deseos de la bestia y abrumar mi razón. Vi a Tina llorando por su vida. Respiré nervioso, un extenso temblor me invadió, las facciones de mi cara se cubrieron de frío. Rolando insistió.

—Adelante, es tuya.

Moví la cabeza en una negativa:

—¿Cómo puedes ser tan cruel? ¿No ves que está asustada?

—¿Y desde cuándo te ha importado el miedo de tus víctimas? Durante todos estos años que llevas de licantropía jamás te has detenido ante súplicas, y ahora que ves a esta presa insignificante, juzgas este proceder como crueldad. ¿A quién quieres engañar, Ernesto? Yo sé bien cuánto te gusta matar, sólo yo que he sido tu compañero todos estos años. ¿De verdad te importan sus lamentos?

—Me importa ahora.

—Pues veamos si te sigue importando cuando veas sus entrañas.

—No te atrevas...

—¡¿A qué?!... La desmembraré miembro a miembro cuidando de no quitarle la vida para que sus gritos llenen la casa, destrozaré cuanto sea necesario hasta hacerte reaccionar.

Ella ahogó un grito cuando el hombre lobo se volvió hacia ella. Él se puso a cuatro patas, gruño mostrándole los largos colmillos. Sus ojos celestes razados de lágrimas se volvieron otra vez hacia mí. Ella gimió:

—Por favor, ayúdeme.

Ya no me pude resistir, sin pensarlo, embestí a Rolando arrojándolo a un lado. Él se sorprendió, por lo visto lo que menos esperaba era ser atacarlo.

—¿Por qué lo hiciste? —me reclamó.

—No te permitiré que la lastimes.

—¡Maldición! —exclamó furioso junto con otros improperios— ¿Qué diablos pasa contigo?

—Déjala ir —ordené.

—Sabes bien que no puedo hacer eso; ella nos ha visto.

—Les doy mi palabra de que no diré nada —interrumpió tímida la voz temblorosa de la joven—, pueden creerme.

—¡Cállate, desdichada —rugió Rolando—, que nadie te ha pedido tu opinión!

Ella se asustó, se contuvo de volver a gritar y ocultó su hermosa cara con sus manos.

—Déjala ir —insistí—, a ella no la matarás.

—No vas a intervenir en mi cena.

—He dicho que a ella no la vas a tocar, no conmigo aquí.

Rolando hizo un movimiento, yo contesté con un ronco gruñido y una mirada fiera, al tiempo que adoptaba una postura amenazadora; por primera vez en meses me mostré listo para transformarme. Él se mostró sorprendido, permaneció quieto. Me reprochó con la mirada. Se hizo el silencio, sólo escuchábamos los suaves sollozos de la aterrada moza.

Comencé a alterarme, escucharla llorar me volvía loco. Empecé a perder compostura. Rolando retornó a su apariencia normal.

—¿Por qué? —preguntó con un ácido murmullo— No entiendo por qué.

—No quiero —repliqué.

—¿Por qué insistes en mantener este absurdo régimen de ayuno? ¿Por qué te has vuelto por ella contra mí?

—No tengo hambre —respondí esquivando su miraba.

—Eso no es verdad.

—Tú qué sabes de lo que es verdadero o falso.

—¡Por Dios! Mírate, se te nota en los ojos cómo deseas esta sangre y sin embargo te resistes por algo que aún no entiendo.

—Nunca has entendido nada

—Dime la razón que te pone contra tus instintos y contra mí.

Me pasé las manos por la cabeza. Una sensación dolorosa comenzó a apretarme la garganta.

—¿Por qué te resistes?

—Ya te lo dije, no tengo hambre.

—¡Mentira!

Me moví en círculos por la habitación, haciendo un esfuerzo por tranquilizarme.

—¿Por qué te has vuelto contra mí por esta desconocida? —preguntó.

Silencio.

—¿Por qué no sacias tu apetito? ¿Por qué la defiendes?

De nuevo silencio. Tuve la sensación de ser un muñeco de cristal a punto de romperse.

—¿Por qué? —volvió a preguntar.

—Déjame en paz.

—¿Por qué?

—¡¿Por qué?! —respondí enfadado.

—¿Por qué?

—No lo sé.

—Mientes; ya déjate de estupideces y responde de una buena vez.

—Por...que... —titubeé.

—Habla.

—Porque... —comencé a perder el control de mí persona. La mirada inquisidora de Rolando me hacía desmoronarme.

—¡Responde! —bramó.

—¡Porque se parece a ella! —prorrumpí histérico y comencé a llorar— Se parece a mi niña, mi Justina...

Rolando me miró estático, yo gimoteaba desconsolado, él parecía desconcertado, su rostro se mostró sereno, manteniéndose a la espera de que yo terminara.

—Si sus ojos y su pelo fueran oscuros —proseguí vertiendo muchas lágrimas— sería muy similar a ella, sería igual a mi querida...

Se me quebró la voz, ya no me salieron las palabras, sólo lágrimas. Otra vez anhelé la muerte que se negaba a brindarme su eterno sopor. Rolando se dirigió a la joven, ella se encogió, el lobo tomó con su mano el rostro de la desdichada, apretándolo de la mandíbula la hizo levantar la cabeza y la analizó, luego se volvió de nuevo hacia mí.

—Haz lo que tengas que hacer —murmuré acongojado— que no te detendré. Mátala si eso te place y devórala, pero no me pidas que esté presente para verlo.

Dicho esto salí corriendo.

—Espera —dijo Rolando.

Ni siquiera me detuve para mirar atrás, me alejé a toda velocidad mientras que una procesión de lágrimas desfilaba por la fría piel de mi cara. Corrí tratando de huir del ángel acusador. Me perdí en las sombras de esa noche funesta, en la que los espectros de ultratumba habían salido a merodear las casas de los que como yo, tenían una conciencia culpable. Me alejé tratando de escapar de todo, arrastrando mis pecados bajo el oscuro espectro de la luna nueva.

Estaba sentado junto a la fría loza de piedra que cubría los restos de mi querida Justina, cuando Rolando me encontró, tres días después. Con la cabeza gacha y la mirada fija en aquella tumba, me preguntaba por qué no tenía el valor de acabar conmigo, prendiendo una hoguera y arrojándome en ella.

—No fue muy difícil encontrarte —dijo a mis espaldas su voz—, sabía que de una u otra forma terminarías aquí, en el mismo lugar donde te sepultaste a ti mismo.

—¿A qué has venido? —le pregunté sin voltear a verlo.

—Estaba preocupado por ti —comentó sutil—. Ni creas que vine a llorar a quien no lamento.

Me hirió su comentario; yo sufría por Tina, mientras que el muy descarado me expresaba lo poco que le importaba. Contuve el deseo de reprochárselo.

—¿Qué pasó con la joven? —pregunté alzando la cara pero sin voltear a verlo.

—Ya me hice cargo de ese asunto.

Volvía a bajar la vista hacía la tumba, acaricié la piedra. Rolando continuó:

—Ernesto, tenemos que hablar.

—¿De qué se trata?

—Vayamos a casa.

—Lo que tengas que decir, dilo aquí.

—Este no es el lugar apropiado.

—Siempre la quisiste apartada de mí. Mejor déjame solo.

Rolando suspiró.

—Bien, cuando tengas deseos de volver a tu casa, te estaré esperando; para entonces confío en que estarás preparado para escuchar como el ser racional que eres, o que se supone que debes ser.

Se alejó. Miré hacia atrás, lo vi partir sin siquiera tratar de detenerlo. El viento jugueteaba con su cabello rojo que llevaba suelto. Regresé a mi meditación. Estaba harto de todo. Un par de horas después, cuando la aurora comenzó a levantar los brazos, me levanté, me retiré de ahí rumbo al bosque para buscar un lugar seguro para dormir. El cielo clareó, las estrellas se fueron borrando una a una y la luna se convirtió en un astro opaco.

Al caer la noche volví a casa, ya para entonces todo mi malestar apuntaba hacía Rolando, de la misma forma en que la aguja de una brújula siempre apunta al norte. De cierta forma lo creía también responsable de lo que le había sucedido a Justina. Sentía casi que lo odiaba por lo que había hecho conmigo, por lo que era y por como influía en mí. No me gustaba la idea de que una sola persona ejerciera tanto poder sobre mí. Él me conocía de una forma en que nunca nadie más me ha conocido ni me conocerá. Ante sus ojos yo era fácil de predecir; sabía cómo molestarme y al mismo tiempo como tranquilizarme; conocía todas mis debilidades y sabía cómo utilizarlas. Usando su experiencia para analizar a las personas, él jugaba conmigo. Casi había tenido éxito en hacerme reaccionar como él quería. Gracias a la casualidad que puso en su camino a esa moza, es que no había triunfado, que había sido incapaz de curarme de mi ayuno. Sus insistentes estrategias sólo habían logrado irritarme más, hacerme estallar emocionalmente y que lo culpara de todo. Esa noche llegué a la casa con el propósito de pedirle que se marchara. En el fondo dudaba, me dolía pensar en no tener cerca a mi amigo. ¿Acaso era posible que lo viera como si se tratase de un miembro de mi familia? Creo que a esas alturas en efecto, así era, habíamos estado tanto tiempo juntos, además mi instinto social de lobo me impulsaba a buscar la compañía de un igual a mí.

Entré en la casa; Luz María aún no se había retirado y al verme se mostró jubilosa, me abrazó como si fuera su hijo, yo me sentí un poco avergonzado. Se separó casi de inmediato, su rostro se ruborizó como avergonzada de haberse tomado esa libertad. Rolando acudió al recibidor, en sus ojos se leía una emoción que no mostraba en su rostro casi inexpresivo.

—Bienvenido, Ernesto —dijo.

Yo no respondí nada; me limité a mirarlo. Rolando despidió a Luz María, ella se retiró en el acto.

—Me da gusto que hayas vuelto —dijo en cuanto nos quedamos solos.

Nos dirigimos hacia la sala. Pensé que si ya había tomado una determinación era mejor hacerlo en ese momento.

—Rolando, tenemos que hablar.

—Yo también tengo algo que decirte.

Nos sentamos frente a frente, él inició.

—Permite que primero yo sea el que hable.

Guardé silencio en señal de consentimiento. El inició sereno, con la solemnidad de un padre que se muestra firme pero sin dejar de ser cariñoso.

—Nunca ha sido mi intención hacerte daño. Yo quería que cambiaras tu estado anímico porque me importas. Lo que sucedió con Justina fue una gran pérdida para ti, eso lo sé muy bien, sin embargo la vida continúa. El día que la enterraron, tú te enterraste con ella y eso es algo muy injusto para ti y también para mí. Tienes razón en enojarte, en estar triste si quieres, pero te equivocas al volver esta pena el centro de tu existencia, así nunca encontrarás remedio para tus males. No tiene caso perseverar en ello, pues lo único que conseguirás es hacer más grandes las heridas. Debes hacer un esfuerzo, tienes que luchar contra ti mismo, no como una forma de hacerte pagar una penitencia, sino como un método para derrotar a las Erinias de tu corazón. El dolor no se puede opacar con pensamientos obsesivos, pues esto sólo causa más daño. Las situaciones que se encaran, se aceptan como son y se aprende a resistirlas, los errores se perdonan y se dejan atrás de manera que se vayan volviendo más y más pequeños, hasta que llegue el día en que el pasado ya no forme parte de ti, porque mientras más lejano quede un evento, menos conexiones tendrá con el presente. Ernesto, ya es tiempo de que tengas una ocupación más fructífera que siempre estar llorando. Date cuenta que no vale la pena seguir mirando atrás, deja que esto se convierta en un punto en el horizonte, y no te empeñes más en verlo bajo una lupa de la desesperanza.

Guardamos un largo silencio. Luego Rolando prosiguió:

—Sin embargo, debo de admitir que a veces es muy duro salir del abismo del desasosiego por uno mismo. Hay penas para las cuales se necesitan de un poco de ayuda extraordinaria a fin de vencerlas. Algo que es muy útil, es mantener la mente ocupada.

Se puso de pie y sonrió.

—Ven conmigo.

Me incorporé y lo seguí hasta el comedor. Nos detuvimos bajo el dintel de la puerta. Sentada de perfil frente a nosotros, apoyada sobre la mesa, una joven de rubios cabellos hacía trazos en un papel, prestando mucha atención a su labor; no se dio cuenta de nuestra llegada. Llevaba un elegante vestido rosado, muy distinto a aquel con el que había llegado a mi casa. Una estola le cubría el cuello y los hombros. En la muñeca de la mano izquierda llevaba atado un vendaje.

—Creí que la habías matado —murmuré.

—Te dije que me había encargado del asunto; nunca especifiqué otra cosa.

—¿Por qué no lo hiciste?

—Sentiste compasión de esa desdichada por el simple hecho de que te recordaba a la que perdiste. No fui capaz de hacerle daño, en cambio decidí perdonarle la vida. Ella se quedará con nosotros en calidad de nuestra protegida, de manera que su compañía te ayude a encontrar el consuelo que yo no he podido darte.

—¿Pretendes que sea una sustituta?

—No, claro que no. Más bien una nueva empresa, un pequeño incentivo para mantenerte ocupado y animarte.

—No puedes disponer de las personas como si fueran objetos.

—Por favor, no creas que he actuado de mala fe, mi intención es alegrarte. Piensa en ella como un proyecto en que concentrar tus esfuerzos. Ella también saldrá beneficiada; la educaremos, tendrá la vida de una dama y nuestra protección.

Sonreí, sin saber que decir. Bajé la mirada, reí entre dientes.

—Cada vez que creo que te conozco, haces algo como esto.

Rolando sonrió dulce, luego se aproximó hasta la joven. Yo permanecí en el marco de la puerta. Él miró sobre su hombro y preguntó:

—¿Cómo vas con el abecedario?

Ella levantó la cabeza, le dirigió una radiante sonrisa. ¡Qué diferente de la mueca aterrorizada que le dirigió a Rolando la otra noche!

—Estoy mejorando —respondió.

Rolando se inclinó sobre el trabajo de la joven.

—Estás haciendo mal la "G" —puso su mano sobre la de ella—, mira, se hace así.

Hizo el trazo sobre el papel dirigiendo la mano de la joven. Ella asintió, él le dirigió una mirada cariñosa.

—Lo estás haciendo muy bien. Ahora tendremos que interrumpir la lección porque hay alguien que quiere saludarte.

Hizo una seña con la mano para indicarme que me acercara. Ella se puso de pie y giró sobre su sitio quedando frente a mí.

—Dadas las circunstancias anteriores, no había tenido la atención de presentarlos con la formalidad requerida. Te presento a Ernesto Santillán, mi buen amigo del que tanto te he hablado. —Luego se dirigió hacia mí— Ernesto, ella es Mónica.

Me sentí incómodo, jamás me había imaginado siquiera en posición de saludar como a alguien cercano, a un humano a quien hubiera conocido a la hora de la cena. Ella no pareció darle importancia a nada de eso, en cambio me saludó encantada, con un delicado movimiento propio de una dama de sociedad. Sin duda Rolando ya había comenzado a enseñarle urbanidad. Yo le respondí besándole la mano. Mi amigo presenció toda la escena en silencio. Asintió con la cabeza. Yo estaba impresionado por la joven que tenía frente a mis ojos, en ese momento que por fin la apreciaba con calma, descubrí que de verdad era muy bonita.

—Ernesto —continuó Rolando—, Mónica va a quedarse a vivir con nosotros, espero que la relación entre ustedes dos sea cordial.

Luego se volvió a dirigir a ella.

—Quiero que trates a Ernesto como si se tratare de alguien de tu familia, lo mismo que a mí.

Ella sonrió complacida y expresó:

—Será un honor, claro, si a usted no le molesta.

—Oh no —repuse—, al contrario.

—Entonces que así sea —sentenció Rolando—. Ernesto, Mónica no sabe leer ni escribir, tampoco ha recibido la instrucción de una señorita de sociedad. Me gustaría que me ayudaras a instruirla para hacer de ella toda una dama, y aún más, quiero que me ayudes a darle todo tipo de conocimientos; artes, matemáticas, ciencias, literatura, astrología e historia, para hacer de ella una mujer de luces.

—Estaré encantado de hacerlo.

—Se lo agradezco señor Santillán —respondió Mónica.

—No tienes por qué hacerlo —respondí— y por favor llámame Ernesto.

Dejamos a Mónica continuar con su abecedario un rato más. Rolando le indicó que en cuanto terminara, haría que le sirvieran de cenar. Ella preguntó si podría comer bizcochos.

—Puedes comerte todos los que quieras —respondió Rolando.

Ella sonrió complacida como una chiquilla saboreando de antemano el sabor del pan. Luego volvió a su labor con el abecedario.

Nos retiramos a la habitación contigua.

—¿Y bien?

—Aún estoy sorprendido —comenté.

Él guardó silencio, bajó la cabeza, dio un par de pasos con las manos en la espalda y luego añadió:

—Por mi parte es todo. Ahora dime, ¿qué es lo que me tú me querías decir?

Lo observé, él conservaba un aspecto hasta cierto punto ingenuo, con ese brillo inocente en la mirada. Me limité a sonreír y responder.

—Nada, no tengo nada que decir.

Entonces se operó un cambió en su aspecto, la sonrisa cándida desapareció sin dejar rastro, para dar paso a una expresión calculadora.

—Bien —murmuró complacido.

A la mañana siguiente hice un esfuerzo especial por levantarme temprano, de manera que pudiera pasar más tiempo en compañía de Mónica. Ella jamás ocuparía el lugar de mi niña, y aunque pensé que no me ayudaría en lo absoluto, debo de admitir que la compañía de esa bella criatura hizo que por ese día me sintiera mucho mejor. Rolando opinaba que el mejor remedio para la depresión era llenarse las manos trabajando en proyectos. Lo cierto es que después de ayudar a Mónica con su lección me sentí muy animado, incluso decidí que volvería a pasar mañanas despierto para estar con ella. Me agradó su alegría, el gusto que tenía por todo lo que le ofrecíamos, su entusiasmo por aprender y llegar a ser una mujer ilustrada, a diferencia de la mayoría de las damas de esa época.

Dos días después de haber estado en casa ya sentía que llegaría a quererla. Mónica era muy entusiasta e inteligente, además de muy hermosa. Tenía diecinueve años de edad, días antes la hubiera creído mayor, ahora incluso, cuando estaba risueña parecía más joven. El cambio a una mejor vida le había favorecido, hasta me sorprendió como su aspecto general parecía haber adquirido, como por arte de magia, una salud que tan sólo días antes no tenía.

Al caer la noche del segundo día que estaba en compañía de Mónica, Luz María sirvió la mesa para los tres. Ella no veía con buenos ojos que hubiéramos acogido a Mónica, opinaba murmurando con los otros empleados, que nuestra protegida era una cualquiera, una vulgar ladrona y una ramera. En cambio nosotros éramos hombres de sociedad, algo excéntricos, pero gente respetable, caballeros decentes que no debían mezclarse con personas de la calaña de ella. La escuché a través de la puerta gracias a mis capacidades auditivas, al igual que Rolando, quien se rio con disimulo mientras decía sarcástico:

—¡Por supuesto, somos los asesinos más decentes de la ciudad!

Al igual que todas las demás noches en que nos sentábamos a la mesa, Rolando comió poco y el resto lo dio a los perros, yo no toqué en lo absoluto mi plato, todo fue para los perros. Mónica tomo su cena con avidez, me sorprendió que comía bastante, como si siempre estuviera muy hambrienta. Tras un rato ella preguntó:

—¿Ustedes no tienen hambre?

—Claro que sí —explicó Rolando—, pero nosotros no vamos a ingerir nada de esto. ¿Recuerdas lo que te expliqué sobre nuestros hábitos?

—Por supuesto —se disculpó Mónica y se encogió de hombros—, eso quiere decir que se limitaran a hacerme compañía.

—Así es, querida —respondió Rolando—. Ahora termina tu cena, no quiero que se te enfríe.

Mónica retomó la ocupación de alimentarse. Tras un breve silencio volvió a preguntar:

—¿Hoy tienen hambre?

Rolando no respondió, volteó a verme: yo me encontraba embelesado mirando a nuestra protegida comer. Su copioso apetito era contagioso. Por primera vez en todo ese tiempo, quise llevarme algo a la boca cuyo sabor disfrutara tanto como ella saboreaba su cena. Quería emularla, de verdad lo deseé. Estaba muy hambriento, lo mismo que sediento de la acción que no había tenido en los últimos meses. Finalmente respondí:

—Sí, mucha. Si Rolando coincide conmigo, saldremos a cazar.

Rolando se mostró sorprendido. Lo que él no había logrado trayéndome carne olorosa y sanguinolenta, la bella Mónica sí lo había conseguido con su voraz ritmo para engullir y tomar cuanto estaba en la mesa. Verla comer era hipnótico.

—Es bueno oírte hablar así —expresó mi amigo—. En cuanto Mónica termine su cena, saldremos a buscar una buena presa.

Mónica pareció turbada.

—Me aterra escucharlos hablar así.

—No te preocupes por eso, mi hermosa Mónica —dijo Rolando—, ya nos entenderás.

Afuera estaba muy oscuro. Por alguna razón, la simple idea de que estaba próximo a matar me puso eufórico. Mi cuerpo vibraba por las ansias contenidas. Sensaciones de agitación y hambre me invadieron. La brisa nocturna me cubrió con su dulce caricia. Hacía mucho tiempo que no disfrutaba de la compañía de Rolando en el momento de matar. Caminamos, asechamos, olfateamos. Esperamos el momento más propicio para iniciar. Los minutos volaban, las calles estaban desiertas, el ambiente nocturno estaba plagado de espectros del mundo de las pesadillas, pero una vez más yo volvía a ser uno de ellos. Esta situación me provocaba una sensación extraña, como si estuviera lleno de vida de nuevo, como si el mundo se hubiera transformado en otro nuevo y nosotros dos fuéramos los amos. Así me encontraba meditando con cierto gusto malicioso, cuando escuchamos cascos de caballos. Era un criollo el que cabalgaba rumbo a su casa después de haber estado con su amante; lo sabía porque yo lo conocía bien; era un caballero respetable.

—Mala suerte —murmuró Rolando— es un criollo y conocido tuyo.

—¿Y qué con eso? —repliqué.

—A ti nunca te ha gustado que matemos gente que conoces.

—¡Bah, al diablo con eso! Yo no tengo nexos con humanos; soy un licántropo.

Rolando se alegró como un padre orgulloso de que su hijo siga sus pasos. Sé que suena increíble cómo fue que cambie de opinión en este aspecto, pero no hay gran misterio, no fue un proceso de algunos días, sino una profunda metamorfosis de varios años. Hacía ya tiempo que venía recapacitando sobre mi condición; era ridículo tratar de vivir como lo que no era. ¿Por qué no sólo ser yo y olvidarme de todos a mi alrededor? Lo único que me mantenía atado a la naturaleza humana era Tina. Al morir ella, un sello marcado en lo profundo de mi alma se rompió. Los acontecimientos posteriores a su fallecimiento, ya relatados en esta historia, fueron el golpe de gracia que terminó por destrozarlo; ya no me sentía humano sino monstruo. El luto y la culpabilidad me obligaron a aceptar que no había otra realidad sobre mi naturaleza. Mónica fue como una bocanada de aire fresco, pero también fue el punto de comparación entre lo humano y lo animal, donde las bestias eran los amos y la doncella su mascota. Lo único que necesité fue esa pequeña inyección de vitalidad que ella me dio. No tenía por qué vivir como humano. En algunos aspectos sin duda que debería, a fin de aparentar normalidad, sin embargo, en el fondo me seguía preguntado si tenía algún caso vivir a medias, como lo que no era, si no había una forma de existir como un auténtico hombre lobo.

Rolando se perfiló para comenzar la cacería.

—Vamos a jugar.

—Aguarda —ordené poniendo mi mano sobre su pecho, él me miró perplejo, yo sonreí, quizá tan siniestro como él solía hacerlo, y comenté—, déjame hacerlo.

Rolando asintió con su encantadora sonrisa de demonio y se hizo a un lado. Me descalcé y me quité la ropa; la brisa nocturna acarició mi entonces esquelético torso desnudo. Me transformé gozando por la deliciosa sensación de poder olvidada, sintiendo cada pelo de mi espalda que brotaba y se erizaba, mientras me ponía en cuatro patas. Alcé la cruz, estaba listo para entrar en acción. Me acerqué vigilando desde las sombras a la indefensa víctima. Su caballo se puso nervioso; el buen animal presentía lo que estaba a punto de suceder. ¡Lástima que su dueño no atendiera a esta advertencia! La mayoría de los humanos son tan torpes en su propia inteligencia, que muy pocas veces hacen caso de los animales, quienes gracias a su sexto sentido, a veces pueden percibir mucho más de lo que la gente cree. El sujeto al que me disponía a atacar aún estaba saboreando el perfume de su amante. Con un movimiento rápido lo derribé del caballo, éste se encabritó, una loca furia me acogió al escucharlo relinchar; recordé la forma en que murió Tina y me llené de rabia; eran los demonios que se agolpaban en mi cabeza rehusándose a dejarme en paz; estaba cansado de soportarlos, estaba enfermo del luto. Apreté los dientes, adopté una pose imponente y rugí con todas mis fuerzas, el animal aterrado salió corriendo. Recuperé la confianza en mí mismo, me sentí poderoso como nunca antes; había ganado esta batalla contra los espectros enviados por el ángel acusador. Me volví hacia mi presa; le quité la vida en un santiamén, luego tomé su cadáver y lo arrastré hacia donde Rolando aguardaba. Me incliné sobre el cuerpo, descubrí el torso, abrí un hueco en su pecho con mis fauces, luego sujetando con ambas manos la carne de la herida abierta, abrí al cadáver para dejar al descubierto los órganos vitales. Hice un ademán de ofrecimiento.

—Sírvete, amigo mío.

Rolando estaba conmovido por esta salvaje muestra de cortesía.

—Me alegra que hayas vuelto.

Murmuró y hundió sus dientes en este banquete de vísceras.

Tras tanto tiempo de ayuno, al día siguiente me daba vueltas la cabeza por el placer del sublime sabor de la sangre humana, como una sensación voluptuosa de éxtasis en cada célula de mi cuerpo. También noté que me sentía más fuerte. Me levanté de la cama, me aseé y bajé a ver a Mónica. Ella y Rolando hablaban y reían, ella con esa sonrisa cándida, él con su habitual aire malicioso. Y pensar que tan solo unos días atrás él la trató como su presa, y en cambio ahora, la relación entre ellos era muy diferente, como la de dos personas que se entienden y se guardan mutuo aprecio. Esto me hizo tener cierta certeza de que todo marcharía a la perfección. Mónica parecía estarse acoplando bien a vivir a nuestro lado.

En la noche Rolando se mostró ante ella con su aspecto de licántropo. Fue una situación extraña, el lobo rojizo vestido con elegancia, paseándose en torno a ella como un perro doméstico. Le preguntó si todavía le temía, a lo que ella contestó con una mirada dulce, mientras acariciaba el pelaje de su cabeza:

—No, en lo absoluto. Hay mucha grandeza en esto.

Así que lo que quedó de esa semana Rolando se siguió mostrando a Mónica con su forma animal. A mí también me vio transformado, sobre todo porque al haber puesto fin a mi ayuno, un hambre voraz me dominó y pasé los siguientes días buscando aperitivos; gallinas, carne de res y por supuesto, personas.

Fue entonces cuando ocurrió algo que no esperaba, o que en mi ingenuo y renovado entusiasmo no supuse. Era de mañana estaba enseñando matemáticas a Mónica, cuando Rolando entró, se aproximó en silencio hasta nosotros y fijó su vista en ella. Esperó a que hiciéramos una pausa, entonces, tomó la mano en cuya muñeca ella tenía atado el vendaje.

—No tienes que usar esto, ya estás bien.

Con un movimiento desató la venda y la dejó caer.

—¿Lo ves?

La piel de su muñeca no tenía ni un rastro de que alguna vez hubiera estado herida. Una delicada expresión de asombro se dibujó en el rostro de ella.

—¡Esto es increíble!

Se levantó exaltada y se dirigió hasta el espejo de la sala, frente a este se descubrió los hombros. Dio un suave grito de júbilo.

—¡Dios bendito! Es un prodigio; han desaparecido.

Rolando sonrió siniestro. Todo esto trajo viejos recuerdos a mi mente. En un instante entendí todo, su hambre, la luminosidad de su aspecto, la desaparición de las cicatrices. Supe que era verdad lo que temía.

—No, esto no es ningún prodigio —murmuré—, es una maldición.

Mónica estaba tan feliz que ni siquiera me escuchó. Rolando me miró indiferente, me irritó aún más su expresión ecuánime. Me levanté y lo tomé del cuello de la camisa.

—Desgraciado, ¿qué has hecho?

Mónica se volvió hacía nosotros, permaneció a la expectativa, Rolando ni siquiera se inmutó, respondió con la misma tranquilidad:

—No sé a qué te refieres.

—¡La contaminaste! —grité— ¿O me equivoco?

—Detente —interrumpió Mónica.

—¿De verdad quieres dar una escena enfrente de nuestra protegida? —preguntó Rolando.

Lo solté y volví a preguntar.

—¿Qué le has hecho? Tanto tú como yo sabemos muy bien a lo que me refiero.

—Entonces ¿por qué haces una pregunta si ya conoces la respuesta?

—No juegues conmigo.

—No podía correr el riesgo de que al morir ella te volvieras a entristecer. Además es preferible querer a un inmortal como nosotros, a que vuelvas a fijar tus afectos en un patético, inferior y mortal humano.

—No te atrevas a insultar a Justina.

—Qué más da, ya está muerta.

Le solté un puñetazo que Rolando no se esperaba, se tambaleó y dio un paso atrás. Gruñí, volví a sujetarlo de la camisa. Escuche una protesta sutil, unos dedos tocaron mis manos. Miré de reojo a Mónica, ella se veía exaltada. No quería alterarla, así que me tranquilicé un poco. Volví a preguntarle a Rolando.

—¿Tiene idea de lo que le pasará?

—Por supuesto que sí, ¿no es así, Mónica?

Volteé hacia ella en espera de una respuesta, Mónica contestó con aplomo:

—Lo sé.

—Lo ves —replicó Rolando triunfante.

—¿Cómo pudiste?

—Aquella noche después de que te fuiste, me disponía a quitarle la vida cuando se me ocurrió una idea. Tuvimos una larga conversación —estiró la mano para acariciar el rostro de Mónica—. Ella te recordaba a Justina; le encontraste algún parecido. Yo no lo creo, no te ofendas, pero comparar a Mónica con Justina es una apreciación injusta porque Mónica es mucho más hermosa —Mónica se sonrojo, Rolando bajó la mano—. De inmediato formulé un proyecto. Le propuse perdonarle la vida y darle una nueva, muy diferente a la dura existencia que tenía antes. Le di a escoger entre ser mi cena o un ser superior, y educarse y vivir como una dama. Entre esas dos opciones, ¿qué crees tú que ella eligió? Además, todos salimos ganando; tú tienes una oportunidad de tener a tu lado una compañera y ella recibe inmortalidad, educación, un hogar y una vida bienestar. Lo mejor de todo es que nuestros respectivos instintos sociales quedarán satisfechos, ahora que por fin comenzamos a formar una jauría.

—¿Qué es lo que opinas de todo esto? —interrogué a Mónica— ¿Piensas que se trata de un don, que Rolando te ha hecho un gran favor?

Mónica me enseñó una faceta de su personalidad que hasta entonces no había descubierto en ella. Se mostró firme, orgullosa y ofendida cuando formulé esta pregunta. Respondió con una gran seguridad:

—Rolando es mi benefactor.

—Esa noche él te trajo con la intención de devorarte.

—Y a pesar de tener entre sus manos mi destino y del enorme poder que tiene, fue benevolente, me perdonó y compartió conmigo ese poder.

No sabía que más decir. Eso bastó para que ella me demostrara que estaba sujeta a esta convicción; no iba a cambiar de parecer, sus ojos color zafiro, su actitud, la forma en que apretó los labios mostraban esta determinación. Rolando sonrió triunfante, lo miré con cierto resentimiento. Salí de la casa procurando caminar por la sombra; quería estar solo y meditar. ¿Tenía Rolando derecho a jugar a capricho con las vidas de otras personas? ¿Él había sido mejor al poder hacer con Mónica lo que yo ni siquiera hubiera pretendido hacer con Justina? ¿Era una injusticia obrar de esta manera? Las palabras de Mónica resonaron en mi cabeza; "benevolente", "poder"; ¿era una maldición, o un regalo divino de inmortalidad? Por más que lo pensé no encontré las respuestas. Me di cuenta de que nuestras vidas y destinos estaban atados irremediablemente por los tentáculos de la misma maldición.

Esa noche Mónica tomó su primera lección de piano impartida por Rolando, quien era un pianista formidable. Tras un rato de ejercicios sin interrupción, Mónica pidió unos minutos para descansar. Hasta ahora nunca le había preguntado nada con respecto a su origen y su vida antes del cambio. Algo dentro de mí, me decía que mucho de su vida anterior tenía que ver en su determinación de ver a Rolando como a un santo benefactor. Decidí aprovechar la ocasión para abordarla.

—Mónica, ¿no extrañas a nadie? ¿Algún familiar o amigo?

Ella me miró con atención. Rolando permaneció a la expectativa de su respuesta.

—A nadie —respondió con frialdad—, yo no tenía amigos. ¿A quién podría importarle? Para los que me conocen yo no soy más que una vulgar ladrona y una perdida —esto último lo dijo bajando la voz.

—¿Y tu familia?

—La única familia que conocí fue mi madre, pero murió de tuberculosis hace años.

—¿Con quién vivías?

—Con mi padre, por desgracia.

Rolando se percató de la nota ácida con la que respondió, esto hizo que se interesara en ella, así que le pidió que nos hablara de sus padres. Ella suspiró.

—Pues bien, lo que sé de mi madre me fue informado por boca de mi padre. Ellos vivían en Guadalajara. Mi madre se llamaba Margarita de la Vega Cortez. Era una hermosa mujer fina y educada, de cabellos rubios y ojos azules como los míos. Mi padre siempre dijo que yo era idéntica a ella. Mi madre pertenecía a una respetada familia española que dejó su residencia en Madrid para vivir en este país cuando ella era una niña. Mi padre era un mestizo, hijo ilegítimo de una sirvienta. Su nombre es Fermín. Él trabajaba como sirviente en casa de los padres de mi madre. La joven Margarita estaba prometida a casarse con el hijo de una respetable familia. Lo que sucedió entonces es a lo que yo llamaría, la fuerza de la fatalidad. El futuro esposo de mi madre cayó enfermo de neumonía. Antes de dos semanas lo enterraron. La desolada Margarita se encerró a llorar su pena. Fue entonces cuando el infame mozo Fermín, aprovechó la oportunidad para hacer sus avances. Se valió de toda clase de artimañas para consolarla y hacerle creer que era su amigo. Cuando se ganó su confianza le confesó que la amaba. Ella, aún con el corazón destrozado, cayó engañada. Yo jamás he creído que aquello fuera amor, mucho menos cuando uno de los partícipes de esta historia, fue un hombre de corazón tan frío, como lo es mi padre. Él era un pícaro, deslumbrado por la belleza de mi madre y por las riquezas que poseía, tan ajenas para él. A su vez lo que mi madre sintió por él fue un sentimiento equivocado por el dolor. Fue un amor por capricho.

Cuando fue descubierto, él recibió una tunda, luego lo echaron a la calle, advertido de muerte si se atrevía a volver a posar sus ojos cerca a la señorita Margarita. Ella fue encerrada y se le dijo que la enviarían al convento. Esto lejos de acabar con el amor de la pareja, avivó sus sentimientos. Ella se visualizaba a sí misma y a Fermín como a dos atormentados amantes; eran Píramo y Tisbe. Mi padre comenzó a maquinar la forma de hacerse con ella, pues para él mi madre representaba una oportunidad de conseguir capital. Él se las ingenió para entrar a su casa en la noche y llevársela junto con el dinero y las joyas que ella había juntado. Se casaron en secreto. De cierta forma él esperaba que, al ser ella una hija tan querida, su familia la perdonara y así hacerse con una buena dote y un nombre. Sin embargo no fue así, su familia nunca la perdonó; declararon que para ellos, Margarita estaba muerta. Mi padre no tardó mucho en despilfarrar el dinero que habían conseguido al fugarse. Pronto el demonio del hambre los azotó. Mi padre se fue tornando cada vez más molesto por no haber logrado las grandes riquezas que esperaba. Luego, la necesidad y la búsqueda de trabajo los llevó a la capital. Ella resintió la falta de todo aquello a lo que estaba acostumbrada, extrañaba los mimos de sus padres, su vida acomodada, la estabilidad. Mi padre no tardó en mostrar su verdadera naturaleza cruel. Frustrado porque las cosas no salieron como esperaba, comenzó a vengarse en ella. A partir de entonces la vida de mi madre se convirtió en un martirio. Año y medio después de que se fugaran nací yo. Meses después ella volvió a quedar encinta, pero perdió al bebe y ya nunca volvió a concebir. El dolor y la frustración que la invadieron fueron enormes, de momento su único consuelo fui yo.

Mónica bajó la cabeza; en sus ojos se leía una gran cantidad de escenas indescifrables del pasado. Con la melancolía pintada en la cara, suspiró y continuó:

—Mi madre era un ángel. Para ella yo era como una de las muñecas que ella solía tener. Siempre se preocupó por todo lo concerniente a mis necesidades. Ella prefería pasar hambre antes que verme llorar. Mientras vivió siempre me defendió del carácter irascible de mi padre —hizo una nueva pausa, las llamas del odio tomaron lugar en sus pupilas—. Él pierde la cabeza con facilidad, siempre ha sido así. Sin embargo ella nunca dejó de sonreír, aun a pesar de que ni con su carácter noble ni con sumisión se salvó de que mi padre le diera una paliza de vez en cuando. Un invierno mi madre enfermó. Nunca se recuperó; tosía mucho y estaba débil. Murió cuando yo tenía siete años, dejándome sola a mi suerte. Mi padre la lloró más de lo que yo hubiera esperado. Comenzó a beber en exceso. Su actitud fue tan egoísta que no se percató de la niña que tenía a su lado. Él se preocupaba poco, cercano a nada, de mí. Creo que me odiaba por parecerme a mi madre, en realidad nunca lo entendí. Ahora que no estaba ella ya no había quien me protegiera de sus malos tratos. A veces me decía que no tenía por qué alimentarme, que si quería comer que me ganara el pan. Hacía pequeños mandados que no aportaban el suficiente dinero para tenerlo contento. Me obligó a mendigar. Si llegaba a casa tras haber conseguido tan sólo unos cuantos reales, me aporreaba. Para librarme del castigo, comencé a robar. ¿Qué más podía hacer? El hambre es horrible; el desamparo y la desesperanza son malos consejeros. Algunas veces me atraparon; algunas veces escapaba, otras más me dieron muchas palizas.

Mi padre se emborrachaba seguido. Si yo tenía suerte, se quedaba dormido, si ocurría lo contrario, lo primero que hacía al verme es que se disgustaba por el menor error, entonces me abofeteaba y me gritaba. Muchas veces me acusó de ser un estorbo, hasta llegó a manifestar su deseo de que yo hubiera muerto antes de nacer. Vivir con él era vivir en el miedo constante. Pero eso no fue lo peor. Los amigos de mi padre siempre fueron gente de la peor calaña. Varios años después —continuó con un hilo de voz y sin levantar la vista— hizo sociedad con otro hombre, juntos decidieron abrir una taberna. Yo ya contaba con doce años de edad. Su socio era un hombre horrible que jamás me quitaba la vista de encima. Me asustaba la forma en que me observaba, pero cuando me sonreía me daba más miedo. Mi padre no tardó en darse cuenta y en vez de protegerme decidió llegar a un acuerdo monetario con él. Una noche lo dejó entrar a la habitación en la que yo dormía. No hubo nadie que se apiadara de mí. Yo sólo era un objeto. Quise morirme. Esa fue la primera de muchas veces más en que mi padre se valió de mí para ganar dinero. Un año después mi padre y su socio se separaron. Él ofreció pagarle a mi padre una generosa suma por mí; para mi buena suerte, mi padre no aceptó. Llegamos aquí, a Puebla. Nos establecimos en un barrio bajo donde mi padre es dueño de una taberna. Traté de buscar trabajo, pero él no tardó en obligarme ejercer otra clase de oficio a cuantos le pagaron por mí. De ahí la fama que tengo en este pueblo. Hubiera querido ganarme la vida de otra forma, pero no fue posible, ¿quién querría darle trabajo a alguien como yo? No me quedó más remedio que seguir atada a mi desdichada suerte.

—¿Nunca trataste de escapar? —pregunté.

—Sólo una vez, a los catorce años, pero me encontró y me dio la peor tunda de mi vida, no sé cómo no me morí. Nunca más lo volvía intentar, de cualquier forma, no tenía a dónde ir, ni un amigo. Una moza sola como yo se hubiera expuesto a más infortunios, tratando de refugiarse en un arrastraderito, entre otros miserables, muchos de ellos, de alma tan perversa como mi padre. Al final me resigné a obedecer y soportar —Mónica hizo una larga pausa, luego añadió lacónica—. Recé mucho sin esperanzas, le supliqué a Dios me ayudara a salir de ahí. Entonces por fin nuestro Señor se apiadó de mí y llegó Rolando.

—¿Dios o el Diablo? —replicó el pelirrojo.

Mónica no respondió, pero su mueca pensativa me reveló que el mismo planteamiento ya le había pasado por la cabeza. Sentí lástima por ella. Me acerqué para abrazarla, ella trató de evitarme, yo no me retiré sino que insistí, ella aceptó mi gentileza. Rolando se aproximó, la tomó de la mano, ella pasó de mis brazos a los de él por un instante. Se desprendió de ella y sin soltarla de la mano le dijo con su voz serena:

—Todo eso ya quedó atrás, ahora tienes un hogar entre nosotros donde puedes tener por seguro, que jamás volverás a ser víctima de nadie.

Mónica sonrió, una lágrima resbaló por su mejilla, la retiró con las yemas de los dedos. Bajó la vista avergonzada; creo que no quería que la viéramos llorar.

—Gracias, ahora si me disculpan, estoy un poco fatigada. Anoche no dormí muy bien.

Se retiró. Me quedé pensativo, escuchar que ya tenía problemas para dormir me trajo muchos recuerdos de mi propia transformación. La aseveración de Rolando de que no volvería a ser víctima; el sufrimiento y el cambio de fortuna. Comenzaba a entender por qué ella apreciaba la maldición que mi amigo le había otorgado.

Con el paso de los días y el crecimiento de la luna, la sintomatología de Mónica evolucionó rápido. Su antes copioso apetito desapareció, nos confesó que tenía problemas para dormir y pronto nos mostró sus nuevos dientes afilados; al menos la consolaba tener completas todas sus piezas dentales otra vez, pues había un par que había perdido o que tenía rotas por causa de las palizas de su padre.

—Ella está cambiando más rápido que yo —le comenté a Rolando.

—Recuerda que nuestra transformación está regida por el ciclo lunar. Conforme la luna termina su ciclo, la metamorfosis se va logrando hasta que es completa con la siguiente luna llena. Tú cambiaste en el transcurso de un mes lunar, por lo que el proceso fue lento. Yo fui convertido un día antes de la salida de la luna llena, de manera que mi transformación fue casi inmediata.

La luna siguió creciendo y Mónica empeoraba con cada día. Una tarde no la encontramos por la casa. Luz María nos informó que Mónica se había negado a salir de su habitación en toda la mañana, que se opuso a que se abrieran las cortinas para dejar entrar la luz; nos dijo que parecía muy enferma, incluso comentó que quizás moriría, no sin cierto brillo de gusto en la mirada. Rolando agradeció la información. La despachó fuera de la propiedad, a ella y a todos los demás, más temprano que de costumbre. Rolando se encargó de atender a nuestra protegida, luego la dejó sola para que descansara un rato más.

Al caer la noche acudimos a su lado. Entramos a su habitación, ahí la encontramos postrada en cama sin poder moverse. Nosotros ya estábamos inquietos por el escozor y la irritación que siempre producen esas noches, el cual se quita hasta el momento en que la luna se eleva en toda su magnificencia y nos transforma con su luz.

—Buenas noches, Mónica —saludo Rolando.

Ella respondió débil e irritada:

—Me muero, lo presiento.

—Creí que me tenías más confianza —ronroneó Rolando, fingiendo estar herido.

Me acerqué hasta el lecho de nuestra discípula, tomé su mano; estaba mortalmente helada; la apreté con mis manos y deposité un beso en ella. Esta situación me trajo a la mente tantos recuerdos sobre mi propia transformación, los mismos que tendría cualquier persona, si pudiera recordar el proceso que tuvo que pasar cuando arribó al mundo por vez primera; la clase de recuerdos que tendría una mariposa respecto al momento en que rompió su capullo. Ahora Mónica estaba a punto de convertirse en uno más de nosotros. Rolando estaba emocionado, para él la transformación de Mónica era una ocasión muy especial.

—Ha llegado el momento —anunció —. Por favor, Ernesto, ve a abrir la ventana y corre bien la cortina para que podamos admirar la noche.

Me puse de pie, me dirigí a la ventana, abrí la cortina de par en par cual si fuera el telón que da paso a un gran espectáculo, y mientras descubría los vidrios de la ventana, la luz de luna me tocó y me transformé en lobo, luego me volví a Rolando, hice una seña de asentimiento con la cabeza y me hice a un lado. Rolando tomó a Mónica de la mano.

—Anda —ordenó—, ven conmigo.

Mónica se levantó con dificultad, hizo acopio de todas sus fuerzas para no derrumbarse. Se dirigieron a la ventana. Antes de llegar a ésta, Rolando soltó a Mónica, él permaneció sin hacer un solo movimiento, de pie en el umbral, transformado en hombre lobo, mientras que Mónica terminó el recorrido como un autómata; ya había caído bajo el hechizo de los rayos argentinos que se colaban por los vidrios; estaba a escasos segundos de convertirse en una adoradora de la luna, igual que nosotros. Caminó con la vista fija en el silencioso rayo azul, hasta que sus manos encontraron el marco de la ventana, sus ojos se volvieron hacia el cielo, entonces comenzó la verdadera función; el preludio fue la larga y mortal primera vista, después de eso el malestar, el dolor, los ensordecedores latidos de corazón, luego la desesperación, el desplome, la furia, la lucha llena de alaridos y gruñidos, la pausa total, la muerte, el silencio volviendo a reinar, y la resurrección como hija de la noche. Mónica se incorporó para volver a fijar su atención en el cielo. Aún recuerdo como si fuera ayer, cuando vi por primera vez a aquel nuevo animal carnicero, de pelaje gris con ciertos matices rubios y de penetrantes ojos azules. Los agudos colmillos asomando por su boca, su imponente imagen. Tenía gráciles pero letales garras y su cuerpo de lobo con sus formas femeninas, era una versión mucho más estilizada de los de nosotros. Sin duda era la cosa más bonita que hubiera visto jamás.

Ella nos ignoró por completo, su cerebro tenían un sólo objetivo, seguirse llenando de luna. Ella se quedó inmóvil, contemplando a la argentina Selene durante un lapso de unos veinte minutos, hasta que Rolando la interrumpió:

—Es suficiente —tomó a Mónica de la mano—, ya tendrás miles de noches más para admirarla a placer. Ahora ven con nosotros, es hora de comenzar con las lecciones que aún no has tomado.

Ella se volvió en silencio, admirando todo con su recién adquirida visión nocturna. Nos observó convertidos, entonces, como si por fin hubiera caído en cuenta del proceso que acababa de vivir, contempló sus garras y pareció sorprendida.

—Todo está bien —murmuró Rolando—, ahora eres parte de nuestra especie —tomó el rostro de la loba entre sus garras, se acercó mucho a ella y dijo con sensualidad—. Eres muy hermosa. Ven, vamos a mi habitación, ahí hay suficiente luz para que aprecies tu imagen en el espejo y descubras la magnífica criatura en la que te has convertido.

Salimos del cuarto de Mónica. Ella y Rolando caminaban delante de mí. Ella no se separó de sus brazos ni por un segundo, manteniendo una proximidad estrecha. Una vez que estuvimos en el cuarto de mi amigo tomé asiento. Él había, llenado toda la habitación con velas, en el centro estaba colocado un enorme espejo. Le indicó a la nueva mujer lobo que se mirara, ella, al principio temerosa, consintió en hacerlo. Después de observarse durante algunos minutos, Rolando le preguntó:

—¿Qué opinas?

—¿A ustedes que les parece?

—Admito que estoy sorprendido —comenté.

—Me gusta, aunque sé que soy un monstruo.

—No lo digas como si fuera algo malo —replicó Rolando y añadió— Eres licántropo como nosotros, ahora estás por encima de los seres humanos, eres inmortal, eres joven y sobre todo, ahora formas parte de una raza superior. El hombre en cambio ¿qué es en realidad? Un ser espiritual, mecánico y animal que sueña ser racional; pretende descubrir a Dios tratando de ser como él y es una amenaza hasta para sí mismo. Los humanos no son nada, sólo presas de caza. Viven efímeras existencias, no tienen los refinados sentidos que tenemos nosotros para apreciar y analizar a fondo el mundo que nos rodea, sino que perciben todo a su alrededor de una manera imperfecta y borrosa con sus limitados sentidos. El ser humano no tiene la comprensión natural animal que perdió cuando se volvió irracionalmente civilizado, por lo tanto es incapaz de entender muchas cosas del mundo que lo rodea de la forma en que nosotros podemos hacerlo. Además ahora que somos más parecidos a los animales que a los humanos, hemos ganado mucho. Los animales son mejores por muchas razones; se conducen por sus necesidades, no por sus vicios; la aceptación se basa en un instinto de conservación y supervivencia, no en un paradigma racial, social o religioso; luchan para existir, no para dominar y aplastar sin razón, puesto que todo en la naturaleza coexiste en un perfecto equilibrio. El animal es fuerte y está mejor preparado para la lucha, el hombre en cambio es frágil. No obstante, el animal tiene varias desventajas frente al humano, por ejemplo, el humano cuenta con la razón, que es un don más valioso que el oro. Las fuerzas del hombre también son nuestras, nosotros somos la fusión de la esencia de la bestia con todas las ventajas del raciocinio humano. Somos un prodigio, somos licántropos.

Mónica escuchó atenta cada palabra. Se volvió a mirar en el espejo y sonrió:

—Soy un depredador. Me gusta lo que veo, pero me gusta más saber lo que soy.

—Así es —sonrió malévolo el licántropo—. Ahora comencemos con la primera lección. Tienes hambre, todos nos sentimos así la primera noche. Debemos salir a cazar.

Buscamos una presa. Contrario a lo que me esperaba, Mónica se comportó a la altura de su raza; atacó sin piedad, mató, y se alimentó como una verdadera loba. Rolando no cabía de orgullo por su nueva adquisición, una discípula más para la que a partir de esa noche sería nuestra jauría. Sin embargo no todo podía ser perfecto a la primera noche, pues justo cuando creíamos que Mónica se mantendría firme, ella suspiró melancólica cuando comenzamos a enterrar los restos de la víctima.

—No hagas eso —gruñó Rolando.

—Somos unos asesinos. Ahora que he calmado mi apetito, he razonado lo que he hecho y no puedo evitar sentir remordimiento.

—Somos lo que somos —replicó Rolando, luego se volvió al cadáver que yacía en el agujero cavado por nosotros y continuó con la faena de cubrirlo de tierra—. Tú y Ernesto se entenderán muy bien; él en su primera noche también sintió lástima por su víctima y quiso rezar por ella.

—No es cualquier cosa matar a alguien y devorarlo por primera vez —respondí con tosquedad.

—Para mí no significó mucho, mi estimado Hermano Lobo— suspiró Rolando aburrido, se incorporó y se sacudió el polvo.

—No te creo —interrumpió Mónica—, debiste sentir algo por tu primera presa.

—Claro que no —respondió de esa forma indiferente en que solía hacerlo—, fue demasiado patético para haberme inspirado cualquier emoción.

Terminada esta macabra labor, fuimos a correr lejos del pueblo, por los árboles, donde la mujer loba nos sorprendió con su asombrosa velocidad, pero sobre todo con su flexibilidad. Más tarde volvimos a casa donde le explicamos a Mónica todo lo que debía saber para mantener su doble vida, lo referente a sus impulsos e instintos intensificados y de lo importante que era mantenerlos bajo control. De cierta forma me pareció todo una falacia. Antes de la caza, Rolando le habló de todas las ventajas humanas y animales que conlleva ser un licántropo. Después de la caza le habló de las desventajas implícitas en nuestra condición ambivalente.

La tarde del día siguiente ella se despertó radiante de alegría al contemplar su aspecto joven, saludable y hermoso, mejorado por la licantropía. En cuanto la vimos nos quedamos boquiabiertos ante la visión de imposible belleza que nos saludó con una sonrisa radiante como el sol. Su piel lucía sedosa, sus ojos resplandecientes como lagos azules, los rizos de su cabello brillaban como el oro y se movían como si tuvieran vida propia. Toda ella era espectacular, robaba el aliento nada más de verla. Ya no era ni la sombra de aquel gorrioncillo de alas desgarradas que una mañana en el mercado chocó con mi adorada Justina; ya no era el ave malherida que una noche cayó en las garras del pelirrojo. No, ahora era un maravilloso cisne deslumbrante de gracia.

—Buenas tardes —saludó.

Rolando, igual que yo, estaba embelesado, contemplando a la asombrosa beldad que teníamos enfrente. Mónica se acercó a él, le dio un beso en la mejilla. Acto seguido murmuró:

—Gracias.

—¿Cómo es posible que un arcángel haya bajado del cielo a darme las gracias? O acaso es una visión del Averno que ha venido a premiarme por haber sido lo bastante malo.

Ella sonrió segura de su encanto.

—Me has dado un don maravilloso —luego me miró—. Gracias a los dos porque me han dado una vida que creí inalcanzable.

—No ha sido nada —ronroneó Rolando—, todo esto y más es lo que se merece alguien como tú. Y pensar que creí que traía una presa, pero en realidad descubrí un fascinante diamante tirado en el fango.

Rolando fijó la vista en ella asechando y seduciendo, le acarició la barbilla, Mónica sonrió altanera, consciente de su nuevo poder. La loba dijo:

—Es como un sueño extraordinario, o quizá una pesadilla maravillosa, en la que soy el monstruo y no la víctima.

—Un monstruo aterradoramente encantador —suspiró Rolando.

—Todo esto es más de lo que hubiera esperado.

—Lo vales. Eres una Galatea, una Pandora. —Rolando dio unos pasos alrededor de Mónica, mirándonos a ambos. Se detuvo detrás de ella y la rodeó con los brazos— Ya no tienes por qué volver a sentirte indigna ante nadie, tampoco tienes por qué seguir pensando de la misma manera que hacen los humanos. Ellos están llenos de prejuicios sobre cómo debe actuar un hombre o una mujer. No son más que ideas para dividirse unos de otros. Para nosotros eso tiene poca relevancia. A fin de cuentas no formamos parte de su especie, es más, la diferencia, o igualdad de sexo, no tiene que ser un obstáculo en ningún aspecto de nuestras vidas.

Al decir esta última frase, acentuó el "ningún" y arrastró las palabras con sensualidad, mientras que en sus labios se dibujó una sonrisa maliciosa, levantó la vista y la clavó en mí, pasé saliva sin poder dejar de sostenerle la mirada, él puso ambas manos sobre los hombros de la loba, su atención seguía en mí. Mónica permanecía reflexiva, asimilando cada palabra. Él rodeó a Mónica para quedar de frente a ella y le tendió la mano.

—Anda, querida —indicó con cierta indiferencia—, ya es hora de tu clase, debes de continuar con tus estudios.

Una semana después, estábamos caminando por la calle, ya caída la noche, cuando ella se detuvo.

—Quiero ir en aquella dirección —indicó son voz suave.

Rolando se le quedó viendo con aire reflexivo. Le preguntó:

—¿Estás segura de lo que deseas?

Ambos intercambiaron una mirada de esas que dicen mucho más que mil palabras. Fue una conversación sólo entre ellos dos, de la que yo estaba excluido.

—Confía en mí —respondió ella.

—Hágase como tú quieras —sentenció mi amigo.

Emprendimos el camino. Me acerqué a Rolando y le pregunté al oído.

—¿Qué fue todo eso?

—Es hora de tomar una copa de vino, uno que tiene el gusto más dulce o el más amargo. Sólo espero que ella lo encuentre placentero.

Permanecí en silencio, decidido a observar lo que estaba a punto de suceder.

Llegamos hasta una taberna y entramos. El tufo de las personas mezclado con el del pulque y el mezcal inundaban la atmósfera; era el olor de la decadencia. Unos jóvenes mestizos que estaban jugando billar, voltearon recelosos hacia la delicada dama, que se abría paso por entre ese pantano. Ella avanzaba al frente de nuestra jauría, segura de sí misma. Un sujeto que hasta entonces había permanecido recostado en la barra con la cabeza entre los brazos, se incorporó. Al igual que los demás, estaba boquiabierto ante la belleza de Mónica. La saludó con voz rasposa:

—Ya era hora de que volvieras, preciosa; he extrañado el olor de tu cabello.

Ella lo miró arrogante, como si se tratara de un insecto, se limitó a voltear la cabeza con un altanero gesto de desprecio. El tipo ofendido exclamó:

—¡Bah! Esta ramera creé que porque ya viste y calza es una señora, pero mira que, el que nace barrigón, aunque lo fajen de chico.

Algunos hombres se rieron a carcajadas, Rolando se volvió hacia el que había hecho el comentario.

—Yo en su lugar me guardaría de decir tales majaderías —sentenció.

El sujeto se incorporó, se acercó a Rolando que permanecía indiferente.

—Ni crea que por catrín puede mandarme que decir. Mejor ándese con cuidado, que no sabe con quién se mete.

Amenazar a Rolando era como prender la mecha de un cohete. Sin abandonar su aire indiferente respondió:

—Me disgusta el olor de su boca hedionda, casi tanto como la estupidez de las palabras que por ella salen.

Antes de que aquel sujeto pudiera decir o hacer nada, mi amigo lo levantó por los aires y lo arrojó a la calle. Alguien iba a levantarse, Rolando se volvió muy rápido, manteniendo una actitud fiera.

—¿Quién sigue? —rugió, sus ojos brillaron como brazas— ¡Adelante, háganme el honor! Pero les aseguro que la próxima vez no seré tan amable.

Todos se quedaron quietos, como detenidos por algún instinto que les previno del monstruo, que amenazador les mostró los colmillos. Rolando sabía cómo imponerse, incluso en su forma humana daba miedo. El silencio reinó. Me aproximé a la barra y deposite una buena cantidad de dinero.

—Sirva pulque para todos —anuncié ecuánime—, yo invito.

Las personas volvieron a lo que estaban haciendo. Mónica se dio la vuelta y siguió su camino a través del lugar, hasta el otro lado del mostrador. La gente que atendía el lugar la conocía, sin embargo no daban crédito a la transformación operada en ella. Embobados como estaban, ninguno se atrevió a interponerse en su camino, ni siquiera a dirigirle la palabra. Mónica entró por una puerta que conectaba a una bodega, ahí subió por una escalera de madera. En el piso superior había una estancia sucia, que emanaba decadencia desde los cuatro rincones. Ella miraba todo como si no estuviera ahí en realidad. Abrió una puerta y entró. Frente a nosotros, una mesa de madera, cuatro hombres sentados a su alrededor, con un montón de reales y con un mazo de cartas, echaban sus albures. La habitación estaba igual de sucia que la estancia anterior, pero mejor alumbrada y con algo más de ventilación. Nos observaron amenazadores. Uno de ellos fijó la vista en Mónica, abrió la boca sorprendido, luego sus cejas se unieron y su boca se torció en una mueca de desprecio.

—Hasta que regresaste —reprochó—. Más te vale que me hayas traído plata o esta vez sí te voy a romper un brazo.

Mónica sonrió.

—Hola, papá.

—Maldita basura, ¿dónde has estado y quiénes son ellos?

Mónica se volvió hacia los sujetos que estaban con su padre.

—Por favor déjennos a solas.

Ellos no dejaban de observarla, consternados, lúbricos, ella permaneció indiferente, repitió sus deseos con un tono de voz más firme. Rolando acudió en su ayuda.

—Hagan lo que ella les pide.

Los tres se mostraron en guardia, recelosos de nuestra presencia, se miraron unos a otros mientras se levantaban. Mónica tomó asiento frente a su padre.

—¿Quiénes son estos?

—Son mis benefactores y mis más estimados amigos.

—¿Ellos se quedan aquí?

—Quiero que los conozca.

El hombre hizo una mueca de desagrado.

—Sapo —se dirigió a uno de los hombres— tú te quedas —luego se dirigió a los otros— ustedes no se vayan muy lejos.

El Sapo se paró detrás del padre de Mónica, los otros abandonaron la habitación. Al pasar junto a Rolando, sus gestos nos mostraron que no éramos bienvenidos. Yo no bajé la guardia ni por un instante, mi amigo permaneció indiferente, con su sonrisa maliciosa en los labios. El campo de batalla estaba trazado, al igual que era obvio que la parte de la damisela tenía todas las de ganar.

—No eres más que una puta —prosiguió—, ahora mismo me vas a explicar por qué llegas vistiendo así y quiénes son estos tipos.

—Para usted nunca fui otra cosa que eso. Lo que nunca vio es que también fui una niña, su hija.

—No eres nada mío —replicó— no te pareces a mí. Siempre has sido una carga y una vergüenza.

—¿Vergüenza? ¿En qué aspecto? Es usted y su indecente proceder el que es digno de vergüenza.

El rostro de Don Fermín enrojeció de cólera. Cerró el puño y exclamó:

—¡No vuelvas a hablarme así!

—¿Por qué no habría de hacerlo?

—¡Tú me perteneces y harás lo que yo diga!

—Padre —murmuró Mónica—, pero ya no tiene poder sobre mí. Ésta será la última vez que hablemos.

Él se levantó de su asiento, se dirigió a Mónica, la tomó del brazo y la obligó a levantarse.

—¿Cómo te atreves?

En automático yo me aproxime igual que el "Sapo". Don Fermín me miró desafiante y soltó a Mónica.

—¿Y usted qué piensa hacer? —se abrió la chaqueta mostrando un puñal que llevaba en el cinturón— Ande, atrévase.

Mónica se volvió hacia mí y me indicó con una seña que no interviniera. Yo retrocedí.

—¿Quiénes son estos tipos y donde los conociste?

—Ya se lo dije, son mis benefactores.

Don Fermín se dirigió a nosotros.

—No crean que dejaré que se la lleven así como así —hizo una pausa y sonrió ambicioso—, ahora que, si tanto les gusta, podemos llegar a un acuerdo.

Rolando rio entre dientes. Se sentó en una de las sillas, luego hizo un ademán para ofrecer asiento a Don Fermín. Mónica volvió a sentarse en silencio, con una sonrisa de definitiva resolución.

—Verá usted —comenzó Rolando sosteniendo el mazo de cartas olvidado en sus manos y barajándolo varias veces con soltura sobrenatural—, sin duda alguna esta mujer vale su peso en oro, por las innumerables cualidades que aderezan su exquisita persona, todas ellas sin igual y ninguna de ellas desmerecedora de las demás. Es por ese inmenso valor que sería una injusticia ponerle precio, sería un insulto tratar de comprar con el sucio y vil, pero siempre necesario dinero, a una mujer como ella. Lo que le estoy diciendo —sentenció Rolando golpeando con el canto de las cartas juntas sobre la mesa—, es que es por demás absurda su pretensión de recibir un sólo céntimo por ella.

—Pues entonces olvídense de ella, porque no permitiré que se la lleven.

—Mi partida —interrumpió Mónica— ya no está en sus manos.

—¡Tú harás lo que yo diga! —gruño Don Fermín a su hija.

—Ya no tiene poder sobre mí —murmuró ella con total aplomo, luego sonrió siniestra; por lo visto estaba aprendiendo mucho de Rolando.

Don Fermín se levantó colérico, trató de tomar a Mónica del brazo una vez más, pero antes de que pudiera siquiera tocarla, ella lo sujetó a él por el cuello y lo arrojó a la silla donde había estado sentado hasta ese momento. Don Fermín observó a Mónica sorprendido, él jamás se hubiera esperado esto. Trató de volver a levantarse y Mónica, adivinando sus intenciones amenazó:

—Quédese en donde está, porque si se mueve lo volveré a regresar a su lugar.

El hombre masculló algunas maldiciones y permaneció sin moverse. El Sapo estaba boquiabierto.

—Hay algo que siempre he querido saber. ¿Cuál es la verdadera causa de su desprecio? —preguntó Mónica— ¿Por qué nunca me quiso? Merezco saber eso, después de todo lo que he tenido que soportar sin pedirte jamás nada a cambio. Adelante, responda, de cualquier forma ya tengo decidido su final y no voy a cambiar de parecer sea cual sea la respuesta.

—Eres igual a tu madre, creyéndose mejor que yo. ¿Quién podría quererte? Debiste nacer varón, me hubieras servido más. —Hizo una pausa y continuó con una nota ácida— Viéndote así arreglada eres aún más parecida a ella.

—Nunca quiso a mi madre.

—Ella no me sirvió para nada y en cambio tuve que cargar con ella y contigo. Yo la hice miserable pero ella en señal de venganza y como burla final, te dejó a ti, para que en tu cara viera siempre la de ella. Al dominarte a ti la derroté a ella —luego añadió alzándonos la voz—. ¡Ya estuvo bien de tonterías! Ustedes dos se largan, en cuanto a ti, ahora vas a saber quién soy.

Mónica cerró sus ojos zarcos, meditando lo que acababa de escuchar. Tras un instante se puso de pie, respiró profundamente, tratando de contener las emociones que agolpaban su pecho; para haber tenido que lidiar con ellas y controlarlas, a pocos días de su transformación en licántropo, debo admitir que lo hizo muy bien.

—Dígame algo, padre, ¿alguna vez ha sentido remordimiento en su vida?

—Yo no me arrepiento de nada.

Mónica se acercó a él.

—Bien, al menos en eso sí nos parecemos, porque yo nunca me arrepentiré de esto.

Con un movimiento veloz, Mónica lo levantó y lo arrojó de cabeza contra la pared. El Sapo se puso en guardia, temblaba lleno de temor por la demostración de sobrenatural rapidez y fuerza. Mónica se abalanzó contra su padre. Don Fermín se incorporó y sacó su cuchillo. Rolando exclamó:

—¡Mónica, cuidado!

Rolando se transformó y eliminó al "Sapo". Don Fermín rozó con la hoja de la navaja el costado de Mónica, ella retrocedió. Rolando se acercó a Don Fermín, lo desarmó y lo arrojó al piso.

—No —indicó Mónica—, él es mío.

Rolando se hizo a un lado, Mónica retomó su lugar como ángel vengador. Se transformó en loba frente al asombrado rostro de su padre. Al percatarse del escándalo, los sujetos que aguardaban afuera trataron de entrar con todo lujo de violencia. Lo que no se esperaban es que un lobo de pelo oscuro, mirada fría y de aspecto indiferente, como si todo esto le fuera ajeno, se interpuso en su camino para que no pudieran llegar hasta donde estaban el padre, la hija y el lobo pelirrojo. Está de más decir que se asustaron de muerte al verme. Los maté muy rápido, sin violencia ni ruido, cual si fueran cucarachas. No quería dejar una escena de crimen que llamara la atención, así que solo les rompí el cuello. Mónica, sedienta de sangre, ciega de ira, atacó a su padre; lo despedazó, le arrancó cada uno de sus miembros, zangoloteó sus carnes, salpicando todo con su sangre, como un torrente sin cause, y en ningún momento, ni siquiera por un segundo, un rayo de pesar cruzó su faz asesina, en cambio se manifestó feliz cuando le arrancó la cabeza, cuando le rompió sus huesos y jaló sus intestinos, como quien deshilacha una costura que no le ha gustado.

Una vez terminada su obra, volvió a la normalidad. Se miró el vestido con cierta molestia por habérselo manchado de sangre, tocó con suavidad el rasguño que tenía en el costado, no le dolía; al día siguiente ya habría desaparecido. Contempló su obra.

—Por fin ha terminado de irse al infierno —murmuró altanera.

Nosotros aguardamos junto a los cadáveres de los demás desafortunados.

—¿Has completado lo que venías a hacer? —interrogó Rolando.

—Hay algo más.

—No vas a destruir este lugar.

Mónica no respondió, sólo contuvo el aliento por un segundo.

—Olvídalo —replicó—, confórmate con la venganza que acabas de obtener. Deja que esta pocilga se caiga a pedazos por sí misma.

Ella sonrió burlona, con aire altanero.

—¿Acaso vamos a dejar rastro?

Rolando suspiró.

—Debes de tener mucho cuidado con la venganza; es como el agua de mar, que mientras más es bebida más sed da. Entonces su gusto se vuelve amargo como la hiel.

Mónica asintió.

—Lo entiendo, pero tampoco vamos a dejar rastro.

Rolando y yo salimos por donde llegamos, Mónica acordó que escaparía por la ventana a fin de no ser vista, y para recoger algo que alegó le pertenecía. Una vez en la calle sólo le tomó un momento reunirse con nosotros. Llevaba en sus brazos una muñeca rota y muy vieja, y en la cara una discreta sonrisa de satisfacción. Fue algo macabro verla así, una bella mujer salpicada de sangre, abrazando a una muñeca. Pasó de largo frente a nosotros, emprendió el camino sin mirar atrás. Rolando y yo la observamos, luego volvimos la vista, en el segundo piso de aquel lugar había fuego. Los clientes comenzaron a correr. Un momento después todo aquel lugar ardió y se vino abajo. Nos dimos la vuelta, seguimos a Mónica, rumbo al anonimato de la noche, tan necesario después de ser partícipes de una escena como la acababa de ocurrir.

El resto de la noche permanecí en silencio, dándole vueltas en mi cabeza a lo acontecido; Mónica desmembrando a su padre, su sonrisa malévola, su aplomo, la firme resolución de salirse con la suya, las llamas abrazando el lugar; todo esto en contraste con la delicada feminidad con la que por lo regular se desenvolvía. Pero en lo que más pensaba era en la imagen que ofreció, hermosa, bañada en sangre, abrazada a su vieja muñeca, como un raro contraste entre inocencia y espectro demoníaco; mujer, niña y monstruo. Entonces supe que jamás olvidaría cómo se veía esa noche y no me equivoqué. Ahora, mientras escribo estas letras, cierro los ojos y la veo otra vez con claridad, como si de nuevo la tuviera frente a mí.

¡Mónica! La exquisita y bellísima Mónica...

Volviendo a mi relato. Al llegar a la casa, Mónica quería darse un baño. La ayudamos a llenar la tina. Rolando y yo teníamos práctica en hacer eso, era necesario ser autosuficientes a fin de mantenernos limpios. Nosotros nos bañábamos con agua fría por practicidad. A ella no le molestó, pese a que Rolando ofreció prepararle agua caliente. Una vez que se desnudó, nos dio las gracias y nos pidió que la dejáramos sola. Rolando tomó su vestido y se lo llevó para quemarlo.

La tela del vestido ardió en un instante. Hipnotizado, contemplé por un momento los jirones de tela bailotear entre las llamas, como luciérnagas escapando al vuelo.

La voz de Rolando rompió el silencio.

—Mi queridísimo Hermano Lobo, admite que hice una buena elección.

Alcé las cejas. Ahí estaba otra vez, mi amigo aprovechando la ocasión para mofarse. Suspiré.

—De acuerdo, lo admito. Ella me pareció una víctima de las circunstancias con un corazón noble. Pero lo admito, elegiste bien. Sin duda que tiene madera de licántropo. Hiciste una buena elección al darle este poder. —Hice una pausa— Ella parece tan inocente, que creí que se olvidaría de toda su vida pasada y llevaría una existencia tranquila a nuestro lado. Estoy sorprendido de todo lo que ocurrió esta noche.

—Te dejaste llevar por su máscara; su timidez es sólo un escudo contra la adversidad. Ella sabe que muchas veces es peor demostrar los sentimientos propios. Ella es muy gentil, pero también tiene un gran fuego en su interior, el cual si no hubiera visto, no me hubiera convencido de transformarla. Es un error idealizar a las personas. Te hace falta ser más analítico con ellas. Lo harás mejor con el tiempo, igual que yo; no he vivido doscientos años en balde.

—Tu ventaja es ver el corazón de las personas tan claro como el cristal, has adquirido el poder del oráculo.

—Yo no tengo poderes de clarividencia ni los he tenido nunca. Jamás he conocido el arte de profetizar, ni se me ha revelado ningún secreto oscuro o divino; como ya te dije, todo es cuestión de aprender a ver y escuchar. Lo de Mónica era obvio. Fue muy evidente el odio que profesó por su padre cuándo nos relató su historia. Ella podrá parecer sumisa, pero recuerda cómo trató de defenderse la noche en que la traje. Luego, al ver que no tenía opción alguna, lloró, para finalmente sumirse en silencio a esperar su muerte, más por orgullo que por resignación. Tú saliste corriendo, pero si la hubieras visto, te habrías sorprendido. Hay tantos detalles que dicen mucho de su carácter, como la muda manera en que mira a las personas que murmuran a su espalda. Ella es capaz de tolerar, pero no de perdonar. Ella me contó que en más de una ocasión se cobró de manera anónima con una broma, en respuesta a algún insulto recibido. Ya te hablará de alguna de sus historias, que son muy divertidas, como cuando envolvió una rata muerta en un paquete y lo dejó a la puerta de tu cuñada Isabel.

—Mi hermano me habló de eso y no me pareció gracioso. ¿Mónica fue quien lo hizo?

—Ella ya se había cruzado varias veces en el camino de Mónica; ella siempre se guardó de siquiera alzar la mirada, pero nunca olvidó. Qué bueno que tu tristeza me detuvo de matarla, hubiera sido un terrible error hacerle daño a la autora de algo tan hilarante —Rolando se rio, luego suspiró y siguió—. Mónica es una persona de determinación y orgullo. Ella despreciaba a su padre por todo el daño que le hizo, por eso es que fue fácil de adivinar que, tras su transformación no dudaría en vengarse. Sin embargo necesita aprender a controlarse; todavía es joven e impulsiva.

—¿Qué ocurrió aquella noche después de que me fui?

—Me detuve en la entrada viéndote correr, luego volví dispuesto a matarla. Me sorprendió que ella ya no lloraba, estaba muda, con un semblante de absoluta resignación a dejarse matar. Me acerqué, ella permaneció inmutable. Note algo que llamó mi atención, su rostro me reveló un orgullo que le impedía morir llorando, para no mostrarse más vulnerable de lo que ya era bajo su desfavorable situación. Tenía un aire como de animal salvaje. Me agradó; siempre he pensado que una persona de verdadero carácter, es aquella que trata de luchar por todos los medios, pero que al darse cuenta que su destino es inminente, tiene el valor de afrontar la derrota en silencio. Cuando le pregunté si estaba lista para morir respondió con aplomo "Para dejar el pellejo, lo mismo hoy que mañana, así que haz lo que tengas que hacer, demonio". Y volvió a su silencio. Me interesó, así que me senté en el suelo frente a ella. Hablamos de varias cosas. No fue fácil ella se resistía a hablar. Le pregunté sobre sus desventuras, y en cada palabra que salía de su linda boca noté coraje, pasión. Al final ella me atrapó a mí; la simple idea de acabar con una criatura tan hermosa se volvió odiosa. Fue lo mejor, ella merece ser inmortal. Es extraordinaria.

Mónica continuó su aprendizaje. Fue necesario que volviera a acostumbrarse a la comida humana. Algo que me pareció extraño, es que su gusto por el pan no había cambiado nada, todavía le agradaba mucho; esto ayudó a que no tuviera tantas dificultades como yo. Rolando comentó sorprendido que jamás había visto algo así.

Ella se mostró curiosa en todo cuanto concernía a nuestra naturaleza, incluso, en la siguiente luna llena trató de evadir la transformación involuntaria, igual que yo lo hice en su momento, con la diferencia de que ella lo hacía por mera experimentación. No pudo resistir la ansiedad, se puso muy violenta. Por fortuna nunca había gente ajena a nosotros tres en la casa una vez caída la noche, en especial habiendo luna llena en puerta; con tres licántropos en casa, ahora menos que nunca, podía evitar tener esta precaución, y de haber tenido humanos en casa, ella no hubiera titubeado en arrancarles la cabeza a todos.

La llegada de Mónica a nuestras vidas marcó el final de mis días cerca de mi familia, amigos y conocidos. Hasta ahora no he narrado mucho respecto a cómo afectó nuestros nexos con cuantos nos conocían. Debo partir por mencionar que yo era indiferente a las opiniones del prójimo, lo mismo Rolando. Muchas de las personas que conocía ya se habían apartado de nosotros por mi depresivo comportamiento. Haber recibido a Mónica nos puso en el ojo del huracán. Mis sirvientes sabían muy bien que tenían prohibido comentar cualquier cosa de nosotros. Rolando se los había advertido muy bien. Antes de su transformación, Mónica sólo salió una vez de la casa. Fue una tarde en que Rolando la llevó a dar un paseo en carruaje. Eso fue más que suficiente para esparcir rumores como pólvora. Al día siguiente fui cuestionado por mis hermanos, yo les expliqué que por caridad la habíamos tomado como protegida, para así educarla y llevarla por buen camino. ¡Vaya ironía! ¡"Buen camino" el nuestro! Ellos mostraron su desaprobación sin tapujos. Agustín dijo sentirse avergonzado de mí. Insistió mucho en convencerme de que era un error. Yo lo escuché hasta que comenzó a sacarme de quicio. Lo interrumpí abruptamente, le afirmé que estaba decidido y que no discutiría el tema con nadie. Semanas después de que nuestra bella protegida se convirtiera en uno de nosotros, una tarde le pedí que me acompañara a casa de Guillermo. Ahí fui testigo de algo que no creí llegar a ver nunca; la encantadora Sofía se negó a saludarla. La visita fue horrible. Cuando nos marchamos me disculpé con Mónica de parte de ellos. Ella, aunque ofendida, se mostró ecuánime.

—No tienes de que disculparte. Tú y Rolando son los únicos que me importan; mis compañeros licántropos son mi familia.

Después de ese día decidí evitar a mis familiares para librarme de sus comentarios, sobre todo por respeto a Mónica. Ahora todo era claro para mí; ella y Rolando eran mis iguales, mi jauría, mi única familia, y yo, impulsado por mis instintos lobunos, pero también por los lazos de camaradería, tenía que estar de su parte. No iba a permitir que la trataran con desdén, nadie, ni siquiera mi antigua familia humana, por quienes ya no sentía conexión alguna, en especial desde la muerte de Justina. Yo quería a Mónica, tanto como a Rolando, y me sentía orgulloso de pasear en la plaza principal con aquella loba de deslumbrante belleza tomada de mi brazo.

De cualquier forma, no pasó mucho tiempo antes de que decidiéramos irnos a otra parte. La gota que derramó el vaso fue la enemistad en ascenso entre Luz María y Mónica, debido a que la primera no cesaba en su trato despectivo, hasta el punto en que la hermosa loba llegó a detestarla.

Una noche Mónica tuvo una encarnizada discusión con Luz María, antes de que ésta se retirara a la casa de los empleados. Como muchas de sus riñas, inició por un ácido comentario que Mónica escuchó de labios de la propia Luz María. Otras veces el problema era que Mónica se molestaba por los gestos de Luz María para con ella. Escuché el escándalo provocado por las vociferantes mujeres. No pude evitar preocuparme de que algo malo sucediera, después de todo, el temperamento de Mónica se había vuelto más impulsivo por efecto de la licantropía. Yo sabía el riesgo de dejarse llevar por un momento de ira, así que acudí hasta donde las dos estaban. Justo en el momento en el que llegué, Mónica se le lanzó contra la anciana halándola del cabello. Luz María chillaba pidiendo ayuda. De inmediato las separé antes de que Mónica le diera un golpe de verdad y la matara. Sujeté a la loba entre mis brazos. Ella se agitó sin separar la vista de su objetivo, estaba empecinada en atacarla de nuevo. Luz María lloraba muy asustada. No era sencillo contener a la letal criatura que luchaba por liberarse, ella era tan fuerte como yo.

—¡Te va a pesar, vieja asquerosa! —rugió— Vas a saber quién soy.

—Cálmate, Mónica —ordené enérgico.

Apreté los brazos para impedir que se soltara. Ella hizo caso omiso. Con la vista fija en Luz María, la amenazó:

—Aún si durmieras con los ojos abiertos, no podrías escapar de mí —su rostro mostró un destello de su terrible inmortalidad; hizo una mueca fiera dejando al descubierto un décimo de su otra naturaleza, con amenazantes ojos asesinos, cierta deformación de las sienes y exhibiendo sus afiladas fauces—. ¡Te vas a arrepentir! Esta misma noche voy a colgar la cabeza de tu hijo sobre tu cama.

Para ese entonces el hijo mayor de Luz María, Rodrigo, trabajaba con nosotros como capataz del rancho. La buena anciana amaba mucho a su hijo. Estas palabras, acompañadas de un gruñido inhumano nacido desde lo profundo de la garganta de la loba, fueron suficientes para hacer a la pobre mestiza caer de rodillas, invocando el auxilio de la Virgen de Guadalupe, clamando misericordia divina que la protegiera del demonio que tenía enfrente. Durante años nos habíamos guardado bien de no mostrar ni un dejo de nuestra condición animal a nuestros criados. Aun así nuestros hábitos excéntricos habían levantado un velo de sospechas. Ahora, ante esta leve revelación, Luz María se convenció de que nosotros estábamos envueltos en algo maligno.

Rolando acudió al lugar de los hechos. Giré a Mónica entre mis brazos y la sacudí.

—¡Ya basta, contrólate!

—¿Qué has hecho? —preguntó Rolando— ¿Qué está sucediendo aquí?

Mónica se tranquilizó, tomó una fuerte bocanada de aire, alejando así aquel atisbo de transformación. Luego respondió a Rolando con voz triunfante y un tanto irónica.

—Sospecha que somos demonios, así que me temo que tendré que destruirla.

—¡No! —protesté, me acerqué a levantar a Luz María del suelo y la sostuve en actitud protectora— Nadie le hará daño a esta buena mujer.

El silencio reinó durante unos segundos en que mi mirada y la de la loba se enfrentaron. Rolando parecía mantenerse a la expectativa. Consolé a Luz María y me la llevé de ahí, le pedí que se retirara a su habitación y que jamás contara a nadie lo que acababa de ocurrir, a cambio de mi palabra de que nadie ni nada perturbaría la paz de ella ni de su hijo. Sólo después de jurárselo varias veces pude convencerla de que podía dormir tranquila. Regresé junto a los míos con mil ideas rodando por mi cabeza: la edad, nuestros impulsos, nuestra naturaleza, quedar en evidencia. Rolando estaba dándole a Mónica un sermón acerca de la importancia de aprender a controlarse. Contemple la escena como un cuadro fijo sin prestar mucha atención a los sonidos, en cambio las imágenes eran reveladoras. El rostro de ella estaba pálido de vergüenza. Ella odiaba provocar a su salvador, así que más que estar molesta por la reprimenda, estaba enojada consigo misma por haberlo ofendido, pero también podría decirse que también estaba enfadada conmigo; ella sabía que a Rolando le desagradaba que algo me importunara, por ende, yo era causa de que él se volviera contra ella; llegué a esta conclusión al descubrir la mirada gélida que la loba me dirigió cuando me acerqué a ellos. Todo esto me hizo pensar en cómo Lucas debió haber amonestado a Rolando en sus inicios de lobo, me pregunté si acaso él recordaba a Lucas y pensaba en lo irónico que era ahora representar el otro papel.

Mi amigo se interrumpió, me preguntó por Luz María.

—Ya no podremos seguir viviendo aquí —comenté—. No podemos ocultarnos de quienes nos rodean para siempre. Mis hermanos se hacen viejos al igual que cuantos nos rodean. Nosotros nunca cambiamos. Hay quienes nos consideran excéntricos, otros quizá tengan otro tipo de sospechas. Como sea, lo mejor será alejarnos.

—Por fin has entendido —suspiró Rolando—. A mayor el tiempo de nuestra estancia en un lugar, mantener la farsa se hace más abrumador.

Asentí para mí mismo que marcharnos era lo mejor. Lo hice con un poco de dolor por la resolución de abandonar la tierra en la que estaba el sepulcro de mi niña, pero a la vez no tuve más remedio que mantenerme firme.

Vendimos la hacienda. Una parte del ganado se lo cedí a Luz María y a su hijo, como una gratificación por los años de servicio prestados a mi persona, por el cariño que les tenía, por su lealtad y su discreción con nuestras vidas y para comprar su silencio. Me despedí de mi antigua familia humana, sin que ellos supieran que esa sería la última vez que los vería; el adiós era definitivo.

Fui al panteón a visitar la tumba de Tina. Creo que ahí fue donde pasé más tiempo que en ningún otro lado; llegué al caer la noche, me recosté en su tumba y me retiré la mañana del día siguiente. Mi corazón todavía la amaba, incluso ahora después de tantos años, la sigo amando. No cabe duda que Mónica había sido un consuelo, me dio algo en qué interesarme y en qué ocuparme, y aun cuando al principio creí que eran muy parecidas, en realidad eran muy diferentes, física y personalmente. Apreciaba la compañía que me proporcionaba la bella Mónica, sin embargo ella no era Tina. El espacio dejado por mi niña nadie lo volvió a llenar. Era un espacio que yo tampoco quería remplazar; los sentimientos que tenía por ella estaban muy arraigados en mi alma. Tina representó la prueba de que existe un Dios misericordioso, pues ella llenó de dicha mi vida con su sola presencia. Pero también fue la prueba de la crueldad divina, pues fue para mí la mayor tentación, y las circunstancias de su muerte fueron las que me sumieron en un infierno en vida. He pasado muchas mañanas y noches en vela maldiciendo la hora en que Tina murió, pero también no ha pasado ni un día sin que le dé gracias a Dios por haberla puesto en mi vida, por la huella que dejó en mi corazón, que nunca se ha desvanecido a pesar de los años transcurridos.

Nuestro destino fue el dorado de la plata, Zacatecas. Ahí vivimos por espacio de varios años. Rentamos una casa del centro de la ciudad. Contratamos muy poca servidumbre, apenas la indispensable. Rolando nos aconsejó que lo mejor para guardar las apariencias, era que nos volviéramos autosuficientes, de manera que los necesitáramos lo menos posible. Hablábamos poco con nuestros vecinos; para el resto de la gente nosotros éramos un misterio. Este halo enigmático que nos rodeaba, me hizo sentir como un ser superior, por primera vez en todos los aspectos de mi vida y en todo momento. Mónica tenía miedo de que su reputación la hubiera seguido hasta Zacatecas, por fortuna no encontramos a nadie que la conociera. A pesar de la poca relación que teníamos con las demás personas, nuestro dinero, sumado a la fascinación que nuestra misteriosa vida ejerció en las personas, nos abrió de par en par las puertas de la más alta sociedad. Acudíamos a los mejores bailes y reuniones de las más respetables familias. Mónica se adaptó a este estilo de vida, se convirtió en toda una dama de modales finos, sin que quedara rastro de la mujer humilde que alguna vez fue. Rolando continuó explotando lo más que podía los privilegios del dinero, desde los lujos hasta el flirteo. ¡Qué puedo decir! Él era todo un hedonista. Por mi parte, yo no podía estar sin actividad laboral; invertí dinero en la minería.

Fueron tiempos de dicha para los tres. Vestíamos a la moda; mi compañera usaba hermosos vestidos y exquisitos rebozos de seda traídos de Nayarit. Yo por ese entonces usaba bigote. Rolando también seguía la tendencia de la moda al vestir. Lo que no cambiaba era que nunca se cortaba el cabello. Era de esas cosas que nunca cambiaban, pues desde que lo conocí, siempre lo usó largo. En ocasiones, cuando salía a caminar en la noche, lo llevaba suelto. Él adoraba su cabello y lo cuidaba mucho, como si se tratara de su más valiosa posesión. Algunas cosas de su aspecto tampoco cambiaban, por ejemplo, en todos los años que vivimos juntos nunca se dejó crecer barba o bigote. Creo que no iba con él.

Los caballeros más respetados seguían a Mónica casi a cualquier lugar en donde supieran que ella acudiría. A pesar de lo poco que hablábamos de nuestros planes, siempre encontraban el modo de seguirle la pista. Para ella era una ironía haber pasado de ser una paria a una de las damas más solicitadas. Ninguno de ellos le interesó jamás, ella había aprendido bien la primera lección que Rolando le enseñó, la superioridad de licántropo. Para ella esos caballeros tenían el mismo atractivo que encontraría un águila en una codorniz. En ocasiones bailaba una o dos piezas con alguno de ellos, pero en realidad prefería estar sólo con nosotros, en especial con Rolando, quien se levantaba y la invitaba a bailar con una reverencia, mientras ella sonreía coqueta, bailaban dando vueltas y vueltas por el salón, impresionando a cuantos miraban celosos a esos dos seres, poseedores de tanta hermosura, gracia y misterio. Cuando bailaba conmigo era un poco diferente; me miraba con la dulzura de una hermana o una madre; esto me parecía irónico, ya que era yo quien quería asumir el papel de la figura protectora, pero ella prefería darme otro lugar. En realidad nunca lo comentamos, creo que muchas veces las palabras sobran cuando las miradas se gritan, como lo hacían las nuestras.

Nuestra estancia en Zacatecas no fue muy larga, vivimos ahí por espacio de un poco más de diez años, hasta que los ruegos de Mónica, influenciada por Rolando, me hicieron aceptar dejar México para marchar a recorrer el viejo continente. Era 1834, en ese entonces Antonio López de Santana ya era presidente.

Nos encaminamos a Veracruz, donde pasamos cuatro noches esperando a que zarpara el barco. La primera noche que estuvimos en el puerto, Rolando nos indicó que lo siguiéramos, para enseñarnos un divertido juego: pesca nocturna. Nos dirigimos hacia el muelle, saltamos a la playa y nos alejamos en la oscuridad de cualquiera que pudiera vernos. Cuando estuvimos bastante lejos Rolando anunció:
—Observen esto, les traeré una magnifica cena, un animal con un gusto extraordinario.
Rolando se desnudó por completo, dejando al descubierto su perfecta anatomía humana de blancos músculos; se lanzó al mar, nadó en la oscuridad color índigo del océano, adentrándose más con cada brazada, abriéndose paso entre las olas embrujadas por la marea, luego se transformó y se hundió. Unos segundos de calma precedieron a la acción, el lobo emergió peleando con algo fiero cubierto de reflejos plateados, mi compañera y yo podíamos oler la sangre sobre las aguas.

Rolando regresó nadando con algo entre sus fauces, nos reunimos con él en el límite en el que rompen las olas con el licántropo, que llegó escurriendo agua de todo su pelaje rojizo. Depositó su presa sobre la arena, se puso en cuatro patas y se sacudió como perro. Él nos sonrió arrogante, presumiendo su presa, Mónica y yo contemplamos encantados el aspecto de aquel animal. Esa noche probamos el sabor salado de la carne fresca del tiburón; fue un delicioso banquete que degustamos con gran placer. El sabor que me quedó en la boca era metálico, cargado de la esencia del agua de mar.

—Disfruten de esta cena —comentó Rolando— porque será la última caza fresca que probemos hasta llegar a tierra firme. En el barco tendremos que mantener un régimen y soportar la comida de los humanos.

—Será un largo viaje —suspiró Mónica, bajó los ojos como una niña desilusionada.

—No será tan malo —dijo Rolando—, todo depende de tu tolerancia a la comida convencional. Además, si acaso deseas un aperitivo vivo, siempre habrá alguna rata en el barco. Yo en algunos viajes en barco, cerca de la costa he llegado incluso a atrapar gaviotas, que no están nada mal. Similar a cuando uno se esconde en la ciudad; siempre puedes contar con una rata, o con su homólogo volador, las palomas. Pero en lo personal detesto más a las segundas, son animales repugnantes.

—Las palomas son mejores que las ratas —protesté—, son aves hermosas, tienen un gran sentido de la orientación, y además, la paloma es la forma del Espíritu Santo.

—¡Alabado sea el Señor de las Ratas voladoras! —exclamó burlón.

—¡No blasfemes, majadero! —lo reprendí.

—De acuerdo —se disculpó con una risa burlona—, no era mi intención ofenderte, Hermano Lobo. Siento lo que dije de la querida hermana paloma.

—Lo que no entiendo es por qué tras todos estos años de licantropía y muertes en tu haber, le das alguna importancia a algún Dios —comentó Mónica.

—Porque yo quizá no tenga todas las respuestas, pero Rolando tampoco las tiene. Prefiero mantener un sentido de duda y respetar la posibilidad de lo que exista más arriba de nosotros, a tener una certeza para la que no tengo pruebas.

Rolando asintió complacido. Continuamos cenando. Al terminar nos quedamos sentados en la arena a conversar. Mónica y yo hablábamos de gente a la que conocimos, criticando a algunos, burlándonos de otros; era una plática frívola. Rolando, tendido en su forma humana, desnudo sobre la arena, parecía dormir. Debo aclarar un hecho hasta cierto punto obvio: Rolando era de la idea de que para los menesteres propios de nuestra especie no había necesidad de salir cubiertos sólo con nuestro pelaje. Él casi siempre se dejaba algo, a veces no se quitaba nada. Sin embargo, es un hecho que nuestras actividades implican mancharse de sangre, en especial cuando se es un lobo novato. Recuerdo que Rolando a veces nos reprendía con cierto tono satírico diciendo: "los modales son muy importantes, deben aprender a comer sin ensuciarse, ¿o creen que son correctos estos rastros de sangre?". La verdad es que, muchas veces es preferible salir a cazar sin ropa, al estilo de la vieja escuela, razón por la cual vernos desnudos, era algo a lo que estábamos acostumbrados. No teníamos ningún pudor entre nosotros tres.

Mónica dijo que quería probar suerte atrapando algo del mar, se levantó de un salto, se desvistió por completo y se soltó el cabello. Corrió hacia el mar, las olas la mojaron y ella se mostró feliz por el contacto del agua salada. ¡Cómo recuerdo lo hermosa que me pareció en ese momento! Su esbelto cuerpo dotado de perfectas curvas, siendo acariciado por la brisa salina y salpicado de gotas de mar bajo la luz de los astros nocturnos. Era una deslumbrante Venus, saltando entre las olas, agitando una masa de rizos rubios. Con el brío de una chiquilla nos llamó para que fuéramos a su lado. Rolando se levantó primero, se dirigió hacia ella, al tiempo en que volteando para atrás me invitó a que lo siguiera. Me reí entre dientes y comencé a quitarme la ropa.

—¡Apúrate, Ernesto! —me llamaron desde el agua que les llegaba apenas a las rodillas.

Me apresuré a arrojar mis pertenencias con las de mis compañeros y me lancé hacia su lado. Nos adentramos en el mar. Ella se transformó y se zambulló muy hondo, volvió con un pez grande que luchaba por liberarse de sus fauces; lo despedazamos entre todos en un santiamén. Yo no quise cazar, pero fue tanta su insistencia y lo que me retaron que al final cedí, me transformé y me hundí, qué fascinante me pareció estar bajo el agua y soportar tanto tiempo sin respirar. Aquí debo aclarar otro punto, aunque no podemos morir de asfixia, tras una privación prolongada de aire nos desmayamos. Recuperamos el sentido tan pronto como el aire vuelve a entrar por nuestras narices. La asfixia es un buen truco cuando uno como licántropo quiere hacerse pasar por muerto. Rolando decía que en los tiempos de la gran cacería, licántropos que habían sido colgados, recuperaron el sentido cuando los bajaron de la horca.

Atrapé un pez de buen tamaño, yo siendo más rápido y fuerte, lo hice mi presa, subí a la superficie y lo compartí con mis compañeros. Regresamos a la orilla, donde después de sacudirnos, retomamos nuestras formas humanas. Nos quedamos jugando entre las olas, arrojándonos agua y arena, persiguiéndonos, luchando, revolcándonos, derribándonos en el agua, riendo como niños, compartiendo una misma alegría sin tapujos, en nuestro estado más elemental, más inocente, más puro.

Esa fue quizá la noche más maravillosa que haya vivido al lado de mis compañeros de jauría, fue tan perfecta que me hubiera gustado que no terminara jamás. Fue como si de repente nos hubiéramos ido del planeta y hubiéramos encontrado uno exclusivo para nosotros. Me sentí tan invadido por la alegría, por la magia surrealista de nuestra felicidad, que no dejaba de tocarlos para rectificar que estaban ahí conmigo y no era un sueño. Pero no era así, todo era real, nuestro gozo de entonces era auténtico. Cómo me hubiera gustado detener el tiempo, atar por un rato más nuestras existencias a ese momento, al mar y al viento y prolongar esa noche indefinidamente.

De cierta forma, por primera vez entendí algo de mí mismo que había ignorado, la razón de mis caminatas nocturnas, de mi apatía como humano, por qué me había sentido atraído a Rolando, por qué procuré su amistad, la razón por la que me había adaptado a él y a Mónica. Todos buscamos un lugar en esta vida, yo quizá desde niño ya estaba destinado a ser un licántropo, porque nunca encontré mi espacio siguiendo los cánones comunes de la sociedad, en cambio me sentía aburrido y desinteresado. Cuando me transformé todo cambió, y aun cuando mi poder había traído muchas crisis, y que por su causa había perdido a Tina, lo prefería mil veces a mi insípida existencia anterior, pues mi vida de licántropo me encantaba por ser intensa y auténtica, y en momentos como aquella noche, tenía la certeza de que junto a mis compañeros había encontrado mi lugar; sentía que pertenecía a ellos, más de lo que jamás sentí que perteneciera a mi familia humana.

Partimos a Europa. Toda la primera noche del viaje la pasé en la popa, mirando lo que dejábamos atrás, observando como el barco dibujaba estelas en el mar. Sentí nostalgia por lo que yo había sido alguna vez, un hombre cuyos recuerdos parecían bocetos grises, en comparación con todas las experiencias adquiridas con mis sentidos lobunos. Al mismo tiempo, tenía una sensación extraña que incluso ahora no sé cómo explicar, como si ese hombre jamás hubiera tenido nada que ver conmigo.

Las primeras noches del viaje fueron tranquilas. Creo que Mónica también tenía sentimientos encontrados respecto a lo que dejaba atrás, porque a veces se tornaba un poco nostálgica, callada y quería estar sola en cubierta mirando el mar. No lo sé, esta es una suposición mía, ya que ella no comentó palabra al respecto. Su semblante apacible llamaba la atención de los caballeros a bordo, nunca faltaba quien quisiera intercambiar algunas palabras con ella, y la hermosa loba aunque educada, con la elegancia y los modales que corresponden a una dama, procuraba ser breve y cortante.

Una tarde se fue a pasear sola por el barco. Rolando y yo nos quedamos conversando con otros pasajeros, después nos despedimos y nos retiramos a dar una vuelta por el barco, sin tener la suerte de encontrarnos a Mónica a nuestro paso. Estábamos en paz, contemplamos juntos lo que quedaba del ocaso, ¡qué hermoso era el inofensivo sol del atardecer, hundiéndose en el horizonte! El mar lucia engalanado de chispas rojas y doradas. Él me preguntó en qué pensaba, yo le comenté que la vista me hacía pensar en su cabello, él sonrió con un destello de orgullo, se volvió hacia mí y me dio un largo beso en los labios. Luego nos quedamos en silencio mirando el mar.

Estuvimos completamente inmóviles por un rato más, hasta que la noche hizo acto de presencia y las blancas estrellas salieron a compartir nuestro silencio.

—Me pregunto qué estará haciendo Mónica —preguntó Rolando—. Quizá debamos ir a buscarla.

—Tal vez está en la habitación.

—Vamos a buscarla.

Asentí, ella era parte de nosotros, el tiempo era mejor estando los tres juntos. Nos retiramos de ahí con aire desenfadado, caminamos por la cubierta conversando, aspirando la fragancia hipnótica del aire nocturno. Fuimos a nuestras habitaciones, Mónica no estaba ahí, nos pareció raro, ella no desaparecía así sin decirnos nada. Esperamos durante una hora, ella no llegó.

La tripulación ya se había retirado a dormir, decidimos salir a buscarla. Salimos con cautela con los sentidos alertas para detectar su rastro, no tardamos en dar con un rastro de su perfume, estaba ahí, como una nota de oboe, suave y delicada. Seguimos el rastro, nuestros pasos nos condujeron hacia el comedor. A esa hora estaría ya cerrado y a oscuras. Detrás de la puerta notamos risas, Rolando me volteó a ver, yo asentí con la cabeza y entramos juntos. Frente a nosotros había una escena que no me hubiera esperado. Mónica estaba sentada encima de una mesa en una posición muy poco decorosa, con los hombros descubiertos y mostrando parte de sus senos. En una mano sostenía una copa de vino. A su lado, dos marineros bebían, le besaban los brazos y el cuello, implorando por sus favores, a lo que ella se limitaba a responder: "Paciencia, paciencia, mi amante amigo, deja que termine esta copa y te aseguro que nos divertiremos".

—¿Qué sucede aquí? —irrumpió Rolando.

Los dos sujetos se incorporaron, Mónica ni siquiera se inmutó, se limitó a esbozar una cínica sonrisa.

—Mis queridos compañeros están aquí, esta reunión solo puede mejorar. Y pensar que creí que me divertiría yo sola.

Se volvió hacia sus acompañantes, con una seña y una mirada lasciva que hubiera vuelto loco a cualquiera, hizo a los dos sujetos volver a sus posiciones mientras que ella permanecía sobre ellos, como una reina impúdica hubiera hecho con sus esclavos.

—¿Qué estás haciendo? —pregunté.

—Me divierto —explicó Mónica—, esto no tiene nada que ver con asuntos personales.

—Mientes —ronroneó Rolando con voz suave—, este asunto es muy personal.

—Mi amado mentor, es verdad. No era personal cuando sólo se limitaban a observarme de lejos, hasta esta noche, en que me siguieron como si estuvieran de cacería y se atrevieron a cruzar mi camino con toda la intención de obligarme a acompañarlos, a lo que yo les propuse que, si eran buenos conmigo y compartían una buena copa de vino, yo los trataría aún mejor. Y no pueden quejarse, hasta este momento han encontrado agradable mi compañía. ¿No es así? —se dirigió a uno con una caricia— ¿O quién te ha besado como yo?

—Nadie, mi reina, nadie como tú.

—¿Qué dices tú? —preguntó al otro— ¿Es que tus brazos han asido a alguien más hermosa que yo?

—Eres un ángel bajado del cielo, nadie como tú.

Mónica se levantó triunfante, su vanidad estaba satisfecha, le gustaba saberse hermosa. Luego su semblante mutó y en su cara se dibujó una amarga sonrisa. Contempló a los dos marineros con desprecio.

—Son peores que bestias —murmuró—. No, ni siquiera son eso; yo respeto demasiado al espíritu animal como para compararlos a ustedes con ellos.

Dicho esto arrojó de golpe el contenido de su copa sobre ellos. Ambos se levantaron furiosos; no entendían cómo podía cambiar de estado de ánimo tan rápido, cuando antes había accedido a ser complaciente.

—Odio de muerte a los brutos como ustedes, que sólo ven en las mujeres un objeto de deseo. Tienen tan mala calaña que estoy segura que sería menor su saña de haber sido amamantados por chacales o hienas. Basura sin sentimientos que solo ven en una dama a una esclava del metate y del petate. Ustedes son incapaces de sentir verdadero amor por alguien o algo que no sea su propio falo. No son más que basura, menos que eso, son mierda de caballo. Querían atraparme y he sido yo quien los ha capturado.

Rolando me hizo una señal con un gesto para indicarme que estuviera alerta, yo asentí con la misma discreción. Mónica comenzó a reír descarada, se acarició los senos aprisionados en la tela blanca, haciendo gala de sus artes de seducción.

—Díganme algo, ¿verdad que soy irresistible?

Una interrogante se dibujó en sus caras mientras que la sonrisa sensual de Mónica se tornaba siniestra. Se transformó en mujer lobo y sujetó a uno de ellos con su garra. El hombre tembló aterrado al contemplar los colmillos blancos de Mónica; el otro individuo, presa de terror, se tambaleó y cayó al suelo

—¿Qué me dices ahora? ¿Todavía te parezco apetecible?

El marino gritó, ella le tapó la boca y con un rápido movimiento enterró los colmillos en la tráquea del desafortunado y de esa forma dio cuenta de su vida. El otro sujeto, después de ser mudo espectador de toda la escena, por fin reunió valor y fuerzas para incorporarse, trató de huir, corrió hacia la puerta.

—No lo dejen escapar —ordenó Mónica.

Rolando no se movió de su sitio, en cambio yo, despertado por la orden de Mónica, le di alcance, le tapé la boca y le di muerte. Fue muy sencillo, sólo le rompí el cuello con un rápido movimiento, se escuchó un crujir de huesos y luego su pesado cuerpo dar contra el suelo. Contemplamos en silencio el saldo de la fiesta; un sujeto en un charco de sangre y el otro a mis pies como un costal. Rolando reprendió a Mónica:

—¿Te has vuelto loca?

Ella ni siquiera se inmutó, se reacomodo el vestido y volvió a tomar apariencia humana. Se peinó el cabello con las manos, luego posó su atención en su querido protector y apretó los labios, mostrando una indiferencia bien aprendida de él.

—Tenía que hacerlo, ellos se lo buscaron.

—¡Matar personas!

—Una persona más, una menos, ¿qué más da?

—Te advertí que no podíamos hacer esto durante el viaje.

—Ellos me provocaron; me molestaban desde hacía días. Odio a los hombres que tratan a las mujeres como si fueran meros pedazos de carne y que abrigan intenciones perversas, como las que ellos tenían para conmigo.

Rolando suspiró. Mónica permanecía firme, con actitud soberbia y desafiante.

—Hay ciertas actitudes del hombre hacia la mujer que desapruebo. Ningún hombre debería tratar de lastimar a una mujer para su placer personal, cobardes como ellos no merecen vivir. Pero lo que más me irritó fue su impertinencia hacia mi persona. Yo soy un ser superior, ¿cómo se atrevieron esos gusanos a incomodarme? ¡Yo soy una licántropo y ellos basura!

—A veces —dijo Rolando boquiabierto— considero que no debí inculcarte tantas de mis ideas.

—La educación no es tan culpable como consideras. Yo ya tenía un instinto de desprecio a las personas en mi interior, ¿no fue acaso por eso por lo que me perdonaste la vida? Tú viste algo en mí, algo que callaba porque me sabía débil, pero que estaba ahí de todas formas.

—Lo fue —murmuró mi amigo.

Un ruido afuera llamó nuestra atención. Yo me asomé abriendo ligeramente la puerta y pude ver a dos marineros acercarse hacia nosotros, al parecer el grito del marino había llamado su atención.

—Alguien viene —anuncié—, seremos descubiertos.

—Aun cuando te entiendo —explicó Rolando—, la situación en la que ahora estamos envueltos es la razón por la que hay que ser discreto. Debiste valerte de tus habilidades para evadir esto, en cambio fingiste dejarte atrapar.

—¿De verdad temes? —respondió con frialdad— Nosotros somos poderosos y eternos, ellos nunca serán rivales para nosotros. Estamos en un punto en medio del mar donde nadie tiene escapatoria de nosotros. Si nos lo propusiéramos acabaríamos con toda la tripulación como si fueran cucarachas —se acercó a Rolando coqueta, haciendo uso de su irresistible seducción, y murmuró con una dulce y macabra sonrisa—. El olor a sangre te despierta, ¿no es así? ¿No te invade de deseo el pensamiento del sabor de la carne humana fresca? Tiene un gusto tan delicado que embota los sentidos. Matar es difícil si existe temor o carga moral. Pero cuando no es así, el depredador demandará lo que desea, reclamará lo que sabe que le puede dar paz. Piénsalo ¿de verdad tendría el lobo miedo del conejo?

Mi amigo meditó cada palabra. Su mirada proyectó imágenes de duda, algo muy raro en él. La idea de una cena fresca lo seducía, tanto como Mónica y sus intoxicantes palabras afines a una ideología que él profesaba con vehemencia. Ella era muy parecida a él, en especial a como solía ser en sus años mozos de licantropía.

—No quiero participar en un baño de sangre —me quejé lacónico—. Hay demasiados inocentes. Además sería mucha más comida de la que necesitamos.

Rolando iba a dar su dictamen cuando justo en ese momento los marineros entraron en nuestro camarote. Vieron los cadáveres de nuestras víctimas, la sangre regada y se tornaron blancos de miedo y repulsión. Uno de ellos desenfundó una pistola.

—¡Quietos! —ordenó uno de ellos—. Todos están arrestados hasta esclarecer lo que ha ocurrido aquí.

Rolando se dirigió a nosotros ignorando la presencia de los recién llegados:

—He tomado una decisión, acabaremos con todos a aquellos que hayan descubierto lo que aquí ha ocurrido, esto con el único propósito de borrar evidencia. Pero a todos los demás los dejaremos dormir tranquilos.

Aprobamos su resolución. Ella y yo nos miramos con complicidad, preparándonos a seguir a nuestro maestro. Ella inició, se acercó a ellos con la gracia de una dama que se dirige a una pista de baile, solo que su pareja de danza era el espectro de la muerte. Uno de los marineros, presintiendo algo malo, retrocedió, la apuntó con su pistola y le ordenó colérico que no se moviera. Comenzó la función. Él disparó, la mujer licántropo se movió a gran velocidad, esquivó el disparo, desarmó al hombre y se transformó para matar a su presa. El otro, estando cerca de la puerta, escapó. Salimos tras él. Alguno curioso fue a ver qué ocurría, llamado por el ruido, yo detecté su presencia; pobre diablo, su curiosidad fue su perdición. Seguimos al marino que escapó a cubierta.

Yo en realidad no estaba muy emocionado por aquel juego, pero igual me divertí y me invadió cierta excitación cuando acorralamos al sujeto. Hay algo en lo más profundo y primitivo de nuestra maldición lobuna que se exita de manera especial al cazar en grupo, no había ni que ponernos de acuerdo para avanzar en posición cubriendo todos los puntos de escape de la víctima. Nuestros movimientos fueron precisos como los de un experto violinista.

El marinero armado soltó dos disparos, uno fue a dar en un brazo de Rolando. Apenas escuchamos su queja de dolor, Mónica y yo enloquecimos. No creo que existan palabras para explicar la furia que sentí al ver a mi amigo lastimado, lo que sí sé es que en ese momento comprendí muy bien lo que Rolando sintió la noche en que Julen me hirió. La rabia me invadió como lava a presión saliendo de un volcán, me abalancé sobre el responsable del disparo. Estaba tan furioso que ni siquiera noté que la reacción de Mónica había sido la misma, de pronto nos encontramos bañados en sangre despedazando el mismo cadáver. Mi amigo se incorporó, nos miró con orgullo.

—¿Estás bien? —preguntó Mónica antes de que yo formulara la misma pregunta.

— Esto no es nada.

Alguien más se acercó, otro desgraciado llamado por el disparo, Mónica y yo actuamos rápido, deslizándonos en sincronía como las células de un mismo organismo. Éramos infalibles. Nuestros gruñidos apagados fueron las voces que entonaron el réquiem de esa delicada sinfonía y el único ruido que se escuchó, pues procuramos que no hiciera ruido. Yo lo rodeé por la espalda, le tapé la boca y ella le dio muerte, el quejido sofocado de la víctima fue el aplauso a nuestra macabra danza. El silencio volvió a reinar, el telón cayó. Observé nuestra obra y pregunté.

—¿Ahora qué vamos a hacer?

Rolando respondió:

—Sería un no muy lindo espectáculo para quien descubra los cadáveres por la mañana. Tenemos que limpiarlo. Sólo tiren los cadáveres por la borda. Háganlo con cuidado para no llamar la atención de nadie más.

Mónica se aproximó a Rolando con esa expresión maternal de preocupación. Puso su mano en el brazo herido.

—Estaré bien —afirmó Rolando—. Esto no es nada para un licántropo. Para mañana apenas y tendré una cicatriz. Anda, debemos darnos prisa antes de que Helios alce los brazos para salir al cielo.

—¿Seguro que estarás bien? —insistí. Él acarició el cabello de Mónica y me dirigió una dulce sonrisa.

—Claro, amigo mío, no es la primera vez que me disparan y estas balas no pueden hacerme nada, no es el medio para lastimar a un licántropo. Vamos —ordenó— dense prisa. Los ayudaré, pero me interesa más cuidarles las espaldas para asegurarme que nadie más se acerque; ya han sido suficientes muertes por hoy.

Sin dejar nuestra forma lobuna, nos dimos a la tarea de tirar los cadáveres por la borda. Mientras trabajaba, por un momento, sentí asco de lo que habíamos hecho, nunca antes habíamos matado por el mero placer de imponernos. Esto me hizo pensar aquello que decía Rolando con respecto a la superioridad de nuestra raza sobre los humanos, que éramos mejores por compartir más cualidades con el espíritu animal. Recordé sus amonestaciones sobre lo fundamental que era luchar para actuar de acuerdo a la razón, dominando nuestros instintos, y nunca de acuerdo a capricho o por dejarnos dominar por emociones. Hoy no habíamos matado por hambre, habíamos reprobado la lección. ¿Acaso el credo de nuestra existencia no era otra cosa sino una falacia sin fundamento? No he conocido animales que asesinen por el gusto de hacerlo, se rigen por hambre, por supremacía de linaje, o para defenderse. Aunque lo nuestro había sido por supervivencia, para escondernos, nada de eso hubiera ocurrido si Mónica no se hubiera molestado tanto, además, Rolando era el que siempre le estaba recordando que ella era intocable. Entonces ¿de quién fue la culpa de que todo esto sucediera? Esa noche no habíamos sido racionales. Matar de esta forma más bien parecía un capricho de inmortales, ¡un capricho, a final de cuentas! Los pecados no son menos dependiendo de quien los cometa, nuestra naturaleza no era una excusa. Alguna vez fuimos personas comunes y aún conservábamos restos de esa esencia, doblemente pervertida por la licantropía. Tenemos vicios humanos y a la vez instintos salvajes; esa misma combinación infame fue la que provocó la muerte de Justina. Estos pensamientos y otros más que sería abrumador describir, daban vueltas en mi cabeza con el peso de una noria.

No obstante tengo que admitir que, pese a las recriminaciones de mi conciencia, le saqué provecho a la situación y aunque apresurada, tuve una buena cena, lo mismo que mis compañeros, pues nunca habíamos tenido a nuestra disposición tantas sabrosas vísceras humanas. Sí, seguía siendo una gran contradicción, el inquisidor y el animal, el que recriminaba mis acciones y el licántropo encantado devorando a sus presas. No pude evitarlo, era parte de mi naturaleza; por más que la parte de hombre dijera que eso había estado mal, yo seguía siendo una bestia. No me hubiera costado trabajo resistirme, dado el control que adquirí en mis meses de ayuno posteriores a la muerte de Tina, es solo que en esa ocasión preferí dejarme llevar, en parte porque lo ocurrido me provocaba cierta apatía, y la apatía es enemiga de la resistencia, la apatía se deja llevar sin más. Creo que esa noche algo cambio dentro de mí, fue un cambio muy profundo pero tan sutil, que entonces no me di cuenta. Por primera vez, le dije al inquisidor de mi mente, "basta, me cansé de escuchar, si es bueno o malo, importa poco", y opté por la indiferencia, misma que a partir de esa noche, me acompañaría, acentuándose con los años y en diferentes épocas de mi vida.

Desechamos los cadáveres. Después, Rolando trajo un balde y una cuerda, sacó agua del mar y la regó por la cubierta para lavar tanta sangre. Acabamos muy rápido gracias a nuestras fuerzas superiores.

Nos escabullimos a nuestros camarotes antes de ser descubiertos, ya habían sido suficientes muertes para una noche. Volvimos a nuestras formas humanas. Procedimos a curar a Rolando, él se descubrió y me dio indicaciones de cómo debía proceder para extraer la bala. Dada nuestra naturaleza fue algo muy sencillo de realizar, como curar una cortada. Mónica me asistió hasta el final, sin dejar de mostrarle a Rolando lo mucho que se preocupaba por él. Cuando terminé Rolando sugirió que nos fuéramos a dormir.

—¿Estarás bien? —preguntó la loba.

—Sí —murmuró Rolando con una sonrisa dulce; yo que lo conocía mejor noté que estaba ansioso por deshacerse de ella por esa noche—. Esta bala jamás podría matarme. Lo que sí es un problema es que tenemos ropa manchada de sangre.

—Denme todo lo que tenga sangre, yo me hago cargo.

Nos quitamos la ropa, se ladimos a Mónica, quien ató las prendas en un bulto, luego salió sigilosa con intención de tirarlo al mar.

Una vez que estuvimos solos, Rolando comentó:

—¡Qué noche tan interesante!

—Sí, eso creo —murmuré glacial.

Él se quedó en pensativo unos minutos, luego añadió:

—Temo que ella se convierta en un problema.

—Quizá porque hiciste una gran elección; es una asesina nata, tiene todo lo que se necesita para ser uno de nosotros.

No sé si estas palabras lo dejaron pensando sobre el control que debía de ejercer en el futuro sobre Mónica. Fue una señal de advertencia de que no debíamos tomarla a la ligera. Rolando no comentó nada más, él se guardaba muchos de sus pensamientos, era contundente cuando revelaba algo, pero la mayoría de las veces prefería reservar sus reflexiones, incluso de mí.

Me fui a la cama. No pude dormir, estuve con la vista fija en la ventana hasta que apareció el primer rayo de sol en lontananza. El mar estaba pintado de rojas estelas, que a mí me parecían que no procedían de la salida de la aurora, sino de la sangre de los muertos, como si se tratara de las pinceladas finales de una macabra estampa.

La aurora expulsó a la noche, las estrellas se apagaron una a una. El barco despertó con alarma por las personas desaparecidas. No tardó en extenderse el pánico. Nosotros hicimos la mejor actuación de nuestras vidas; siguiendo las reacciones de los demás, fingimos sorpresa, hablamos de ruidos extraños y de que el terror nos salvó de ceder a la curiosidad. Mónica estuvo excelsa, estrujando su pañuelito entre las manos, se quejó ante los oficiales, lloró exigiendo que alguien garantizara su seguridad, con el semblante de una chiquilla aterrada; ellos, por supuesto, no se resistieron al encanto de su belleza. Había quienes juraban y perjuraban que habían oído los gritos apagados de las víctimas, y que estos eran tan aterradores que no se atrevieron siquiera a asomarse. Otros aseguraban que habían oído ruidos sobrenaturales, y hasta hubo quien dijo que vio a Belcebú, con el cuerpo cubierto de pelo y reflejos rojos de llamas, acompañado de dos de sus más monstruosos acólitos (una concepción exagerada de nuestra persona). Los marinos se preguntaban por la suerte de sus compañeros, y algunos se reprochaban no haberse dado cuenta de nada. El resto del día hicimos lo posible por evitar el contacto con otros pasajeros.

Días después del incidente, Mónica reanudó las caminatas en soledad, no sin que antes Rolando le advirtiera que si alguien volvía a molestarla, primero debía consultar la situación con él antes de hacer cualquier cosa. Ella se mostró molesta pero accedió porque él se lo pedía. De cualquier forma Rolando procuró acompañarla la mayor parte del tiempo, y ella quedó encantada.

Por lo que quedó del viaje la actitud de la tripulación y los pasajeros cambió; las personas tenían miedo, se santiguaban a cada rato. El espectro de la muerte y el miedo atacó a cada persona con su dardo ponzoñoso. Lo que hicimos dejó su huella tatuada en los rostros de todos, excepto nosotros tres. Mónica siguió como si nada hubiera pasado, lo mismo Rolando. Yo seguía indiferente. Nos mantuvimos al margen de todo. Nuestras escasas conversaciones con humanos que penaban por el incidente, eran seguidas por comentarios que desviaran el tema o que pusieran fin a la plática. La mayor parte del tiempo preferíamos orientar la charla hacia temas banales.

Una noche, faltando poco para llegar a España, me quedé sólo en cubierta mirando el cielo. Recargado en la borda, con la brisa en mi cara, me preguntaba sobre la vida en otra tierra, si acaso en el futuro llegaría a extrañar mi patria, o si el conocimiento de nuevos lugares embriagarían tanto mis sentidos, como el más enervante perfume, que nunca tendría ni un segundo para extrañar, entonces me convertiría como muchos inmortales, en un ciudadano del mundo, en un forastero errante que vive en todas partes sin pertenecer a nada. La naturaleza del hombre busca la pertenencia hacia los lugares o a las cosas, los inmortales no; esa fue una de las tantas lecciones de Rolando, la razón es porque todo cambia, es muy doloroso ver extinguirse a todos los que amas y no tener la esperanza de algún día volverlos a ver. Es triste ver cómo todo a nuestro alrededor se transforma, mientras que nosotros seguimos siendo los mismos. Después de todos los años que había vivido de licantropía, había aprendido a no amar nada ajeno a mi naturaleza. Fuera de mis compañeros, a quienes estimaba con un cariño sincero, ya me estaba acostumbrando a no establecer lazos de unión con nada. La única excepción seguía siendo la cadena irrompible que me unía al amado recuerdo de mi princesa. Después de todos estos años mi corazón seguía aferrado a ella. Al pensar en el paso del tiempo y la decadencia, me pregunté cómo se hubiera visto Tina de anciana, ¿hubiera sido penoso ver marchita su belleza, o hubiera sido divino contemplar a una distinguida vieja de cabellos plateados? Pero, ¿De verdad hubiera tenido corazón para dejarla envejecer? Quizá lo mejor hubiera sido que la convirtiera en mi compañera y amante eterna. Si tan solo lo hubiera pensado antes de que ella muriera. O tal vez las cosas fueron mejor tal y como sucedieron y yo debía aceptarlas, pese a que el corazón se me hizo pedazos y nunca me repuse de ello. Al pensar en esa posibilidad, me imaginé en un viaje como el que estábamos realizando, teniendo como compañía a Justina. En mi mente la imaginaba al atardecer, emocionada por la promesa de conocer nuevos lugares, con la brisa del mar y el sol vespertino en la cara y los ojos llenos de esperanzas. Ella riendo, con el viento salado jugueteando con su cabellera, ahí a mi lado. Yo le sonreía, su mirada se perdía en la mía, nuestras manos juntas, nos besábamos, luego mis brazos la rodeaban y juntos mirábamos el ocaso. Ahí estábamos los dos, dos fugitivos invencibles, rumbo a una tierra desconocida, dos almas que sólo se pertenecían una a la otra, sin importar nadie más que nosotros.

"Mi amada Justina, mi corazón será siempre tuyo y de nadie más".

Embelesado en estos dulces pensamientos, no me di cuenta en qué momento Rolando y Mónica llegaron.

—¿En qué piensas? —dijo ella.

Giré la cabeza, le dediqué una mirada a mis compañeros, luego volví a ver al mar.

—No tiene importancia —murmuré. ¡Qué gran mentira!

Rolando se situó a mi lado con la vista en el mar, llevaba los largos cabellos rojos sueltos, en un remolino de fuego que la brisa salada hacía revolotear, lo mismo que con los rizos rubios de ella.

—Algo que te hace sonreír así no puede ser insignificante —comentó Rolando.

Estuve tentado a revelarle mis fantasías, pero yo sabía que era algo que no podía compartir con mi querido amigo. Después de una prolongada pausa dije:

—Estoy ansioso por llegar.

—Yo también —asintió Mónica.

Volvimos a guardar silencio. Mirábamos las estelas de espuma brillando con la luz de la luna creciente; el mar resplandecía fosforescente en una tonalidad azulada; por un momento creí que se trataba de los espectros de los muertos que arrojamos al mar, quienes buscaban escapar de la celda de agua en la que los habíamos sepultado; para mí esta visión fue una señal de la fatalidad; para Mónica era como un cortejo que nos despedía del pasado y mostraba un futuro prometedor; para Rolando era el reflejo de los astros nocturnos en las aguas del mar que se postraban a nuestros pies, para darnos la bienvenida.

—Les va a gustar —murmuró—, ya verán que se sentirán como en casa. En algunas partes hay comunidades de hombre lobos. Quién sabe, tal vez hagamos contacto con alguno de los nuestros.

Nos quedamos ahí de pie rodeados por la inmensidad. Volví a pensar en Justina, luego en diferentes escenas de mi infancia, mis padres, mis hermanos. Recordé en cascada muchos sucesos que había vivido desde mi transformación, memorias que por haber sido grabados con mis sentidos lobunos se presentaron mucho más abundantes en detalles. Mis manos se aferraron con fuerza al barandal, suspiré melancólico. De esta forma me despedí para siempre de todo lo que alguna vez fui, todo lo que conocí, todo lo que alguna vez amé, alguna vez, después de mi transformación como acólito de la luna, quise aferrarme a mi vida humana, ahora que por fin los había soltado para entregarme de lleno a mi vida lobuna me sentía libre y pleno. Cualquier pequeña hebra que hubiera quedado que me conectara con mi antiguo yo se cortó. Solo conservaba mi amor por Justina, a quien llevaría siempre en mi corazón.

Ahora ya no quedaba más que mirar al frente, manteniendo la expectativa de lo que el destino le podía deparar a un inmortal. Me preguntaba qué nuevas emociones nos prepararía la fortuna, sin sospechar que los lazos de afable armonía que ataban entonces nuestra jauría, en las décadas venideras se desintegrarían, ni en los enemigos que encontraríamos algún día futuro, cuando nuestros instintos animales y pasiones humanas conspiraran en nuestra contra. Cómo iba a saber, yo que en mi ingenuidad no venía ninguna nube en el horizonte y acariciaba la creencia de ser feliz al lado de aquellos dos lobos a los que tanto amaba. Tenía mi esperanza puesta en ello. Ante mis ojos, Europa se presentaba como una jungla enigmática, llena de misterios, algunos de ellos conocidos en lo profundo de mi naturaleza y de mi sangre y muchos otros más esperando ser descubiertos.

Sigue la historia en

ÉXODO BAJO LA LUNA

Dulce amor funesto son 11 historias de ficción paranormal, ciencia ficción y fantasía donde los personajes se enfrentan a los problemas de amar a un monstruo real.

Pronto descubrirán, que el amor no lo puede todo y a veces es mejor correr antes de que el amor te arranque el corazón... ¡literalmente!!!

Existen seres mágicos, ocultos en el mundo, como Pearl y sus hermanos. Ella puede convertirse en gata, cosa que nunca le ha contado a su novio.

Al final del verano Tanya la psíquica, tiene premoniciones de peligro y una guerra que cambiará la posición de los seres mágicos en el mundo. Es entonces que Pearl y sus hermanos son atacados por una magia maligna que afectar sus poderes, dejándolos vulnerables en situaciones peligrosas. Pearl es víctima de un evento traumático que la dejará emocionalmente devastada.

¿Quién está tratando de destruirlos y por qué a ellos? Pearl y los demás deberán encarar sus crisis personales, el auto descubrimiento y el dolor a fin de despertar el potencial de sus habilidades y luchar juntos contra sus enemigos.

Miriam García es originaria de Guadalajara, México. Ha publicado historias en medios locales en México y Estados Unidos.
Actualmente vive en Texas con su esposo y su gato Pepe.

Sígueme en
Instagram: @miriamgarcia.autora
Facebook: /ElblogdeMiriamGarcia.Autora

Made in United States
North Haven, CT
08 May 2022

19022546R00129